O Violinista de Veneza

Roberto Cabral

O Violinista de Veneza

O Violinista de Veneza

Editores: Luiz Saegusa e Claudia Saegusa
Capa: Casa de Ideias
Projeto Gráfico e diagramação: Casa de Ideias
Revisão: Mirian Dias
Imagem da capa: *The Violinist* – Óleo sobre tela
Tamanho original: 16" x 12" – Autor: Eric Stegmaier
Obra de arte criada especialmente para o livro *O Violinista de Veneza*. Foto tirada por: Beto Cabral. Autor do livro
1ª Edição: 2012
Impresso no Brasil | Printed in Brazil

Dados Internacionais de Catalogação na Publicação (CIP)
(Câmara Brasileira do Livro, SP, Brasil)

Cabral, Roberto Freire
O violinista de Veneza / Roberto Freire Cabral. –
São Paulo: Intelítera Editora, 2012.

Bibliografia
1. Espiritismo 2. Romance espírita I. Título.
12-11614 CDD-133.9

Índice para catálogo sistemático
1. Romance espírita: Espiritismo 133.9
ISBN: 978-85-63808-22-6

Rua Lucrécia Maciel, 39 – Vila Guarani
CEP 04314-130 – São Paulo – SP
11 2369-5377
www.intelitera.com.br
@intelitera facebook.com/intelitera

Agradecimentos

Muitas vezes, para que algo aconteça em nossas vidas, é preciso o toque de um anjo. Assim fez Alkindar de Oliveira, um anjo que, com o único interesse de servir, providenciou para que este livro chegasse ao seu destino.

Com esta obra me veio a grata surpresa de encontrar pessoas tão especiais como meus editores Luiz Saegusa e Claudia Saegusa, os quais desde o primeiro contato sempre transmitiram, mesmo que por e-mails, toda a simpatia de almas iluminadas pela luz da vivência cristã.

Minha irmã Marília (*in memorian*) ainda teve tempo de ler o livro e me dar seu valioso feedback literário, mas não pôde "esticar" sua estadia conosco para vê-lo publicado. No entanto, seus "toques" e suas palavras de incentivo estão, sem dúvida, presentes nesta obra.

Coisas simples, muitas vezes, revelam grandes atos de companheirismo e apoio, como os que recebi de minha esposa

Amy, nas tantas noites em que a privei de minha companhia, ficando até altas horas escrevendo ou revisando, tendo ela sempre uma palavra de compreensão e pronta para ouvir com entusiasmo as ideias que surgiam durante o percurso. À esses seres abençoados, a minha mais profunda gratidão.

Sumário

2ª Parte – Paris

Introdução

Eu já vivi muitas vidas. Sei que não há nada de extraordinário nisso, pois esta é a maravilhosa sina evolutiva de toda criatura.

Mas tem uma que ficará para sempre em minha lembrança e que eu gostaria de contar. Uma existência muito rica em experiências, aprendizados e relacionamentos com pessoas que foram como um marco, como se fosse o exato ponto em que eu terminava a primeira e começava a segunda etapa de uma vida eterna. Acho até que todo mundo tem, em sua intrépida e longa caminhada, "aquela" vida que divide as águas do tempo, que é única em riqueza e impulso ascendente; quando fazemos a escolha definitiva de que lado estamos.

Acredito também que não teria sido assim, se o destino não tivesse tramado a meu favor, e feito o professor cruzar o meu caminho. Ele fez a grande diferença. Se eu não o tivesse conhecido, minha vida teria sido um livro inacabado, uma poesia, cujos versos não rimam, uma sinfonia sem seus acordes finais.

O professor era um homem, cujo pensamento penetrava o cérebro de quem o ouvia, e ia construindo cuidadosamente uma nova mentalidade. Era ponderado e muito realista, como os homens de sua época. Mas, em sua forma concreta de ver a vida, ele nos fazia divagar por mundos nunca antes imaginados. Por isso, certamente, todos os seus alunos o adoravam como um mestre, e mais tarde o mundo iria reverenciá-lo.

Bem, mas para começar, eu precisarei reconstruir no tempo algumas de minhas memórias. Usarei uma linguagem moderna, se me permitem, para que a narrativa não se torne enfadonha.

Antonio Di Moretti

1ª Parte

Veneza

"Há um tempo em que é preciso abandonar as roupas usadas, que já têm a forma do nosso corpo, e esquecer os nossos caminhos que nos levam sempre aos mesmos lugares. É o tempo da travessia e, se não ousarmos fazê-la, teremos ficado para sempre à margem de nós mesmos."

(Fernando Pessoa)

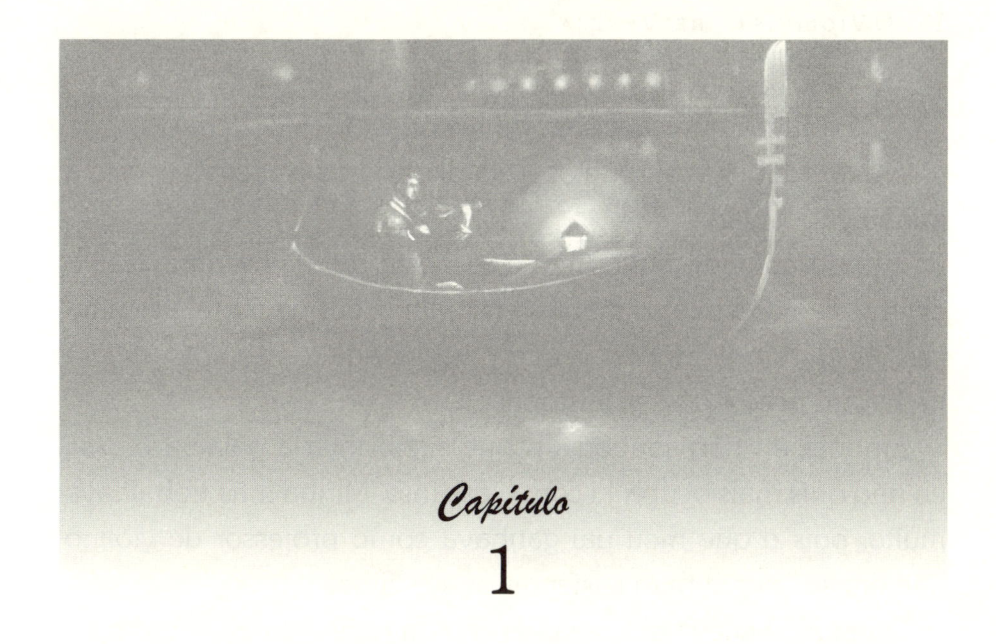

Capítulo 1

> “ *O coração humano tem estranhas alegrias* ”

Quando eu era ainda criança, minha mãe me contava histórias antes de dormir. Minhas preferidas eram as fábulas do francês La Fontaine – que viveu à época do Rei Sol, Luís XIV –, principalmente as de Esopo, escritas em forma de poesias. Eu gostava das rimas e do ritmo.

Nem sempre eu adormecia com as histórias, pois elas me despertavam a imaginação. Às vezes, quando minha mãe ia se deitar, eu, na minha inocência, ficava imaginando se ela também contava histórias para que meu pai adormecesse.

– Os adultos não precisam de histórias. Eles podem ouvir da vida as verdades sem rodeios – ela disse certa vez, em resposta à minha curiosidade.

Eu não entendi muito bem a resposta de minha mãe. Então ela me explicou que as fábulas ensinam lições de moral às crianças, revelando verdades, e que para os adultos as aprenderem não eram necessárias as histórias.

Embora eu não soubesse o que significava a palavra *moral*, eu não quis mais ocupá-la com o assunto. Minha mãe trabalhava muito, pois o que meu pai ganhava como professor de violino não era suficiente para sustentar os seis filhos.

Quando chegava em casa, ao cair da noite, ela estava sempre muito cansada – e ainda tinha de me passar um sermão por causa da minha mania de subir no telhado nos fins de tarde para ver o sol se pôr. Eu adorava ver como o Astro Rei se escondia atrás das águas douradas do oceano.

Aquele era meu mundo dentro do mundo; meu refúgio e meu observatório. Para minha mãe, no entanto, era uma péssima ideia e um risco desnecessário, já que eu poderia ir a tantos outros lugares em Veneza para ter a mesma visão.

Domingo íamos à igreja próxima de nossa casa. O padre Luccini gostava de contar histórias em seus sermões. As parábolas de Jesus eram as suas favoritas. Um dia, eu lhe perguntei por que ele contava histórias para adultos, se podia dizer "verdades sem rodeios", conforme a sabedoria de minha mãe. Ele estranhou minha pergunta – talvez eu tivesse trocado as palavras, pois não sabia bem o que significavam, e facilmente poderia ter me equivocado. O fato é que ele não me deu atenção. Acho que o incomodei.

Os anos se passaram sem resposta, até que deixei de lado as fábulas para seguir os passos de meu pai e me dedicar ao estudo do violino, e também das línguas francesa e alemã.

Quando minha família se mudou de Veneza, para tentar melhores condições de vida em Roma, eu já havia completado idade suficiente para tomar minhas próprias decisões, e resolvi, a contragosto de meu pai, permanecer na terra em que nasci.

O século XIX já havia vencido a metade de sua conta e estávamos no ano de 1855. Era outono, e viver em Veneza, para mim, era motivo de muito prazer. Quem navegava em um de seus canais, próximo à Riva Del Vin – uma movimentada área comercial próxima à Ponte di Rialto, uma das três que cortam, nos dias de hoje, o Grande Canal – podia perceber este prazer, pela música que atravessava a janela do meu quarto, com os estudos de violino que incansavelmente eu praticava, sempre pela manhã.

A música havia se tornado a minha vida, era o que alimentava meus sonhos e esperanças, me consolava e me fazia esquecer as frustrações de uma vida solitária.

Mas, não por acaso, era assim. Além da influência de meu pai, minha descendência contava com uma inumerável fila de músicos, uns excelentes, outros medíocres; outros que, apesar do virtuosismo, perderam-se na glória e na admiração de si mesmos, descambando para uma vida de desregramentos e indisciplinas.

Foi meu pai quem me ensinou a amar Antonio Vivaldi, um dos maiores gênios do violino. E preciso dizer que por causa disso eu me chamava Antonio. Um nome italiano como tantos outros, mas que eu carregava com orgulho, por saber do meu homônimo. Fisicamente em nada parecíamos. Vivaldi tinha sobrancelhas finas e nariz afilado e longo. Era conhecido como *il Prete Rosso* (o Padre Russo), por causa de seus cabelos vermelhos. Eu tinha o cabelo negro e curto, com uma franja a cobrir-me a testa, bem ao estilo italiano.

Devo confessar que a influência de meu pai parou por aí. Suas ideias a respeito da música e da vida eram tão dissidentes das minhas que, assim que atingi a maioridade, proclamei também minha independência musical. Ele dizia que a arte deveria gerar riqueza, não importando os meios utilizados (talvez ele tivesse se frustrado com os parcos resultados financeiros que tinha obtido com a música), e eu pensava que a música deveria gerar prazer, bem-estar, contemplação.

Talvez quem me visse ali, naquela casa humilde, com um quarto e um banheiro, numa área de gente simples da cidade – muito conhecida pelas *ostaries*, ou albergues venezianos –, questionaria minha decisão. Mas eu era feliz à minha maneira. Ter nascido ali, pisar no mesmo chão que Vivaldi havia pisado, alimentar-me das mesmas paisagens que o inspiraram, era motivo suficiente para eu me sentir vivo e até feliz. Afinal, vida de artista é quase sempre solitária, porque o mundo em que ele passa a maior parte do tempo se distancia um pouco do mundo dos mortais.

Eu não podia estudar e esquecer o tempo todas as manhãs. Às quartas-feiras, os primeiros raios do sol já me encontravam navegando em minha gôndola – presente de um amigo músico, que se mudou para Viena, antecipando meu eterno sonho. Ele a havia herdado de seu pai, um *squerarioli* (fabricante de gôndolas). Era equipada com tapetes, apoio estofado para os braços e poltronas macias. Um luxo!

Fazia parte da minha rotina, naquele dia da semana, um passeio pelos canais, respirando a brisa da manhã e alimentando minh'alma da poesia da arquitetura veneziana. Meu destino final era a *Piazza di San Marco*, onde eu desembarcava com meu violino, meu companheiro inseparável – um *Stradivari* de mais de cem anos de idade, de beleza de timbre insuperável, que eu havia ganhado de um mercador da cidade de Cremona. Acho que ele não tinha a real noção do valor daquela preciosidade, pois me deu o violino em troca de um passeio de gôndola pela cidade. Coisas do destino.

Meu trajeto era sempre o mesmo. Atravessava a praça em direção ao casario que a suntuosa basílica escondia. Havia outros caminhos que me levariam até lá, mas, como eu disse, amava Veneza, e havia certos pontos em que eu fazia questão de passar e admirar. A praça era uma delas, e a *Basilica di San Marco* causava-me sentimentos interessantes.

A primeira igreja erguida no local foi um edifício temporário no Palácio dos Doges, construído no ano de 828. Ali estavam guardados os despojos de São Marcos, o discípulo. Mercadores venezianos teriam adquirido de Alexandria as supostas relíquias do evangelista. Talvez por isso havia para mim uma sensação de contato com o sagrado, o divino.

Ele viveu em sua época, assim como eu, uma dessas vidas em que fazemos contato com um grande missionário e sentimos nossa vida mudar para sempre. Apesar do luxo que as diversas reformas acrescentaram – destoante da figura humilde do evangelista – eu gostava da construção, um dos melhores exemplos da arquitetura Bizantina em Veneza.

Naquela manhã, pisei em terra firme e caminhei, como de costume, em direção à basílica, apressado, porque estava em cima da hora para os costumeiros ensaios de quarta-feira na residência do Sr. Giovanni. Sua esposa havia falecido, quando sua filha Anna era ainda pequena. Desde então dedicou-se à primogênita com todo zelo. Anna havia se tornado excelente pianista, e tinha, assim como eu, o sonho de um dia ver seu trabalho reconhecido e – por que não? – imortalizado. Eu servia como uma espécie de coadjuvante para seus estudos, e para isso era generosamente pago por seu pai.

Somando este valor ao das aulas que eu ministrava regularmente no orfanato Ospedale della Pietà – o mesmo onde Vivaldi havia lecionado como maestro, e para onde tinha dedicado muitos de seus concertos, cem anos antes do meu tempo –, eu conseguia me manter dignamente.

Naquele dia, aconteceu um fato, do qual não fiz muito caso, mas que seria o início das experiências mais importantes da minha vida, e que causaria grandes mudanças em meu destino.

Quando me aproximei da basílica, percebi que um homem de meia-idade cambaleava, ébrio, talvez, e tropeçou, indo com a face de encontro ao chão. Corri a socorrê-lo – como faria qualquer pessoa com um mínimo de sentimento –, e ajudei-o a se levantar. Percebi facilmente seu estado de embriaguez e fraqueza física.

Suas roupas sujas denunciavam que aquela cena constrangedora não devia ser única em sua vida. Senti compaixão por ele. Seu semblante era triste, e de sua boca não ouvi nenhuma palavra. Sustentei-o pelo braço, e um cavalheiro que passava interessou-se igualmente em ajudá-lo.

Percebi, pelas roupas deste, que era um funcionário público, porque trazia do lado esquerdo do peito o emblema da Cidade. Para mim foi um alívio. Eu estava atrasado e não podia despender mais tempo ali, e ele, como um representante dos cidadãos venezianos, certamente teria mais a oferecer, mesmo que fosse apenas por obrigação de trabalho.

Levamos o homem até um banco próximo, sustentando-o pelos braços.

– Posso deixá-lo aos seus cuidados? – perguntei. – Estou sem tempo, não posso ficar.

Ele respondeu que sim, e eu continuei meu caminho. Ora, não era tão incomum assim ver homens ébrios caídos pelas praças e vielas de Veneza. Por isso, aquela situação não voltou mais à minha lembrança pelo resto da manhã.

Caminhei ainda um pouco e logo estava em frente ao meu destino. Uma criada conduziu-me até o interior da casa, onde Anna esperava por mim, sentada ao piano para os ensaios da manhã.

Anna era uma jovem mulher, em seus 22 anos, pele clara e cabelos negros, descendo em anéis pelos ombros: *una bella ragazza!* Tinha um olhar de anjo, vivo e terno. A educação primorosa que tinha recebido apenas realçava suas qualidades, que pareciam vir de seu próprio espírito.

Tinha começado seus estudos de piano ainda menina, por influência do pai, que nunca poupou investimentos em seu talento e, diga-se de passagem, com excessivo rigor nas cobranças e nos sonhos que ele tinha para ela.

Anna cumprimentou-me com um sorriso terno, sem interromper a execução de um tema melodicamente suave que dedilhava. Fiquei quieto, apenas observando, e ao final ela disse:

– É uma nova composição. Estava tão inspirada que saiu de uma só vez, como se alguém me ditasse ao ouvido.

Eu não me contive e bati palmas, demonstrando minha aprovação.

– Como seu mais inflamado admirador talvez pense que quero apenas agradá-la, mas direi assim mesmo, e você faça seu próprio juízo: é uma peça linda, como tudo que já fez!

Ela sorriu e agradeceu. Entre nós havia mais que um compromisso profissional. Havia prazer e alegria em nossos encontros. Por isso, incontáveis foram as vezes que me via cismando, nas noites solitárias em minha morada no Rina Del Vin, se deveria alimentar sonhos sobre nossa afinidade.

Não era apenas nossa diferença social, ainda havia a idade; eu já contava 35 janeiros, 13 portanto a mais que ela, e seu pai certamente abominaria a ideia de entregá-la para alguém como eu – um talentoso e humilde músico. Por isso, também, eu não tinha pressa em mudar as coisas, e estava feliz em poder, às quartas-feiras, desfrutar de sua companhia.

Por coincidência, naquela mesma manhã ela me perguntou:

– Antonio, você é um homem gentil e talentoso. Nunca pensou em se casar, ter filhos?

Daria tudo que tinha (que não era mais do que o violino, a gôndola, alguns móveis baratos, e uma pequena soma em dinheiro que acumalava para financiar meus sonhos futuros de me mudar para Viena, o centro musical da época) para que aquela pergunta fosse uma especulação pretenciosa.

Mas eu sabia que esta era uma ilusão que não deveria ser alimentada, pois suas palavras sempre eram puras e inocentes. Ela nunca soube fazer outra coisa senão ir direto ao assunto que lhe interessava. Talvez em seu íntimo pudesse haver algum sentimento ainda não descoberto. Esta, sim, era uma esperança, uma possibilidade.

Minha resposta, portanto, foi propositadamente velada:

– Ainda não, porque a mulher dos meus sonhos ainda não percebeu meus sentimentos.

– Por que não diz a ela? – ela falou, caminhando em direção à cozinha, na intenção de pedir à criada que nos servisse algo quente.

Certamente, se houvesse interesse explícito, ela teria ficado para ouvir a resposta, pensei. Por isso, eu sabia que deveria guardar em segredo o que somente eu alimentava. Um coração enamorado sente um estranho prazer na dor da desilusão – na falta de algo melhor.

Ela voltou logo, mas sua mente já estava vagando em outra direção. Trazia consigo algumas partituras manuscritas, e logo anunciou:

– Meu pai quer que toquemos a três hoje, por isso, contratou um flautista. Ele quer que eu experimente estas peças que recebeu de um amigo, cujo filho é compositor e está começando a despontar na França. Parece-me muito talentoso.

Eu tinha ensaiado, durante toda a semana, peças de minha própria autoria, e agora teria de me dobrar a tocar as composições desse burguês, de quem nunca tinha ouvido falar. Era uma prova de humildade para um músico daquela época.

Não conseguia esconder meu desapontamento, mas optei por aceitar passivamente. Afinal, eu era pago para isso. Quem sabe um dia seria famoso e respeitado o suficiente para não ter de me submeter a situações como aquela... Para superar o desapontamento, tentei convencer a mim mesmo que, pelo fato de ainda não ter ouvido as peças, talvez pudesse mesmo admirá-las. Não devia fazer um julgamento sem conhecer a qualidade do trabalho.

A criada adentrou à sala e deixou a bandeja com chá quente sobre uma mesinha de canto, indo depois atender a porta. O novo contratado estava chegando para o ensaio.

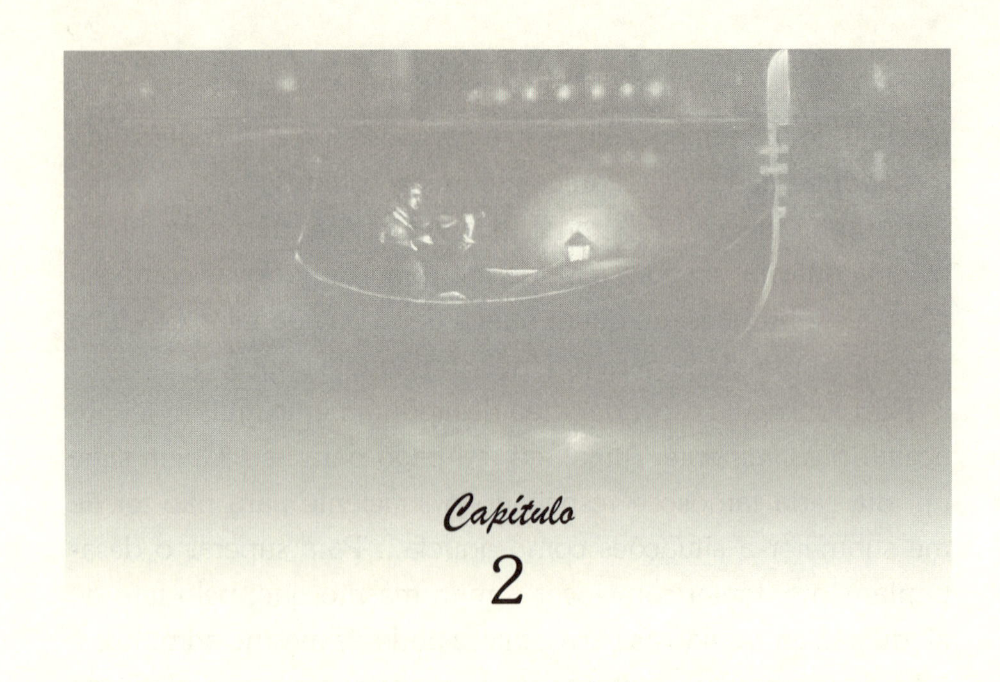

Capítulo 2

> *São muitos os mistérios*
> *entre o Céu e a Terra*

Fiquei mais tranquilo depois de conhecer nosso novo parceiro. A princípio, senti ciúmes, com receio de um concorrente. Mas Benedetto era um homem simples. Tinha um sorriso aberto e grande simpatia. Revelou-se a nós um grande músico. Longe de ser um concorrente, devo dizer que naquele dia ganhei um novo e grande amigo.

Os ensaios da manhã desenrolaram-se com muita sintonia. A parceria resultou harmoniosa e produtiva.

Quando deixamos Anna, já por volta do meio-dia, convidei Benedetto para tomarmos um café na Praça *San Marco* e comer alguma coisa. Eu tinha um compromisso de trabalho, mas ainda teria certa folga. Era uma boa oportunidade para nos conhecermos melhor.

– O que achou de Anna? – perguntei sem rodeios.

– Muito talentosa – respondeu.

Esperei que dissesse algo mais, mas ele não disse. Queria investigar se realmente não havia sinais de um concorrente à vista.

– Só isso? – insisti.

– Acho que seria uma excelente mãe para seus filhos também – ele acrescentou.

Não sei se eu não estava sabendo disfarçar minhas intenções ou se ele era muito observador, mas o certo é que ele já havia percebido tudo o que eu julgava conseguir ocultar. Não fosse seu sorriso simpático ao dizer aquilo, e eu teria ficado desconsertado.

– É, meu amigo, conheço um coração apaixonado a léguas de distância – ele disse, deixando-me à vontade.

– Não alimento ilusões. Somos muito diferentes – eu argumentei.

– Mas eu acho que ela alimenta. E você está enganado também em dizer que são diferentes. Vocês parecem feitos um para o outro. É só ter paciência e você verá – Benedetto disse.

– Você tem um grande senso de humor! – falei.

– Ela ainda não descobriu que gosta de você, mas gosta. Disso não tenho dúvida – afirmou. – O amor é como uma semente, que nasce em segredo, sem mesmo ser percebida. Quando chega o momento, quando está suficientemente madura e já não suporta mais a sombra do anonimato, ela rompe a terra e revela sua existência, e ninguém pode impedir que ela cresça e mostre sua beleza.

– Deixe-me adivinhar. Shakespeare? – ironizei.

– Não. Benedetto! – ele revidou. – Acorda, Antonio!

Nunca havia aberto meu coração sobre Anna, mas Benedetto tinha se revelado um amigo especial e possuía um coração de poeta. Ele sabia ler na alma, e eu o admirei no primeiro instante. Sabia que, nele, teria um amigo para sempre.

– Veneza é tão pequena e nunca nos vimos antes – eu disse.

– Não estou aqui há muito tempo, vim de Roma. Não estava muito feliz por lá. A cidade tem um burburinho que não me agrada. Gosto do ar de Veneza, de estar perto do mar. Conheci também uma pessoa, aqui, que me fez acreditar que tomei a decisão certa. O nome dela é Maria. Casei-me, e aqui estou.

– Conhece alguma composição de Vivaldi? – perguntei.

– Já ouvi algumas, com certeza. Afinal esta é a terra dele. Mas não sei muito sobre a música barroca.

Não resisti. Tirei meu violino do estojo e toquei os primeiros trechos da *Primavera* de *As Quatros Estações*.

– Conhece esta? – desafiei.

– Hum... já ouvi – ele disse, talvez para me provocar.

– Sei que as composições de Vivaldi não são muito conhecidas, apesar de ter influenciado muito a música de Bach – eu disse, desapontado. – Acho que seu mal foi ter vivido quase cem anos antes de todos os outros grandes gênios da música. Ninguém sabe ao certo, mas alguns dizem que o volume de sua obra, entre concertos e óperas, é inumerável.

Eu podia compreender a razão de meu amigo não saber muito sobre o grande músico que tinha sido Vivaldi, porque sua obra, esquecida durante quase todo o século XIX, só iria ressurgir e ser mais divulgada a partir do início do século XX, após o movimento romântico ter cedido lugar a outros estilos musicais. Mas, nem por isso, era menos admirado e amado por aqueles que tiveram desde cedo o privilégio de entrar em contato com a sua genialidade.

– Parece-me que uma avalanche de grandes músicos foi despejada sobre a Europa nos últimos cem anos! – meu amigo disse.

– Este ar de nostalgia que nós, músicos, sentimos me faz pensar se há algo de premeditado nisso, como no velho testamento, quando os grandes profetas vinham em quantidade, anunciar novas verdades – eu complementei.

– Sabe que também penso nisso? Mas nunca achei alguém que me acompanhasse as ideias.

– Sim, parece que a odisseia humana é escrita em períodos alternados de grandes personalidades, grandes ideias, grandes impérios, grandes movimentos... – concordei.

– Às vezes, fico pensando se não são os mesmos que vão e voltam.

– O que está dizendo? – perguntei, confuso.

– Nunca pensou na possibilidade de podermos voltar, como Sócrates queria supor?

– Não sei nem mesmo se continuamos a existir depois da morte. Quanto mais voltar...

– Sabe, Antonio, quando eu tinha 18 anos, queria ser padre – influência de Roma. Isto já faz 20 anos. Entrei para o seminário e comecei a me dedicar aos estudos da Teologia, até que um dia descobri uns livros guardados numa sala, à qual poucos tinham acesso. Descobri uma passagem para chegar até ela, e todas as noites, quando todos dormiam, eu entrava lá e lia aqueles livros, que me despertaram enorme curiosidade. Li os livros de Platão, que falava de Sócrates e suas ideias de imortalidade. Foi onde, pela primeira vez, li sobre a possibilidade da volta para vivermos outra vida. Ele falava de uma forma que fazia tudo parecer muito natural. Desde então, nunca me saiu da cabeça essa ideia. Mas para mim ainda são apenas noções teóricas sobre o assunto. Não conheço ninguém que queira pelo menos falar a respeito.

– Não é para menos. Você deve admitir que é uma ideia bastante incomum – avaliei. – Além do mais, se tivesse uma vida além desta, alguém já teria voltado para contar, não acha? Ressurreição mesmo só sei de uma, mas ele era um santo.

– Não sei..., como dizia Shakespeare: *"Há mais mistérios entre o Céu e a Terra...* – falou o meu amigo.

–*...do que possa imaginar a nossa vã filosofia"* – completei o chavão, novamente para provocá-lo.

Eu já estava em cima da hora do meu próximo compromisso. Lecionaria no orfanato por toda a tarde, até o início da noite. Por isso, me despedi rapidamente do novo amigo.

Conhecer Benedetto foi um dos grandes acontecimentos daquele dia. Ele me pareceu ser um sujeito diferente, interessante mesmo. Com ele a conversa fluía, e o tempo passava veloz. Era um momento raro!

Em Veneza, podemos ir caminhando a qualquer lugar. Sem demora, segui em direção ao Ospedale.

Quando passei em frente à Basilica di San Marco, avistei ao longe, para minha surpresa, aquele mesmo homem que eu tinha ajudado a socorrer pela manhã. Estava sentado no mesmo banco, e não havia ninguém por perto, a não ser os transeuntes que passavam despercebidos. Estava imóvel. Fiquei olhando, pensando se ele tinha recebido o devido socorro do funcionário do governo, ou se teria sido simplesmente deixado ali.

Embora sentisse vontade de ir até lá e averiguar, não tinha mais tempo, meus alunos esperavam por mim.

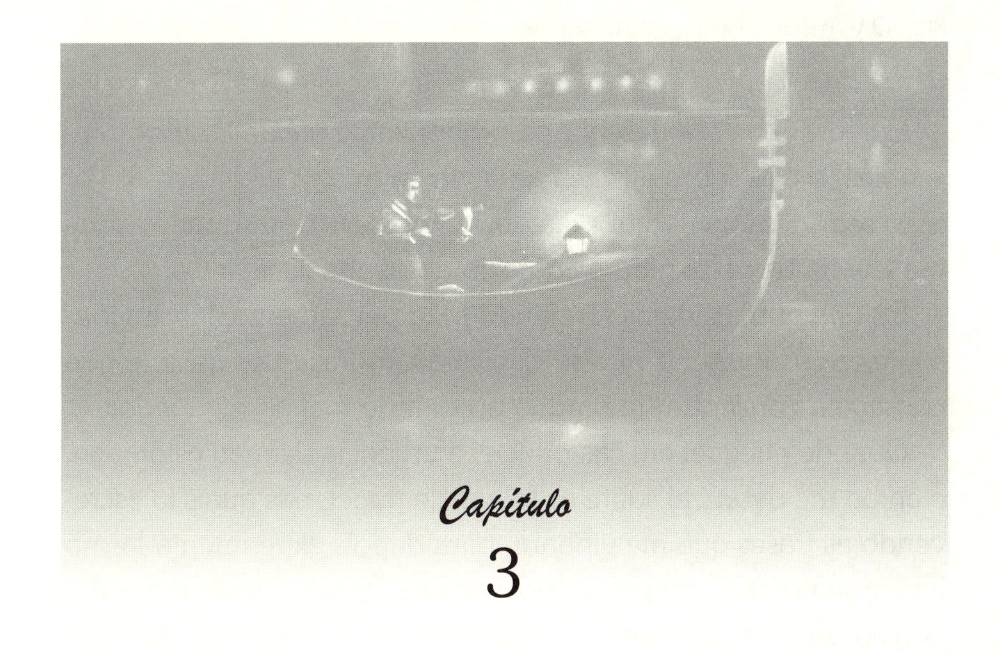

Capítulo 3

> *"Onde houver desespero, que eu leve a esperança"*

Final de tarde em Veneza era sempre um momento mágico, inspirador. Eu sempre fazia o caminho de volta para casa passando pela praça, indo em direção ao mar para admirar seus reflexos ao pôr do sol.

Naquele dia, porém, minha contemplação foi incomodada pela visão daquele homem ainda sentado no banco da praça, no mesmo lugar, na mesma posição. Tivesse passado mais perto e teria ido verificar se algo podia ser feito. Mesmo de longe, parei e, durante um curto período, fiquei observando-o, penalizado. O cansaço do dia, no entanto, tirou-me o estímulo para realizar qualquer ação em seu favor.

Embora a beleza desenhada no horizonte encantasse os transeuntes, o céu sobre a praça anunciava uma noite chuvosa. Por isso, sem demora, segui adiante, embarcando na gôndola que me levaria de volta para o conforto de minha casa.

Eu tinha umas ideias rondando meu pensamento, inspirações sobre temas musicais que se desenhavam frase por frase, e não conseguia concentrar-me muito no mundo real ao meu redor.

Quando cheguei em casa, saciei a urgência de meu estômago, e então me debrucei sobre as folhas de papel, nas quais ia escrevendo as frases que me vinham, para depois experimentá-las no instrumento. Não consegui, no entanto, concluir mais que uma página. O vento soprava pelas frestas da janela, e a iminência de uma noite chuvosa trazia-me à lembrança a imagem daquele homem abandonado na praça, tirando-me a tranquilidade para me concentrar na composição.

Lembrei-me de como ele estava enfraquecido pela manhã, e pensei que uma noite no tempo, debaixo de chuva, poderia lhe ser fatal. Mais alguns minutos, e percebi que, definitivamente, não conseguiria me concentrar, se não tomasse uma providência a respeito. Minha consciência não me permitia ficar alheio àquela situação e simplesmente esquecer. Ela parecia querer me mostrar que eu era a única pessoa a saber que aquele homem não sobreviveria àquela noite.

Não tive escolha.

Naveguei o caminho de volta e alcancei a praça. Chegando lá, percebi a presença do policial da ronda e de outro rapaz, a certa distância do homem, que ainda estava lá na mesma posição, no mesmo lugar. Pareceu-me que comentavam sobre ele, aparentemente o julgavam, sem intenção nenhuma de ajudar. Quando me aproximei, eles ainda fizeram um gesto, como a me dizer que o homem estava totalmente embriagado.

– Acho que este homem precisa de ajuda – eu disse.

Percebi que eles se sentiram desconfortáveis com meu comentário. Provavelmente, não esperavam a abordagem de alguém preocupado com aquele pobre diabo. Talvez esperassem apenas que eu viesse me juntar a eles na posição de juízes da desgraça alheia.

– Ele está bêbado – disse o policial.

– Ele está muito fraco – eu disse. – E não me parece estar em condições de fazer alguma coisa por si mesmo. Não vai suportar uma noite na chuva. Se não for ajudado, não vai ver o amanhecer.

Quando eu disse isso, me pareceu que eles foram tocados de alguma forma, e logo mudaram a postura. O policial aproximou-se do homem e o outro rapaz foi-se embora. Aproximei-me também. O policial perguntou-lhe o nome e onde morava. Não houve resposta. Percebi que aquele homem tremia. Não soube identificar se de fraqueza ou de frio.

A uma nova pergunta do policial, ele balbuciou algumas palavras quase sem força para mexer os lábios. Ele apenas nos olhou, e seu olhar triste me comoveu. Falava de dor e desilusão. Tornei a expor minha opinião de que, se não fosse levado dali e tratado, ele não sobreviveria àquela noite. Contei também que já o tinha visto ali desde aquela manhã, que deveria estar em estado de extrema fraqueza, sem comer, e isso pareceu comover o policial, que resolveu sair para algumas providências.

Fiquei a sós com o homem e contemplei-o por um instante, tentando imaginar que tipo de sorte o havia conduzido até ali. Quando teria ele desistido? Em que ponto de sua jornada ele teria aberto mão de sonhar, lutar, viver?

Aproximei-me mais e sentei-me ao seu lado. Não sabia se ele tinha lucidez para entender, mas lhe falei:

– Meu amigo, não sei nada sobre a sua vida, nem o que o trouxe a esta situação, mas queria que soubesse que você não está sozinho.

Ele pareceu me ouvir, pois me olhou por um instante.

– Vamos conseguir um lugar para você passar a noite. Um banho e um bom prato de comida vai lhe fazer muito bem – eu disse, tentando animá-lo. – Gostaria de lhe pedir uma coisa. Sei que a vida não está sendo fácil para você, mas seja o que for que tenha acontecido para deixá-lo nesta situação, por favor, não desista. Sempre existe uma saída, por mais difícil que pareça.

Depois que eu falei isso, ele pareceu querer dizer algo. Num impulso, tirei meu casaco e o ajudei a colocá-lo. Pela primeira vez, uma palavra saiu de sua boca:

– Ah, agora sim! Eu estava com muito frio.

Senti-me imensamente recompensado, porque o conforto que ele demonstrou foi imenso. Depois, ele voltou à posição original de silêncio e ausência.

O policial retornou em companhia de outros colegas e uma carroça. Também trazia um pedaço de pão e um pouco de café quente. O homem comeu em segundos. Depois, acomodaram--no na carroça, e o policial me comunicou que iriam levá-lo para um abrigo da Igreja Franciscana, onde ele teria um leito por aquela noite.

Um dos policiais o identificou: ele era casado, pai de cinco filhos já crescidos, e a própria família o tinha abandonado por causa do alcoolismo. Quando saía de casa, ninguém se preocupava mais se ele voltaria ou não. Tendo sido avisados, não se dispuseram a socorrê-lo. Alegaram que estavam cansados de resgatá-lo na sargeta.

O homem foi levado. Pude então voltar para casa mais aliviado e retornar às minhas composições. Sentia-me feliz por ter dado ouvidos à intuição que tive e ter ajudado aquele homem. Eu poderia dormir em paz, sabendo que ele estaria protegido quando a chuva caísse. Sabia que havia muitos desamparados na cidade e no mundo, mas aquele homem – pelo menos aquele – não sucumbiria sozinho, abandonado num mundo com tanta gente.

Não demorou muito até que o cansaço se apossasse de minha consciência e me fizesse adormecer.

Aquela noite, no entanto, não foi muito tranquila. O que aconteceu seria o início dos fatos que causariam uma grande mudança em minha vida.

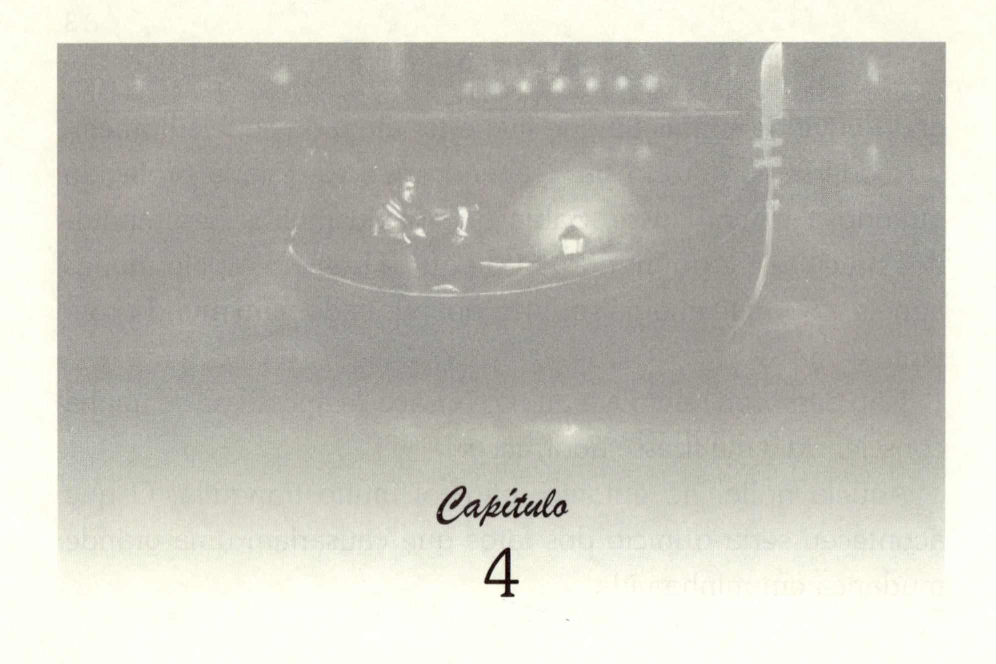

Capítulo 4

> *Às vezes falava como um filósofo, outras como revolucionário*

Dormi um sono tranquilo até certa hora da madrugada. Eram talvez três da manhã, quando fui despertado por alguém que batia em minha porta.

A chuva caía torrencial.

Levantei-me da cama meio atordoado, pois as pancadas eram fortes, como se houvesse grande urgência na solicitação. Fui tateando no escuro, até alcançar a porta. Abri, e como não podia ver quem era, peguei a lamparina. Ergui a luz acima de minha altura, buscando clarear um pouco mais o lado de fora da casa. Ora, quem quer que fosse, impaciente, já havia partido, ou tomado ciência de que havia batido na porta errada, e se foi para não passar o vexame de ter de se desculpar por acordar alguém àquela hora da noite.

Voltei para a cama indignado. Procurei aquietar-me logo, a fim de não deixar o sono fugir por completo. Adormeci.

No entanto, não se passaram muitos minutos para que novamente as batidas na porta me fizessem despencar dos braços de Morfeu. Meu coração parecia querer sair do peito, tamanho o sobressalto. Levantei-me e peguei novamente a lamparina, já com as palavras prontas para repreender quem quer que fosse o desaforado. Mas novamente não havia ninguém do lado de fora.

Nada poderia deixar-me mais indignado que aquela situação. Mas, mesmo indignado, eu estava cismado. Não entendia como seria possível alguém bater na minha porta e depois desaparecer com tanta rapidez, a não ser que fosse proposital. Não havia como alcançar a esquina do casario tão rapidamente.

Fiquei ali vigiando ainda por uns minutos e, por fim, desisti. Deitei-me, mas não consegui dormir de imediato. Também não quis apagar a luz. Foi então que o mais curioso e intrigante aconteceu. Ouvi novamente as batidas, mas, agora, estando já desperto, percebi que não vinham da porta. Vinham do guarda-roupa, do assoalho de madeira, do teto, de toda parte ou de parte alguma. Não tinha como localizá-las exatamente. Eram batidas curtas e secas. Meus cabelos ficaram eriçados. O medo é realmente paralisante. Fiquei estático, sentado na cama, embora minha vontade fosse de sair correndo.

Isso não durou mais que meio minuto. As batidas então pararam, e eu pude novamente assenhorear-me de meus músculos e nervos. Resolvi racionalizar. Deveriam ser ratos ou o estalo das madeiras velhas do casario, que durante o dia ficavam dilatadas pelo calor do sol. Eram boas desculpas para eu me acalmar e tentar dormir o que restava da noite.

Acordei um tanto descompensado na manhã seguinte. A chuva tinha lavado Veneza, apresentando-a ainda mais bela.

Encontrei Benedetto ainda pela manhã e convidei-o para outro café na praça. Contei-lhe o ocorrido. Ele riu e comentou sobre fantasmas e casas mal-assombradas. Comecei a me arrepender de ter compartilhado com ele o ocorrido, quando ele disse:

– Eu ouvi uma história a respeito de um fato acontecido alguns anos atrás nos Estados Unidos, sobre uma velha casa que possuía fama de mal-assombrada, e para onde se mudou um casal com três filhas pequenas. A família era sempre incomodada, à noite, por barulhos que eram como batidas nas madeiras da casa. Uma das filhas do casal, não dando importância ao fato de que relacionavam aqueles barulhos com almas do outro mundo, teve a ideia de imitar as pancadas, batendo com seus dedinhos na madeira. Então ela desafiou o autor das batidas a imitá-la, no que foi respondida imediatamente. Os pais, então, interessaram-se pela brincadeira da menina e juntaram-se a ela. Propuseram um código de comunicação e começaram a fazer perguntas ao estranho visitante do Além, que lhes revelou ser o espírito de um homem que havia sido assassinado naquela casa, e que queria lhes contar onde estava o corpo.

– E descobriram onde estava? – perguntei curioso, envolvido pela forma instigante como meu amigo contava.

– Não tenho conhecimento do final da história. Mas sei que, a partir disso, muita gente começou a visitar a casa para fazer perguntas ao tal fantasma. As meninas acabaram ganhando fama de que conversavam com os Espíritos, sendo a presença delas requisitada em vários lugares onde fenômenos semelhantes se manifestavam. Por que você não tenta fazer o mesmo que elas? Se for um fantasma, você vai saber – provocou meu amigo.

– História de fantasmas... eu já ouvi bastante. Mas não acredito – decretei.

– Eu sei, eu sei. Eu também não dou ouvidos a conversas sem proveito, mas uma coisa tem me intrigado..., as mesas... – ele disse, como que tentando concatenar as ideias.

– Mesas?

– Sim, tem rodado por aí uma conversa de que as pessoas andam fazendo umas brincadeiras. Ficam em volta de uma mesa que gira e responde a perguntas.

– Charlatanismo, com certeza – falei.

– Não sei... Apesar de ter um aspecto meio sensacionalista, tem atraído a atenção da imprensa e de gente séria da sociedade – afirmou Benedetto.

Eu não tinha muita paciência para conversas como aquela, mas os acontecimentos da noite anterior tinham me deixado intrigado o suficiente para ir um pouco mais adiante com o assunto.

– Como assim? Você leu isso ou...

– Já li, já ouvi pessoas conversando sobre o assunto... e, sabe o que mais? Tem algo de estranho acontecendo.

Benedetto tinha uma forma interessante de falar. Fazia as coisas parecerem sempre mais importantes, mais intensas, e eu gostava daquele ar de suspense que empregava em suas narrativas.

– Isso tem mexido de certa forma com a sociedade – continuou. – Acho que até mais do que deveria.

– Todo dia tem alguém inventando alguma coisa nova – eu disse. – Parece-me que todos os filósofos deste século querem resolver os problemas do mundo e explicar a vida. E o povo não só está insatisfeito, você sabe, como também está sempre ávido por novidades que quebrem a rotina.

– Você tem razão – falou meu amigo. – Acho que estamos vivendo um desses momentos de insatisfação geral. A Igreja está muito presunçosa e não nos responde a questões importantes. Seus dogmas já não satisfazem os mais ponderados, e as pessoas estão procurando... Os filósofos estão tendo mais liberdade de expressar suas ideias, mas, depois de desenvolverem seus sistemas, consideram-se donos de uma verdade irrefutável e não combinam entre si. Apoio, no entanto, todas as iniciativas de pesquisas bem-intencionadas. A busca da verdade é livre.

Benedetto demonstrava ter ideias liberais. Isso era talvez o que mais me atraía em sua amizade, embora nem sempre eu conseguisse acompanhar seu pensamento. Havia horas em que ele ia longe demais em suas divagações, e parecia perder o contato com o solo firme. Às vezes, falava como um filósofo; outras, como revolucionário.

– Você disse bem, mas eu prefiro mesmo é conversar com os vivos – eu disse, tentando mudar de assunto. – E, no mais, não quero terminar minha vida numa fogueira.

– Fogueira?! – ele riu como quem ouve uma anedota. – Este tempo já passou... pelo menos nós, aqui, temos o privilégio de viver num estado onde temos toda liberdade, e isso inclui a liberdade de pensar, de expressar a arte em todas as suas formas, de fazer música...

– Este é outro problema – argumentei. – Às vezes, liberdade demais oferecida parece ocultar um objetivo não revelado. Nossa velha república está agora em poder da Áustria, como você certamente deve saber. De uns tempos para cá, a arte em Veneza tem se desenvolvido com uma velocidade e uma paixão nunca antes vistas. Parece-me que nossa gente está se embriagando de arte para esquecer a depressão causada pela perda de nossa independência.

– Sei, sei, Antonio. A vida política não se parece nada com a poesia que encanta a vida com sonhos de liberdade, mas... deixemos isso. Falemos de música.

– Não, Benedetto, falemos antes de educação – insisti. – Não acho mesmo que essa liberdade de pensar, à qual você se refere, seja real. A Igreja monopoliza a educação, as crianças do povo não podem se instruir; protege os ricos. E o que é a instrução senão a principal asa da liberdade? Um povo sem instrução é mais fácil de ser manipulado. As mulheres, então, continuarão até quando sendo a sombra dos sonhos de seus pais? Não vê Anna, tendo de se submeter a tocar peças de um desconhecido burguês que o pai escolheu a seu bel-prazer?

– Hum... estamos falando de educação ou de ciúmes? – interrompeu-me ele, em tom irônico.

– Ciúme? Ciúme...ora! – tive de me render. Aquele assunto mexia comigo.

Eu não tinha uma participação ativa nas questões sociais da época, mas compreendia as lacunas entre os discursos e as ações políticas do governo e da Igreja. A República que havia sido Veneza agora estava sob o poder da Áustria, após a invasão de Napoleão.

Por volta de 1796, a República de Veneza já não podia mais se defender. Sua frota de guerra estava reduzida a 11 embarcações. Em meados de 1796, o exército de Napoleão cruzou as fronteiras da neutra Veneza em perseguição ao inimigo. No final do ano, as tropas francesas ocupavam o território veneziano. Num acordo com a Áustria, no ano seguinte, a França entregaria Veneza aos austríacos, que tomaram as posses venezianas como preço pela paz, em 18 de abril de 1797. Somente em 1866, Veneza finalmente seria incorporada à Itália unificada.

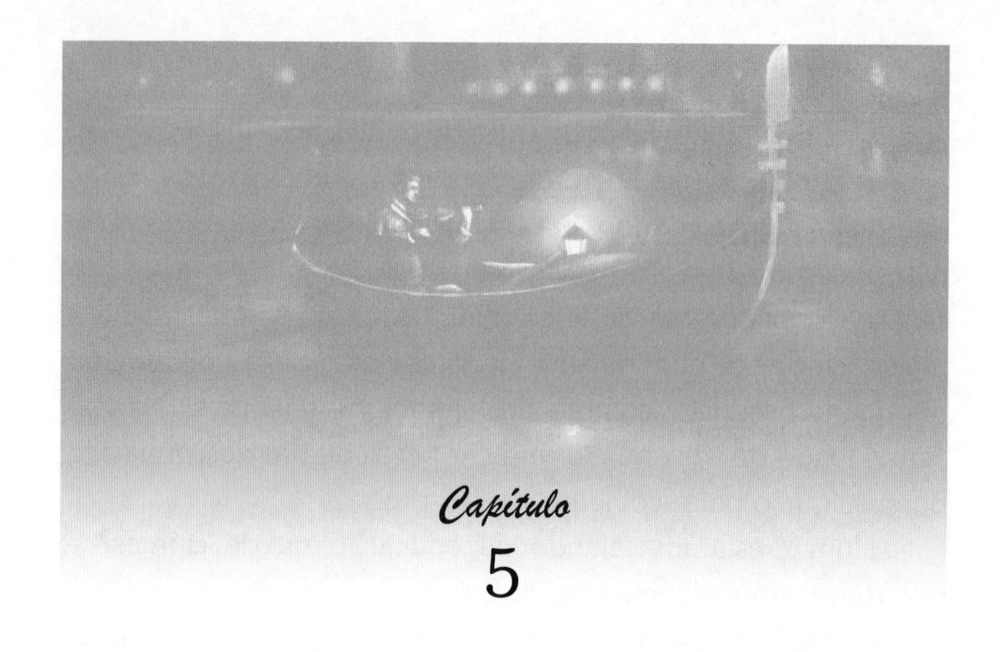

Capítulo 5

> *"Todo mundo tem um amigo do Céu"*

Naquele dia, precisei reunir o resto de minhas forças para vencer os compromissos. Durante as aulas no conservatório, sentia-me muito cansado – resultado da noite maldormida.

Ao final do curso, uma de minhas alunas, a pequena Georgette, me abordou, e sua sensibilidade me surpreendeu uma vez mais. Ela tinha 12 anos, mas o corpo franzino fazia com que parecesse uma criança. Isso lhe dava um encanto especial, porque parecia mais esperta e inteligente do que a idade aparente fazia supor. Sua orfandade lhe tinha ampliado a carência, e ter a aparência de uma criança ainda necessitada de cuidados maiores era para ela um bom álibi.

Naquela tarde, todo o cansaço sentido certamente transparecia em meu rosto, porque ela me questionou:

– Sr. Antonio, o senhor está se sentindo bem?

Não respondi de imediato, pois não sabia o que dizer para aquela doce criaturinha.

– Se está doente, posso lhe ensinar uma coisa que meu amigo me ensinou.

Fitei seu rostinho inocente e toquei de leve seus cabelos. Não tinha, era bem verdade, energia para conversar, mas me senti de certa forma confortado por sua voz doce e seu interesse infantil.

– Então lhe pareço doente, senhorita Georgette – concordei, como que reconhecendo sua astúcia. – Supondo que eu realmente esteja, diga-me o que aprendeu com seu amigo e que pode me ajudar?

– Quando chegar em sua casa, coloque um copo de água ao lado de sua cama, deite-se e faça uma oração – ela apressou-se em detalhar a receita. – Peça a Jesus para que ele permita que seu amigo do Céu possa colocar na água o remédio para o senhor ficar bom.

Ela tinha uma forma interessante de se expressar. Gostava sempre de ensinar às colegas. E o que ela disse deixou-me curioso. Esperava uma receita de algum chá, ou pelo menos que me aconselhasse a descansar.

– Parece simples, senhorita. Mas, como vou saber se tenho mesmo um amigo no Céu? – provoquei.

– Todo mundo tem, Sr. Antonio – ela disse com naturalidade. – Meu amigo disse que cada um tem seu amigo do Céu e, sempre que precisarmos, ele estará ao nosso lado.

Por Deus! Parece que todo mundo tinha resolvido falar nisso agora. Tomei fôlego para tentar manter pelo menos uma calma aparente.

– Espere um pouco, senhorita. Quem é seu amigo que anda lhe contando essas coisas? Não foi o Sr. Pietro, foi? – tentei dissuadi-la, como se meu ceticismo me desse o direito de tentar mudar suas crenças infantis. Vou lhe contar um segredo: ele está muito velhinho e já não fala coisas muito certas.

– Não, não. Não foi o Sr. Pietro. Eu já disse para ele se aproximar do amigo do Céu, pois a hora dele está próxima, mas ele não me escuta. Foi meu amigo quem me contou. Ele disse que algumas pessoas mais idosas costumam ter medo da morte. Acho que o Sr. Pietro tem medo da morte – sussurrou como que contando um segredo.

Fiquei ainda mais surpreso com seu comentário, mas procurei não demonstrar.

– Então quem é este seu amigo tão sábio, que entende de doenças e pode até ler os pensamentos das pessoas?

– Ora, Sr. Antonio, é o meu amigo do Céu. Ele vem quase todas as noites conversar comigo. Ele sabe de muitas coisas. Ele disse que sou órfã aqui na Terra, mas que "lá em cima" eu tenho um pai muito bom, e tenho mãe e muitos irmãos...

– Você está me dizendo que recebe visitas à noite? Mas isso não é permitido, mocinha! – tentei especular.

– Mas ninguém pode vê-lo chegar, e espero que não conte meu segredo. Ele chega quando todos já estão dormindo, senta-se do lado de minha cama e me conta histórias. Vai embora quando adormeço, porque nunca o vi partir.

Eu sabia sobre histórias que as mentes infantis tecem sobre amigos imaginários que conversam com as crianças; lendas coloridas de uma idade cheia de imaginação. Mas ela falava de conselhos e interpretações que não se encaixavam neste contexto. No mais, essas fantasias normalmente se dão com crianças ainda pequenas. Talvez ela tivesse ouvido essas histórias de alguém, ou mesmo lido em algum livro.

Georgette era uma menina viva e encantadora. Sempre esperavam dela algo a dizer. Talvez por isso se instruísse para que, quando as ocasiões se fizessem presentes, tivesse o que falar. Pelo menos era o que eu pensava, na minha santa estupidez.

Achei melhor encerrar o assunto, a dar mais asas à sua imaginação. Afinal ela já estava na idade de começar a abandonar as fantasias infantis, conforme eu pensava. Entendia, no entanto, que sair do conforto da infância e entrar no desafio estressante da adolescência nem sempre é um período dos mais tranquilos, para quem vive em um orfanato.

– Está bem, senhorita. Farei o que disse, mas não se preocupe, pois o que preciso mesmo é de uma boa noite de sono – eu disse, pegando o violino e preparando-me para sair.

– Sr. Antonio – ela me interrompeu – por que o senhor não tem filhos?

Sua pergunta me levou a buscar nos arquivos mentais mais profundos uma resposta, numa viagem que o cansaço me desestimulou a fazer, deixando-me apenas o que havia de mais superficial para dizer:

– Acho que é porque ainda não tenho uma esposa.

– E por que o senhor não se casou ainda? – insistiu.

– Porque a mulher que povoa meus sonhos ainda não sabe dos meus sentimentos.

– E por que não conta a ela?

– Porque...

O que eu estava fazendo? Perguntei a mim mesmo. Ela era só uma criança e o mesmo assunto de poucos dias antes voltava a se repetir. Será que estava escrito em minha testa?!

Preferi pensar que as pessoas sem par são tão destoantes numa sociedade que até as crianças percebem.

– O senhor tem medo de perdê-la – ela disse, aproveitando minhas reticências. – Não vale a pena arriscar?

Não consegui mais abrir minha boca. Aquela criaturinha inocente parecia saber de tudo. Agachei-me, para que nossos olhos pudessem ficar na mesma altura, e lhe disse ternamente:

– Os adultos são muito complicados, senhorita. Um dia você vai entender.

Ela me retribuiu com um olhar que sinceramente não gostei, porque parecia dizer que ela entendia muito mais que eu, e que era eu quem não conseguia compreender coisas tão simples.

Preferi então ir embora em busca do conforto de minha casa para o descanso, mais necessário que merecido. Já era o bastante para aquele dia.

Os dias que se seguiram correram mais tranquilos, sem batidas à noite, sem conversas sobre Espíritos nem perguntas desconcertantes. Finalmente, a vida resolveu deixar-me descansar a mente, mas somente por uns dias.

Capítulo 6

> “*Antes tivessem vivido suas vidas, criado seus filhos...*”

Quando algo tem de acontecer em nossa vida, quando uma nova realidade precisa manifestar-se, parece que uma sequência de fatos, coincidentemente ligados, nos pressiona até romper os bloqueios cristalizados por longo tempo de vivências, em torno de aspectos de um ciclo que se encerra.

Os fatos que apenas haviam começado a chamar a minha atenção para uma nova realidade pareciam, a princípio, ter me dado uma trégua, talvez para um período de assimilação. Acho, porém, que o tempo não espera – ou o Universo tem a sua forma diferente de contar o tempo – porque eu mal havia descansado dos últimos eventos, ainda estava atordoado e confuso com essas situações estranhas que tinha vivenciado, e uma nova sequência estava para começar.

A bem da verdade, nos últimos dias, eu vinha tentando não pensar no assunto, como o homem comum costuma fazer: não pensar ajuda a não entender, e não entender é não ter responsabilidade sobre algo que, depois de compreendido, pode nos exigir algum tipo de mudança. Desta forma, não corria o risco de perder o conforto de minhas antigas crenças, com as quais estava bem-adaptado ao mundo.

Na manhã de quarta-feira, como sempre, naveguei pelo Grande Canal e desembarquei no local costumeiro. Enquanto caminhava pela extensa praça, em direção à residência de Anna, eu estava com o espírito reflexivo, e parei por um momento para olhar ao redor. De um lado, estava a Basílica majestosa, e do outro, mais adiante, o Palácio Ducal, a sede do Governo – a fé e o poder – convivendo lado a lado.

Estático, entre as duas construções majestosas, me senti como se estivesse no ponto onde se dividem a Terra e o Céu, o homem e Deus. Por um momento, por meio de imagens que me vinham à mente, tentei entender por que ambos não conseguem viver juntos, e tentei achar, no vazio de minhas indagações, onde estaria o ponto de união, ou o portal, que possibilitaria ao homem um dia enxergar Deus. Tantos mistérios e tanto sangue derramado. Um mundo insólito a ser sondado além dos limites da vida, e tantos enganos cometidos por aqueles que julgavam ter encontrado esse portal, e que por isso entendiam a vontade do Criador.

Por muitos séculos, o poder estava exercendo mais influência sobre a Igreja. Tinha conseguido atravessar o ponto abstrato onde eu me encontrava e fazer terríveis estragos na fé. A Igreja, por outro lado, não havia conseguido evangelizar o poder, seduzida tantas vezes por seus deslumbres e tentações. O poder... Oh, provação cruel! O ser humano, tão pequenino, sob o jugo de tal sedução, consegue se sentir maior que o outro, maior que a nação, maior que o próprio Criador. E quão solitária é a vida daquele que coloca a si mesmo em tão alto pedestal! E quão doloroso é o seu despertar!

Olhando o mosaico na fachada da Basílica *di San Marco*, que representa a chegada do corpo do humilde evangelista, pensei que o sacrifício desses homens que quiseram mudar o mundo foi sempre coroado de duras recompensas. A humanidade sempre lhes respondeu com indiferença e desdém, quando não, com violência. Teria valido a pena? Antes tivessem vivido suas vidas, criado seus filhos e desfrutado de todo prazer que o mundo oferece – foi a conclusão de minha alma, ainda ignorante dos mecanismos que comandam a vida na Terra e tecem sua história através dos tempos.

Claro que esta era uma de minhas crenças antigas que estavam prestes a ser confrontadas. Esse meu estado reflexivo era bem o momento característico em que a alma suspira pelo novo, cansada da companhia de suas velhas crenças, mesmo que inconscientemente – e com resistência, como era o caso.

Logo que cheguei à casa de Anna, ela me avisou que Benedetto não participaria dos ensaios daquela manhã. Passamos as mesmas peças do outro dia, do tal autor francês, as quais seu pai havia lhe trazido. Eu gostava das melodias, eram profundas, mas ao mesmo tempo suaves. Transportava-nos a um estado de espírito agradável.

Durante o ensaio, Anna mostrou-se pouco concentrada. Errava várias vezes e perdia-se na leitura, coisa que não lhe era muito comum – ela tinha um dom singular de memorizar as sequências que tocava, mesmo se fosse pela primeira vez.

Naquele dia, eu tinha levado comigo umas peças novas que compus e que havia prometido mostrá-las à Anna. Acreditava que poderiam ser do agrado de seu pai, uma vez que ela certamente teria de submetê-las à aprovação dele. Eu falava com entusiasmo, explicando como surgiu a ideia de cada uma delas, e Anna ouvia em um silêncio angustiante. Finalmente, ela me fez parar, dizendo:

– Antonio, preciso lhe contar uma coisa.

Eu, que até então tentava ignorar haver algo de diferente subtraindo a costumeira tranquilidade que ela sempre possuía – talvez porque eu pressentisse uma má notícia –, me vi sem saída, e aquietei-me para ouvi-la.

– Não me sinto bem com esta situação, pois tem algo que é preciso que saiba e, você sabe, meu pai...

– Não quer mais meus serviços? – tentei antecipar, pessimista.

– Suas músicas... – ela disse, tentando encurtar a conversar.

– Mas nem sequer as escutou!

– Elas são lindas e bem compostas, mas...

– O que há de errado então? Por que ele dá mais valor ao trabalho de um francês que mal conhece, ao invés de valorizar o que está debaixo do nariz dele, em sua própria terra? – eu disse alterado, deixando revelar meu ciúme até então disfarçado.

– Não é o francês quem as compõe, ou melhor, não totalmente.

– Não?! Então ele assinou uma obra que não lhe pertence?

– Sei que vai rir do que vou dizer, mas você vai saber de qualquer forma.

Anna tomou fôlego, e então sentenciou o que de mais absurdo eu tinha ouvido até aquele momento.

– Foi uma mesa.

Eu não conseguia imaginar que tipo de brincadeira Anna tentava fazer comigo, mas esperei sua explicação em silêncio. O que eu iria dizer diante de uma afirmativa, na minha opinião, tão patética?

– Na verdade – continuou ela – é um espírito que usa a mesa para ditar as notas.

Novamente o assunto! E agora a coisa estava séria, porque Anna era uma pessoa de juízo, sensata, mesmo sendo muito jovem ainda. Com que sortilégio estaria alguém envolvendo seu pai e a ela também? Minha decepção era tamanha diante daquilo, que eu julgava ser uma credulidade das mais ingênuas, que não conseguia dizer uma palavra. Mesmo assim ironizei:

– Uma mesa, Anna?! Benedetto já havia me falado que as mesas estavam falando, e agora as mesas se tornaram compositoras e querem concorrer conosco. Que me diz Anna? Que brincadeira é esta? Mortos não se comunicam com os vivos.

Ela apressou-se em dar os pormenores da situação.

– De dois anos para cá, a França foi invadida por essa epidemia estadunidense. As pessoas ficam em volta de uma mesa, se concentram por um tempo, até que ela começa a se movimentar. Fazem perguntas e a mesa responde em forma de códigos, dando batidas com os pés no assoalho. Esse Sr. Louis recebeu em sua casa um amigo, que veio da América do Norte e o ensinou como proceder. Então eles fizeram várias reuniões com a mesa.

– Como sabe, Anna, se não são magnetizadores que criaram uma nova forma de ilusão? Artistas da mágica!

– Não há como ser um embuste. A família do Sr. Louis também participava, e as respostas eram muito profundas, iam além do conhecimento deles. Havia dias em que a mesa respondia a perguntas de improviso, em forma de frases que continham sempre o mesmo número de palavras. Não havia como emprestar aos participantes a autoria daquelas respostas complexas. E depois vem o mais extraordinário: um dia a mesa começou a ditar notas musicais. Combinaram um código em que o número de pancadas que dava com os pés correspondia às notas. Depois ela ditou o valor das notas, quantas notas ficariam em cada compasso, as pausas, a armadura de clave, os acidentes e até o andamento. O filho do Sr. Louis é pianista, e fazia depois os acompanhamentos. Na reunião seguinte, ele apresentava para apreciação da mesa, que lhe corrigia ou aceitava o que havia feito. Os títulos das melodias ditadas eram sempre relacionados à vida celestial, à natureza, à vida em planetas de nomes conhecidos e desconhecidos.

Eu não sabia precisar se eu estava com o sangue fervendo nas têmporas, por causa da loucura que Anna contava ou por ciúme de ver minhas obras desprezadas em troca do que eu acreditava ser um embuste.

Estava me controlando o quanto podia para não ser desagradável, já que ela estava confiando a mim suas crenças com a mais pura sinceridade. Mas não poderia deixar de expressar minha opinião e tentar dissuadi-la de aceitar tão inocentemente o que para mim estava claro como a luz do dia: um golpe publicitário, um oportunismo comercial.

– Você sabe, Anna, que nós, amantes da música instrumental, atravessamos um tempo difícil. A ópera ganhou considerável espaço nos teatros, palácios e saraus, e hoje é tudo que se quer ouvir. Não é difícil perceber a apelação comercial nisso que me conta. Uma manipulação! Uma forma desonesta de chamar a atenção para si pelo sensacionalismo e não pelo talento.

– Claro que sei o que está acontecendo com nossa música, Antonio. Mas saiba que até a ópera está perdendo seus espaços, e até mesmo sendo afastada do proscênio para dar evidência às mesas que giram, dançam e falam. Fico admirada que você não tenha ouvido sobre isso. Os artistas estão tendo que se desdobrar em criatividade e invencionismo para recuperar um minuto de atenção do público. Mesmo os mais reconhecidos têm suas obras relegadas a segundo plano. Só se fala no novo fenômeno. Toda família tem um espírito que lhes responde às questões ou serve de entretenimento para os filhos. Pessoas sérias estudam as manifestações.

Eu não podia crer que um modismo inconsequente estivesse sendo preferido à arte séria e elaborada de nosso século. Isso mais se assemelhava à busca do mais fácil, do prazer barato, da diversão, como é o comum às grandes massas, aos que vivem na superfície da vida. Mas daí a aceitar que Paris, a cidade luz – berço de tantos homens de pensamento iluminado, numa época em que todas as teorias só eram aceitas se provadas cientificamente –, estivesse se dobrando a tal heresia, era impossível.

– Para mim também foi difícil aceitar – ela disse, adivinhando o turbilhão de pensamentos que me assaltavam. – Mas bem ou mal é a realidade que se apresenta. Meu pai disse que é preciso adaptar-se a ela. Afinal, fazemos música para os outros e não para nós.

Aquela colocação final me irritou profundamente. Lembrei-me de meu próprio pai repetindo sempre a mesma ladainha de que a música deveria gerar riqueza, não importando os meios utilizados. E isso aumentou minha resistência.

– Isso não significa que temos de seguir modismos e fazer o que está sempre em evidência – protestei.

Anna silenciou por um momento, buscando palavras para entrar na outra parte da conversa. Parecia ser algo delicado, porque ela tentou por várias vezes iniciar a frase antes de dizer:

– Meu pai fez um contrato com Arnaud, filho do Sr. Louis, que lhe forneceu as peças. Quer apresentá-las nos teatros de Paris como obras ditadas pelos Espíritos. Meu pai acredita que é a oportunidade para lançar-me num espaço que, vivendo aqui em Veneza, é impossível alcançar.

Fiquei parado sem saber o que dizer. A situação era mais séria do que eu supunha. Vários sentimentos me oprimiam agora o peito, e, na verdade, poderia resumi-los todos em um só: perda.

Minhas obras eram desprezadas em troca do que, a meu ver, era um modismo contrário à ética e ao bom-senso. Os ensaios que tanto adorava iriam terminar, ou pelo menos ser interrompidos, sem falar na perda financeira. Anna iria para longe, e quem sabe se o destino não a roubaria de mim para sempre, uma vez que Paris era cidade de grandes oportunidades. Além do mais, seu pai estava entregando toda a confiança nas mãos desse tal de Arnaud.

O ciúme era evidente e vulcânico. E a mente funciona ligeira sob o seu domínio. Eles iriam conviver todos os dias; ele dispensaria a ela toda a atenção, e ela ainda teria o interesse condescendente de seu pai, se – ou quando – o francês resolvesse investir em um pedido formal. Era um duro golpe para mim.

Tudo isto passou em segundos pela minha mente. Senti que perdia a sintonia antes tão perfeita com Anna. Não tinha argumentos, pois achava tudo tão absurdo, tão indigno, e, por que não dizer, desonesto? Desonesto para com ela, para comigo, para com a música, para com a vida.

Resolvi silenciar também meu interior. Anna também não quis dizer mais nada, pois sentia, de alguma forma, o quanto havia me decepcionado e o quanto eu me opunha a tudo aquilo. Remexi entre os dedos as partituras que havia levado, disfarçando minha indignação, e creio que ela entendeu que eu não conseguia aceitar.

– Quero fazer-lhe um convite – ela quebrou o silêncio, buscando uma alternativa. – O Sr. Louis e Arnaud chegarão à Veneza nos próximos dias, para acertar os detalhes do contrato com meu pai, e farão conosco uma reunião com a mesa. Gostaria que participasse e visse com seus próprios olhos. Falarei com meu pai e ele concederá permissão.

– Então este foi nosso último ensaio? – perguntei em tom afirmativo, apenas para confirmar.

Ela olhou apenas. Seu "sim" já estava pronunciado e bem entendido.

Agradeci o convite. Talvez em outra circunstância a curiosidade seria maior, mas recusei, em protesto.

Pensei em pedir a Anna que não acreditasse, que argumentasse com seu pai. Aquilo era um grande equívoco, e eles sofreriam certamente uma grande decepção. Mas desisti de qualquer argumentação, e já me preparava para ir embora quando ela disse:

– Tem um detalhe que quero lhe contar, e então vai entender por que acredito. Lembra-se daquela música que compus, a que lhe mostrei em nosso ensaio anterior? – buscou entre as partituras que estavam sobre o piano, e dedilhou algumas notas, como a me fazer recordar.

– Sim, é muito bela. Demonstra como possui seu próprio talento – eu disse, com a intenção de aproveitar todas as brechas para combater o que me apresentava.

– Eu lhe disse que compus de uma só vez, como se fosse inspirada, lembra? – continuou. – Arnaud escreveu-me confirmando. Disse que o mesmo espírito que o assiste ditou-me as notas ao ouvido, e que ele estará me assistindo em meus trabalhos. Vê?! Como Arnaud poderia saber? E, se é verdade, que dom maravilhoso possuo!

– Sim, Anna, você tem um dom maravilhoso: o de captar as belezas da vida, através de seu próprio espírito sensível, que possui belíssimos sentimentos, e transformar em música toda a harmonia que existe, e que não é sentida pelo homem comum – argumentei alterado. – Não precisa submeter seu talento a essas manobras comerciais. É uma vulgarização de sua arte isto a que seu pai quer lhe expor.

– Oh, Antonio, quanta incredulidade! Sempre admirei seus nobres sentimentos e sua sensibilidade. Sei que é difícil aceitar esses fatos, de início, mas você tem de permitir a si mesmo uma análise imparcial. Toda a Europa está envolvida com o novo fenômeno. É uma nova realidade que nos é apresentada e, com certeza, passados os primeiros momentos de euforia, tudo será entendido com clareza. Concordo que há mais entusiasmo do que deveria haver, mas sei que depois tudo voltará ao normal. Nossa música, nossa arte e todas as tradições somente terão a ganhar.

Eu não tinha mais como argumentar. Anna demonstrava convicção. O raciocínio para mim, no entanto, não se fazia muito claro, pois era subjugado por uma legião de sentimentos avassaladores, que brotavam de minha insegurança e da iminência das perdas que se seguiriam.

De um impulso, tomei-lhe a mão na intenção de dizer-lhe o quanto me preocupava, o quanto temia por ela, mas não disse nenhuma palavra. Certamente, acabaria me traindo e demonstrando a realidade: minha não aceitação em perdê-la.

Ela me olhou ternamente, sem se esquivar. Sua mão entre as minhas pareciam repousar num espaço em que se sentia segura. Mesmo assim, eu não soube o que falar. Seu olhar parecia me dizer que entendia meus sentimentos, que os conhecia nas expressões mais secretas. Que sabia que grande parte da minha resistência era por outros motivos, não expostos. Então, naquele momento em que nossas almas foram tomadas por inesperada intimidade, ela disse:

– Também tenho muito a perder.

Pela primeira vez, ela expressava em palavras o que para mim só existia no âmbito de minhas esperanças e ilusões. Ela não acrescentou nem mais uma letra, pois sabia que eu podia compreender todo o universo do que quis expressar, tendo sua mão suave entre as minhas e seu olhar atravessando-me a alma.

Sua voz me seduziu e arrancou-me do estado opressor de sentimentos em que me encontrava. Por um momento, todos os motivos não faziam mais sentido, pois todos eram menores, secundários. O que se revelou para mim é que a tudo mais eu poderia me dobrar, menos à possibilidade de perdê-la. Sabia, no entanto, que assim que soltasse sua mão, perderia toda a magia, e a realidade nos afastaria, porque seus olhos também diziam que a escolha já tinha sido feita. O que viria depois, só ao destino caberia conciliar.

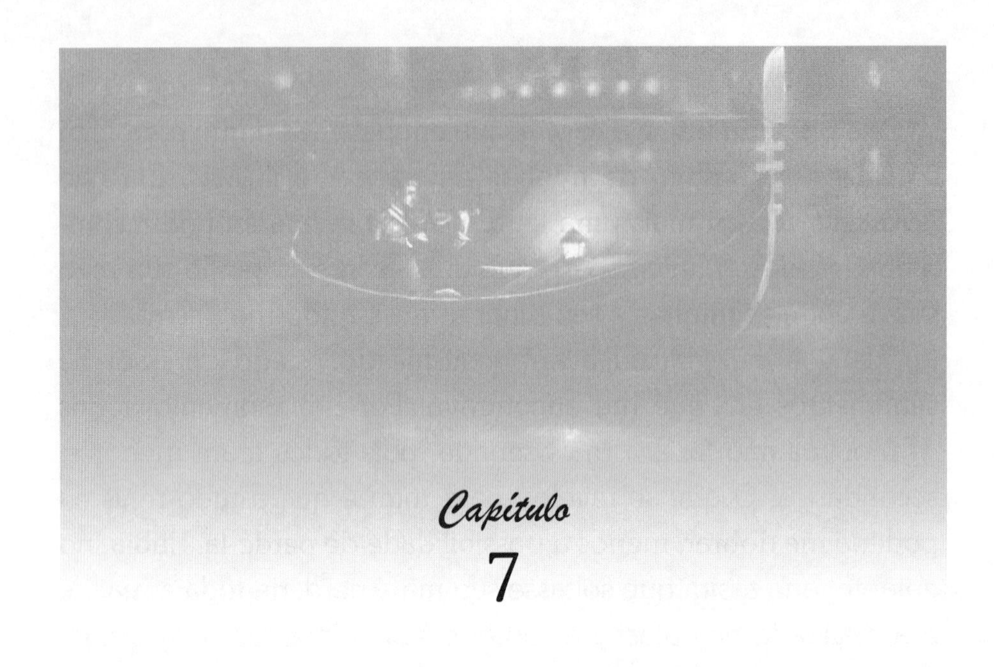

Capítulo 7

> *Esta face dos meus sentimentos eu não queria aceitar*

É interessante como para um coração desiludido a vida perde a cor.

Meu mundo desmoronava diante dos fatos, fazendo-me perceber a fragilidade de minha segurança. Continuar vivendo sem os encontros com Anna era como retirar a parte colorida dos meus dias. A quarta-feira seria um dia como outro qualquer. Não haveria mais manhãs especiais a esperar.

Todavia, eu tinha consciência de que esses sentimentos tornavam-se mais opressores, porque os fatos apresentavam-se fora do meu controle. Não havia nada que eu pudesse fazer a meu favor, reverter a situação, fazer-me ouvido. Eu, eu, eu...só pensava em mim. Não cogitei, nem por um minuto, em dobrar-me aos fatos e compreendê-los.

Tudo aconteceu muito rápido. Já estava tudo encaminhado e só eu não sabia. Anna podia ter me preparado, contado antes. Com certeza seu pai a proibiu, pois queria fazer segredo do empreendimento, com receio de alguém antecipar seus projetos, roubando-lhe a ideia.

Eu precisava resistir ao desencanto e aos pensamentos negativos para continuar vivendo. Por isso, meus antigos sonhos de seguir para Viena voltaram à minha mente como solução. Sair talvez da omissão de uma vida segura – e que agora se apresentava tão frágil –, arriscar tudo numa aventura para tornar meu trabalho reconhecido, e envolver-me numa vida mais intensa. Mas, se as coisas eram como Anna dizia, se estava havendo tanto desprezo à arte, em razão do novo fenômeno em moda, não seria aquele o momento mais propício. Por isso, meus planos giravam e arremessavam-me de volta ao desalento.

Alguns dias depois, percebi que não conseguia superar aquela situação. Talvez houvesse algo ainda a fazer.

Procurei Benedetto para uma conversa. Ele me recebeu em sua casa com o mesmo sorriso aberto e generoso de sempre.

– Que aconteceu? Está doente? – perguntou, vendo em meu rosto o reflexo de meu estado emocional.

Contei-lhe resumidamente o que havia se passado, sem conseguir contudo esconder minha indignação. Ao final, como que para checar se eu não sofreria mais uma decepção, perguntei:

– Você não sabia nada sobre isso, não é?

– Anna e eu conversamos rapidamente certa vez sobre as mesas, mas ela nada disse sobre o que você está me contando agora. O que sei é que meus serviços foram dispensados mal tendo começado. Alegaram uma viagem próxima, e eu não quis especular muito. Afinal, não posso me queixar, pois a remuneração foi generosa.

– E o que você pensa sobre tudo isso? Na minha opinião, não passa de um modismo, e tenho medo que Anna seja explorada – eu disse.

– Não há motivos para apreensão. O pai estará o tempo todo com ela. Ele controla a vida dela, e não a deixará entregue a estranhos – ele tentou me tranquilizar.

– Mas é ganancioso e está se metendo por caminhos que ferem a nossa ética.

– Estamos falando de ética ou novamente de ciúmes?

Isso era algo que eu não conseguia definir. Queria usar de todos os meus argumentos para ocultar o que mais me doía: o afastamento da mulher amada. Mas se eu clamasse por isso, pareceria, além de egoísta, um sentimental imaturo, e esta face dos meus sentimentos que se revelava eu não queria aceitar.

Benedetto me deixou só por um momento, e foi até o interior da casa, de onde voltou trazendo consigo um jornal.

– Ainda não tenho uma opinião formada sobre os fatos, até mesmo porque não vi com meus próprios olhos. Mas há informações de toda sorte sobre o fenômeno – ele disse, mostrando-me o jornal. – Este periódico francês, por exemplo, que chegou em minhas mãos por meio de um amigo, não leva muito a sério o discurso das mesas.

Ele me entregou o jornal, que folheei meio a contragosto. Era como se, lendo, eu estivesse dando atenção a um assunto que já havia se tornado para mim uma questão de honra combater.

Dei uma rápida olhada, e chamou-me a atenção uma página com várias charges, gravuras e dizeres que ironizavam o fenômeno. Faziam chacota com a possibilidade de uma mesa poder falar, escrever ou dar conselhos. Eu conhecia a língua francesa e pude traduzir o que um dos desenhos anunciava: *"Jovem mesa, de exterior simpático, que fala várias línguas e conhece um pouco de aritmética e muitas histórias, pede uma colocação como intendente de finanças"*.

Ri a valer, desabafando um pouco a tensão. Era como se aquele jornal pudesse me dar a segurança de crer que toda aquela história seria desmascarada. Não, as pessoas sérias não seguiriam aquela onda, eu pensei.

Conversamos ainda por um tempo, e pedi a Benedetto que me emprestasse o jornal. Planejava mostrá-lo à Anna e tentar fazê-la enxergar o que me parecia óbvio. Talvez com a ajuda daquele folhetim – que eu queria acreditar que traduzia o pensamento da imprensa francesa – eu pudesse obter algum sucesso, e desencorajá-la de envolver sua arte no empreendimento equivocado de seu pai.

Capítulo 8

> "*Eu a conhecia mais que a mim mesmo.*
> *Desejei que não fosse assim.*"

A noite que se seguiu não foi menos difícil, pelo fato de eu ter conseguido relaxar um pouco de minhas preocupações na companhia do amigo flautista. O sono veio tardiamente e sem conforto, o que me fez demorar um pouco mais na cama, no dia seguinte.

A manhã já ia pela metade, quando reuni forças para reagir e começar o dia. Minha aparência denunciava a noite mal dormida, por isso, demorei um pouco mais para fazer a barba, me banhar, e recuperar a dignidade física.

Durante o extenso ritual matutino, os pensamentos não me deram trégua, e eu repassava repetidamente diversos argumentos contrários aos planos de Anna e sua identificação com as ideias vindas de Paris, mesmo sem saber se ainda voltaríamos a este assunto, uma vez que, por parte dela, a decisão já havia sido tomada.

Soubesse de toda a história antes, e poderia ter me antecipado e protegido Anna de alguma forma – era o que me inquietava naquela hora. Eu tinha ciência da grande estima que ela expressava por mim, embora minhas esperanças gravitassem em torno de um sentimento mais profundo, por que não dizer "exclusivo", como o amor de uma mulher por um homem.

Algumas vezes, eu chegava a pensar que havia, pelo menos de forma ainda não desperta, essa reciprocidade em seu coração. A doçura, a harmonia e todo o afeto expressado em nossos encontros de ensaios falavam de algo maior, um sentimento real, belo e sem similaridade com nada já vivido por mim antes.

Arremessava-me a devaneios e ilusões, sonhos de vida familiar, felicidade conjugal. Tínhamos os mesmos gostos, afinidade de opinião sobre a música e sobre a vida, embora nossos temperamentos fossem diferentes. Eu tinha o espírito livre, libertei-me cedo dos ditames ambiciosos de meu pai e segui minha própria crença. Aceitei para mim a vida simples, para priorizar minha música, minha arte, minha liberdade. Anna, porém, apesar de talentosa e de uma emoção rica e graciosa, era submissa, e muitas vezes demonstrava insegurança, própria de uma mulher comum daquela época.

Eu conseguia vê-la e compreendê-la, embora nunca tivesse conseguido surpreendê-la em seus sentimentos íntimos. Por isso, eu não conseguia dimensionar, nem identificar em que área de sua emoção ela me situava.

Ela teria me ouvido, certamente, se tivesse tido tempo. Agora, nada que eu fizesse poderia mudar o rumo dos acontecimentos. Soube disso quando fitei seus olhos. Foi muito mais do que seus lábios poderiam me dizer. Vi por trás de sua expressão todos os argumentos de vida, da vida dela, que talvez a própria Anna não saberia organizar, para me dizer que era impossível para ela, pelo menos naquele momento, pensar diferente, querer diferente, ser diferente.

Descobri que a conhecia mais que a mim mesmo. Desejei que não fosse assim – às vezes, não compreender os fatos e mergulhar em ilusões cria em nós as molas sutis, amortecedoras dos impactos emocionais que a realidade nos apresenta.

Resolvi me dedicar, naquela manhã, a uma nova composição em que trabalhava, para tentar esquecer os acontecimentos. Era uma fantasia sobre uma peça de Vivaldi, que revelava a mim grande prazer em compor. Como se eu pudesse entrar em algum tipo de comunicação com o grande mestre. Um sentimento que me trouxe uma divagação inusitada, talvez pelas novas informações que, mesmo a contragosto, eu havia recebido de Anna.

Vi-me refletindo sobre o sentimento que aquela composição me trazia, e especulei mentalmente sobre o que representaria a inspiração para um músico.

Eu percebia que temas ou trechos surgiam, no momento de uma composição, de forma muitas vezes inesperada – e, por que não dizer, na maioria delas –, mudando o curso da composição para frases que soavam impressionantes e não planejadas – ou visualizadas –, como se, de repente, um sentimento abstrato, indefinível, fosse materializado ou expresso na forma musical, dentro das sete notas e seus acidentes[1], que milhões de milhares

1 Cada um dos sinais de alteração pelos quais um som da escala natural pode ser elevado ou abaixado de um ou dois semitons cromáticos: sustenido, bemol, bequadro, dobrado-sustenido, dobrado-bemol.

de vezes já haviam sido combinados entre si, mas que tinham o sabor de uma nova combinação jamais imaginada.

Era um maravilhoso mistério! Concluí que, nesses momentos, talvez não fosse o sentimento que se materializava, vindo de "outro plano" abstrato – ou santificado, como os amantes da música sacra se referem –, mas sim que minha mente ou minha alma que se desprendia do plano concreto em que estava ancorada, para se elevar a esse mundo desconhecido – cheio de mistérios, como dizia Shakespeare – e captar suas harmonias.

Este é o dom do músico, do artista em geral: a capacidade de se desprender e vagar por outro universo. E se um músico extrai desse outro mundo harmonias que não lhe pertencem, para expressar algo a quem o ouve, não pode corromper seu dom em busca somente de recompensas imediatas. Ele tem o mesmo dever de zelar pela ética de sua arte, como o professor o tem pelo conhecimento que transmite a seus discípulos, como o político tem de zelar pela confiança de seu povo.

Assim como o povo e o aluno se colocam de forma desarmada e humilde perante seus guias, também os apreciadores da música abrem suas almas para se alimentar das harmonias expressas pelos músicos. Isso devia ser mais respeitado. A música tem o poder até mesmo de modificar uma vida. Oh, músicos, que espalham somente desespero e outras formas de violência por meio de seus dons. Um dia, quando despertarem, verão o mal que semearam, e terão de ombrear com suas vítimas nos amargos dias de colheita.

Estes pensamentos levavam-me de volta à conversa com Anna. Não fosse minha contrariedade com os fatos apresentados, teria considerado o que ela havia dito a respeito de suas composições serem inspiradas, embora, naquele momento, eu não pudesse conceber sequer a possibilidade de pensar diferente, pois, acima de tudo, entravam em questão as minhas perdas.

Preferia pensar que Anna tinha esse dom. Sua alma pura desprendia-se facilmente e alcançava os universos onde as doces harmonias pairam. Um estado de alma que ela não poderia deixar se corromper pelas ideias de Espíritos dos mortos lhe soprando melodias aos ouvidos.

Para conseguir vencer os pensamentos e as divagações, lancei-me ao trabalho com grande determinação e força. Passava e repassava o último movimento que tinha composto, com uma força de expressão tão intensa que parecia querer gritar ao mundo minha indignação através daquele frágil instrumento de madeira. As notas mais agudas soavam como um grande lamento de um coração em pedaços, e as mais graves como um protesto.

De repente, alguém batendo na porta me fez despencar daquele transe musical. Levei ainda alguns segundos para me orientar e entender o que estava acontecendo.

Como eu estava mergulhado naquele processo de liberação emocional que fazia ao violino, as batidas não foram identificadas por mim de forma muito clara. Um grande receio me invadiu. Pensei que novamente iria começar, como naquela outra noite, a sequência de batidas, cuja origem eu não tinha conseguido identificar, e que Benedetto havia ironizado, vinculando-as à ação de fantasmas. Mas, antes que eu fizesse qualquer movimento, novamente delicadas batidas vindas da porta de entrada fizeram-me perceber que eu estava me assustando sem razão.

Descansei o violino e o arco sobre uma cadeira, e me prontifiquei a atender o visitante inesperado.

Inimaginável foi a surpresa que me proporcionou a inesperada visita. Algo que fez meu coração parar por segundos, enquanto o Universo, também paralisado, esperava, em grande expectativa, pela minha reação.

– Anna! – foi o que consegui dizer, sem acreditar no que via.

Jamais tinha imaginado sequer a possibilidade, mas ali estava ela, com um sorriso terno e a mesma beleza jovial que lhe conferia toda a graça que me encantava os olhos.

– Como está, Antonio? Espero que eu não tenha chegado em momento inapropriado, mas precisava lhe falar – ela disse.

Eu não sabia o que dizer, ou quais seriam as palavras certas a serem ditas. Estava completamente sem ação.

– Não vai me convidar para entrar? – ela perguntou, percebendo minha estupefação.

– Sim, sim, entre – eu disse, ao mesmo tempo em que ia juntando algumas coisas espalhadas pelo caminho, com a ingênua pretensão de esconder minha falta de organização, que já estava irremediavelmente denunciada.

– Então é assim que os homens solitários vivem? – ironizou.

– Como chegou aqui? Digo, como encontrou minha casa? – perguntei intrigado.

Anna corria os olhos por todos os detalhes do ambiente, tocando em algumas coisas que lhe despertavam a curiosidade, como uma menina, eu diria, atrevida. Gostei, no entanto, da forma íntima com que ela "invadia" minha privacidade e parecia sentir-se à vontade. Era aquilo algo inusitado para mim, vindo da parte dela. Fiquei a admirá-la. Era uma surpresa maravilhosa! Na verdade, nunca a tinha visto fora de seu ambiente, de sua casa, fora do alcance dos olhos controladores de seu pai.

– A música... – ela disse.

– O quê? – eu perguntei.

– Perguntou como cheguei aqui. Você já comentou algumas vezes que morava nesta área. Não foi difícil saber qual era a casa, porque a música que tocava se ouvia ao longe, e era inconfundível, mesmo sendo diferente de tudo que já ouvi você tocar. É uma nova composição? Você parecia...

– Possuído! – interrompi.

Ela fez uma expressão de espanto, pois pensava que essa fosse uma ideia somente dela. Não esperava que eu antecipasse seu pensamento.

– Estou possuído, Anna, por uma profunda indignação, desde que você me contou aquela história patética de mesas que compõem músicas, e todos os planos absurdos em que seu pai está lhe envolvendo.

– Eu sei – disse ela, com grande ternura no olhar, apesar da minha postura arrogante. – Por isso vim até aqui. Tivemos ontem a reunião com o Sr. Louis e seu filho Arnoud. A princípio, eu estava um pouco descrente, pois nos fizeram sentar em torno da mesa de jantar e nos concentrar. O Sr. Louis disse ser apropriada porque é redonda. Em pouco mais de 15 minutos, a mesa ergueu-se do chão de forma surpreendente e começou a girar debaixo de nossas mãos. O Sr. Louis começou a fazer perguntas, e a mesa, que estava suspensa do chão de forma mágica, respondia dando pancadas com os pés. Eu não entendia bem o código que eles utilizavam, mas à medida que a mesa ia batendo com os pés, Arnaud ia escrevendo as letras num papel e formava palavras. Eu estava perplexa, Antonio! Não fazíamos força com as mãos. Apenas tocávamos de leve as pontas de nossos dedos e a mesa parecia ter adquirido vida própria.

Eu não queria mais escutar aquelas histórias, mas ela falava rápido, sem que eu pudesse interrompê-la. Seu olhar sobre mim possuía certo magnetismo quando ela falava. Desenrolou então uma folha de papel que trazia nas mãos e me entregou.

– Veja você mesmo a composição que a mesa ditou.

Neguei-me a olhar e me afastei, para que meu orgulho não fosse subjugado pelo magnetismo de sua fala eloquente.

– Você acredita mesmo nisso, Anna? Acredita que mesas podem compor melodias? – perguntei, apelando para sua lucidez pessoal, uma vez que não encontrava argumentos contra algo do qual não tinha participado, e portanto não poderia identificar quais truques teriam sido utilizados para parecer crível tal absurdo.

– Acredito, Antonio, que os Espíritos podem se comunicar conosco e usar as mesas para isso. O Sr. Louis disse que eles já se utilizam de outros meios, e até mesmo a escrita, fazendo movimentar a mão de uma pessoa que segura um lápis, mas que preferem utilizar a mesa, porque isso envolve várias pessoas e afasta a possibilidade de as respostas serem direcionadas pelo pensamento ou a intenção de alguém do círculo. Não poupam esforços para provar que a comunicação é verídica.

Eu não conseguia organizar as ideias. A deliciosa surpresa de ver Anna em minha morada havia se transformado em grande decepção. Por instantes, tive a esperança de que ela havia mudado de opinião, que tinha resolvido não acreditar, e veio me dizer que não iria mais para Paris.

Eu sentia o peito opresso. Ela poderia ter ido embora, sem precisar me reafirmar tudo aquilo que já tinha me causado grande desgosto. Por que simplesmente não foi? Por que estava ali como a colocar o dedo na ferida ou aumentar o peso do fardo que, com muito custo, eu estava carregando desde a última vez que nos encontramos? Se eu era apenas um músico a quem seu pai havia dispensado os serviços; se ela tinha um novo destino e sabia que dele eu não faria parte e nem sequer emprestaria meu apoio... Todas estas questões foram respondidas de forma ainda mais surpreendente quando ela disse:

– Eu queria muito que você soubesse sobre a experiência que vivi ontem. Por isso vim até aqui para lhe contar, pois acredito que é importante para você o que acontece comigo.

Sua última frase me desarmou. Seu olhar possuía uma expressão que eu nunca tinha visto antes. Ela sabia, eu não tinha dúvida. Não era mais segredo meus sentimentos por ela. Fiquei embaraçado naquele momento, e ainda mais surpreso quando ela fez a revelação.

– Eu acredito, Antonio, que alguma coisa muito especial está sendo revelada por todo esse movimento que invadiu a Europa. É a revelação de "um outro mundo" que sempre quisemos conhecer. Não tenho dúvidas, diante de todas as provas que me estão sendo apresentadas.

Anna fez uma pequena pausa e continuou:

– E porque sei que é verdade é que quero colaborar através da minha música. Quero ser intermediária dos Espíritos. Eu sempre tive o sentimento inexplicável de que a música em minha vida não seria apenas para o prazer e o deleite, mas uma espécie de missão. E porque eu acredito e vejo a grandeza dos fatos, é que vou com meu pai para Paris. Não fosse assim, não tivesse toda essa certeza, não me afastaria de você. Surpreendi-me com grande aperto no coração, depois que você deixou minha casa, após nossa última conversa. Percebi o quanto sua presença, seu carinho e sua amizade têm acrescentado em minha vida. Não consigo me imaginar fazendo música sem a sua companhia.

Era uma situação inimaginável para mim até então. Anna estava em minha morada falando de seus sentimentos. Mas, ao mesmo tempo, havia um abismo entre nós. Uma ironia do destino! No momento em que ela parecia perceber em si o sentimento que eu sempre tinha sonhado ver despertar, toda uma trama se interpunha entre nós, cujo desfecho inevitavelmente seria seu consequente afastamento, talvez para sempre.

– Pensei que vindo aqui hoje – ela continuou –, poderia fazê-lo acreditar, mas você sequer olhou o que lhe trouxe. Eu poderia convencer meu pai de incluí-lo nessa viagem, e poderíamos continuar nosso trabalho juntos.

Ela tinha nos olhos um misto de ternura e tristeza.

– Não posso forçá-lo, Antonio. Eu sei que não tenho esse direito. Você é sempre tão inteligente e aberto à pesquisa, tem um pensamento profundo e belo sobre a vida. Por que não quer se dar ao trabalho de pelo menos observar imparcialmente o que está acontecendo? Você não precisaria acreditar, se não se convencesse. De que tem medo?

Fui, naquele momento, cego o suficiente para não perceber naquela atitude de Anna um grande apelo de um coração que descobriu o amor e lançava mão da última possibilidade para não perdê-lo.

Preferi, na minha ignorância emocional, pensar que era amizade – palavra que ninguém gosta de ouvir nessas horas e na qual me fixei em sua fala. Pensei ser este o motivo maior, ou único, que a fazia me querer por perto.

Concluí para mim mesmo que, aceitando aquela situação e indo para Paris, não passaria de um amigo íntimo e acabaria como seu padrinho de casamento com o tal de Arnoud. Meu orgulho me cegava e deixava escapar a mulher amada, no exato momento em que se declarava para mim em palavras e atitudes, muito além de tudo que eu havia sonhado.

Já que me mantive em silêncio, apenas olhando, perdido em minhas conjecturas, ela disse:

– Vou deixar com você a composição. Talvez um dia se interesse.

Anna havia finalizado seus argumentos diante de meu silêncio e de minha postura intransigente. Talvez tenha mesmo julgado que eu não lhe correspondia os sentimentos e que foi um erro tê-los revelado a mim. Fez uma longa pausa, esperando, talvez, que eu pudesse refletir e ser condescendente. Mas, naquele momento, em minha mente não havia sequer a sombra da possibilidade de rever meus conceitos.

Espíritos ditando músicas, histórias de fantasmas como tantas que eu ouvi quando criança. Pensei em como poderia ter vindo tal ideia de Paris. A mesma Paris de iluminados pensadores, que renegam qualquer argumentação sem uma comprovação sistemática, científica. Que pouco se interessa por questões espetaculares... Por outro lado, era previsível que a sociedade parisiense, em sua avidez por novos e bizarros entretenimentos, pudesse ser facilmente seduzida pela novidade. Acreditei que a própria vida se encarregaria de mostrar – e em pouco tempo – que tudo não passava de um modismo.

Essa ideia me devolveu, de certa forma, a tranquilidade. Foi então que fiz a coisa mais estúpida, mais equivocada de toda minha vida até então. Olhei Anna nos olhos e disse, querendo demonstrar uma experiência de vida que não cabia naquele momento:

– Anna, agradeço-lhe o belo gesto de vir até aqui trazendo-me suas experiências. Sinto-me impotente, no entanto, para pensar diferente. Acompanhando-lhe assim, em tal estado de espírito, ficaria todo o tempo a opor-lhe as ideias e planos. Não seria honesto, embora eu já sinta como serão vazias as manhãs de quarta-feira daqui por diante.

Ela me olhava, paciente, esperando o desfecho de meus pensamentos.

– Creio, no entanto que seu pai, como homem experiente e maduro, não tardará a perceber todo o equívoco em que se envolve. Logo, todo esse movimento de que me fala passará, como tantos outros passaram e deles só restam vagas lembranças. Acredito, Anna, em sua intenção. Seus pensamentos sempre me encantaram, pois vêm de um coração puro. Esperarei que volte em breve. Não marcarei nenhum compromisso para nossos horários costumeiros.

Anna ouviu tudo em silêncio. Ao final, considerou que minhas palavras eram o limite aos seus intentos. Percebi sua tristeza e decepção com minhas colocações.

– Como você é incrédulo, Antonio! – disse antes de me dar um rápido, mas suave, beijo no rosto e sair, deixando-me com a sensação de que eu não havia feito a melhor escolha, embora, em meu coração, eu questionasse se haveria outra possível a ser feita.

Capítulo 9

“Sentia-me como um analfabeto a ouvir sobre as letras”

Depois que Anna se foi, não consegui mais me concentrar na composição musical. Eu necessitava conversar com alguém, desabafar. Sentia-me confuso e triste. Foi tudo muito rápido. A surpresa de Anna em minha casa, suas novas questões e minha resposta apressada.

Fui até a casa de Benedetto, pois sabia que sempre encontraria no amigo uma palavra de ânimo – e certamente ele era a pessoa mais indicada para me ajudar a lidar com situação tão desconfortável quando difícil de ser administrada por um coração ferido, como o meu se apresentava.

O amigo me recebeu com o largo sorriso de sempre, mas não estava só. Recebia, naquela manhã, a visita de um velho amigo que havia chegado de Roma para realizar alguns saraus no Palácio dos Doges, a convite de amigos políticos. Era um exímio pianista, muito requisitado, e homem de muitos relacionamentos entre poderosos e famosas personalidades da época.

A princípio, pensei em ir embora e deixá-los à vontade, pois julguei ter chegado em hora inapropriada. Havia várias partituras sobre a mesa e duas xícaras de café vazias, o que demonstrava ser aquele, talvez, um encontro de trabalho.

Não tive, no entanto, tempo para me retirar, pois o convidado me deixou bastante à vontade ao apresentar-se a si mesmo, num gesto de muita cordialidade.

Soube então que se chamava Filippo, que tinha conhecido Benedetto no meio musical e logo reconheceram-se em grande afinidade, criando desde os primeiros momentos um laço de amizade e mútua estima.

Não era aquela, no entanto, a situação que eu desejava encontrar. Eu precisava conversar, e para isso havia buscado o calor da amizade de Benedetto.

Acredito que meu semblante demonstrava minhas intenções, porque Filippo, homem sensível e educado, pediu licença para ausentar-se por um momento, alegando necessidades de natureza íntima.

Apressei-me em contar a Benedetto os fatos daquela manhã, deixando-o preocupado ao perceber minha agonia. Falei sobre a proposta de Anna e sobre as experiências que ela teve com a tal mesa. Eu tinha levado comigo a partitura que ela me deixou e que disse ter sido ditada pela tal manifestação do “outro mundo”.

Relatei a Benedetto minhas impressões e dúvidas sobre os sentimentos dela, e, pela expressão do meu amigo, aumentaram ainda mais minha angústia e a desconfiança de que eu teria tomado, diante de Anna, uma decisão precipitada, e cometido um grave equívoco.

Benedetto tomou a partitura de minhas mãos e nada disse, a princípio. Nem era preciso. Sua expressão já externava todo o seu encantamento.

Desenrolou o papel e percebi que suas sobrancelhas franziam-se, à medida que ele ia passando os olhos sobre o pentagrama. Parecia ver nele alguma coisa que eu não tinha visto – na verdade nem mesmo tinha me dado ao trabalho de ler a composição.

Em silêncio, caminhou até um canto da sala, onde havia uma estante para partituras, e ajeitou nela a composição, preparando-se para executá-la. Sua expressão era grave, como se quisesse testar ou confirmar o que estava à sua frente.

Tomou então da flauta e executou a composição que soou como a melodia mais profunda que eu já havia escutado. Ao final, olhou-me sem palavras. Eu também não soube o que dizer. Era uma sonoridade surpreendente, com a qual Benedetto envolveu-se, e executou como se ela lhe dominasse o espírito e o envolvesse em sua harmonia.

Filippo adentrou a sala curioso:

– A quem devo parabenizar pela autoria de tal obra-prima? – perguntou (ele certamente deveria ter pensado que era eu o autor).

Benedetto antecipou-se:

– Foi Antonio quem a trouxe. Veja com seus próprios olhos – disse, entregando-lhe a composição. – Uma amiga lhe trouxe esta manhã, e alega que se trata de um ditado de uma mesa, a mesma mesa sobre a qual conversávamos mais cedo.

A expressão de Filippo era a mesma de Benedetto ao analisar o papel. Olhar grave, surpreso, como quem olha para algo de excepcional valor.

A princípio, eu não desejava compartilhar com o convidado de Benedetto a origem da composição, mas da forma como o amigo referiu-se à mesa, parecia que este não era nenhum assunto novo naquela sala.

– É surpreendente! – exclamou. – É uma das mais interessantes! E olha que já vi várias em Roma.

– Então acredita também nesse modismo que parece estar instaurado por todas as sociedades e que tem desvirtuado nossa ética e valores? – questionei, arrogante.

Filippo me olhou de forma grave e profunda. Parecia tencionar dizer-me muitas coisas ou mesmo rebater minha pergunta, mas seu olhar desviou-se, como se ele procurasse as palavras mais adequadas. Poderia ter me repreendido pela manifestação de descrença, inapropriada diante da prova que eu mesmo tinha levado, e que agora estava sendo retida em suas mãos como algo muito precioso. Talvez ele tenha pensado que não valia a pena dizer coisa alguma, diante da minha ignorância e do meu desprezo a uma criação tão sublime.

A música, naquela época, parecia ter uma profundidade maior que a dos tempos de hoje, e nós, músicos, de uma forma geral, tínhamos a sensibilidade bastante aflorada. O coração escutava mais que os ouvidos, e Filippo era músico dos mais inspirados. Era, no entanto, um homem ponderado o suficiente para abordar o assunto com mais sensibilidade do que eu o fazia.

– Tenho visto algumas composições que dizem serem ditadas por Espíritos – ele disse. – Participei de algumas reuniões em que faziam girar as mesas, e o que pude comprovar, Antonio, é que algo realmente sobrenatural acontece ali. Observei o suficiente para afastar qualquer ideia de embuste ou charlatanismo, mas depois abandonei as experiências, devido aos meus muitos compromissos de trabalho. Ainda assim recebo sempre notícias de novas experiências por meio de amigos. Há pessoas sérias se dedicando ao estudo das mensagens que chegam aos turbilhões.

E, depois de pequena pausa, concluiu:

– Respeito suas crenças ou descrenças, mas penso que deveria considerar a possibilidade de pensar sobre a questão de forma mais imparcial. Há evidências suficientes sobre a veracidade das manifestações, e dizem que os relatos, embora a maioria não veja no fato mais que uma forma de entretenimento, trazem um objetivo sério por detrás.

Filippo era um homem espontâneo, porém sério. Pela primeira vez, eu me sentia intimidado em contestar. Mas ainda assim procurei esquivar-me, tentando confrontá-lo:

– Mesmo as pessoas sérias gostam de entretenimento. Quando temos muito trabalho, costumamos, ao final do dia, procurar diversão que nos relaxe o espírito. Sempre haverá...

– Conheço muita gente, Antonio... – ele me interrompeu, certamente já acostumado com todos estes argumentos de descrença e oposição ao assunto. – Por certo já ouviu falar de Victor Hugo?

– Certamente! Quem não conhece o grande poeta, polivalente na arte escrita, autor de inesquecíveis poemas e do celebrado *Notre-Dame de Paris*[2]. Não me diga que...

– Conheci Victor Hugo antes de ele ir para o exílio na Ilha de Jersey. Posso dizer que sempre foi um homem, além de muito talentoso, muito sério em suas convicções, e de um pensamento muito sereno e fecundo sobre os mais diversos assuntos, principalmente ao que se refere aos assuntos da alma. Basta ver como transmite tal personalidade em suas obras. Pois bem, estive ainda esta semana com um amigo em comum que esteve na Ilha.

2 O famoso romance Os Miseráveis, de Victor Hugo, ainda não havia sido publicado, fato que se deu somente sete anos à frente, no ano de 1862.

Ele me trouxe de lá a notícia de que o poeta tem se ocupado cotidianamente em entrevistas pessoais e pesquisas com as mesas. Junto a ele, neste intento, estão homens famosos, e, pelo que me contou o amigo, quem o introduziu nessa tão fantástica experiência foi a Sra. Girardin, quando ainda estava entre nós. Teria ela deixado sua convivência com os grandes da corte por alguns dias e viajado para encontrar o amigo, com a única finalidade de apresentá-lo à novidade.

Eu já tinha ouvido muito sobre a Sra. Girardin. A senhorita Delphine Gay tornou-se Mme. Delphine de Girardin após suas bodas com o romancista Émile de Girardin. Poetiza e escritora, exerceu grande influência no meio literário francês, e seu círculo de amizades contava com grandes nomes da literatura francesa e também de políticos da corte.

Após o exílio de alguns de seus amigos verdadeiros, já não se contentava mais com a companhia de duques e embaixadores, cujo convívio ela havia trocado pelos doces momentos de comunicação com outras personalidades não menos importantes, mas que compareciam em espírito em suas reuniões, como Molière, Sedaine, Shakespeare e outros.

Era inadmissível para mim que mentes tão brilhantes, como as que Filippo relacionava em seu discurso, estivessem se dobrando diante daquela nova invencionice.

– Este amigo a que me refiro – continuou Filippo – trouxe-me alguns textos, escritos pelo próprio Victor Hugo, que me impressionaram de fato, tamanha a seriedade das pesquisas que o poeta vem realizando, e as profundas abordagens sobre questões de vida e morte ali desenvolvidas. Julga você, amigo Antonio, que estaria o mestre Hugo gastando seu tempo com banalidades, e mesmo divertindo-se com futilidades, depois de toda a obra que, com tanta genialidade, presenteou nossos dias? Acredita que Mme.

Girardin e tantos outros nobres e comprometidos das artes, da política, e mesmo da ciência, estariam interessados em tal questão, se fosse ela realmente destituída de conteúdo palpável a seus cérebros acostumados ao preciosismo da análise e da reflexão sistemática? Confesso que o testemunho desses homens de gênio foi o que me encorajou a confrontar este assunto que, a príncipio, eu tratava como você mesmo o faz agora. Por experiência própria lhe garanto: cinco minutos numa conferência com as mesas serão suficientes para que não duvide mais. Se o amigo puder ouvir antes o que grandes homens têm relatado, talvez nem precise tanto.

Estávamos, Benedetto e eu, sem palavras diante da segurança daquele homem. Parecia que tinha chegado a hora em que eu não teria mais como reagir contrariamente, como nessas situações em que uma doença epidêmica chega ao lugar onde a gente vive, e então torna-se questão de dias ser contaminado por ela.

Eu estava sendo praticamente encurralado pelo destino a repensar minhas crenças. Eu não possuía o pensamento tão obtuso como se apresentava naquele momento, mas o assunto para mim era questão pessoal.

Ele chegou a mim como um ladrão, roubando-me a paz e transformando meus dias em dúvidas e desalento – seria porque eu lutava contra o próprio destino? Qual seria o resultado, se desde o primeiro momento eu tivesse me dado à discussão e ao entendimento? E se tivesse ido à reunião na casa de Anna? Talvez tivesse agora material para analisar e questionar o que Filippo me relatava. Sentia-me como um analfabeto a ouvir sobre as letras. Percebi que nada sabia, e que não tinha como seguir negando, porque aquilo tudo era, simplesmente, muito novo para mim.

Capítulo 10

> *Uma sequência conduzida por forças misteriosas*

Depois de todos os acontecimentos daquela manhã, eu me sentia num hiato emocional. Parecia que as emoções vividas haviam por fim removido todas as minhas crenças – as velhas, e as que a vida estava me pressionando a aceitar – e as colocado do lado de fora do meu psiquismo, como que me dando a oportunidade de agora escolher quais delas eu iria colocar de volta e quais iria descartar.

Era um vazio, que não se apresentava de forma opressiva, mas suave. No entanto, eu sentia como se a vida esperasse de mim um posicionamento definitivo, para mudar minhas concepções rumo ao novo ou me acomodar no velho lodaçal das crenças limitadoras que, se não renovadas, cristalizam o ser e o aprisionam indefinidamente nas teias do ego dominador, até que a dor ou a graça venham trazer-lhe por fim a liberdade.

Durante o trabalho com os órfaos do *Della Pietà*, naquela tarde, eu não conseguia me concentrar. Meu pensamento vagava, e sempre retornava a algum ponto das vivências daquela manhã.

Se, por um lado, minha decisão precipitada diante de Anna trazia-me desalento, por outro, as reflexões de Filippo faziam emergir algo em mim que parecia ser o início de uma aceitação, como a permissão de dar a mim mesmo o direito de refletir sobre a possibilidade de haver algo de legítimo em toda aquela história de mesas, Espíritos, comunicações. De alguma forma, esta nova perspectiva aproximava-me de Anna novamente, mesmo sendo ainda uma sensação de estar caminhando em um terreno movediço, numa paisagem de névoa espessa.

Encerrei a aula um pouco mais cedo naquela tarde e, antes de sair, novamente fui surpreendido pela pequena Georgette, que veio ao meu encontro.

– Sr. Antonio, preciso lhe falar – ela disse, se aproximando.

– Pois diga, senhorita.

– Tenho um recado para o senhor.

– Para mim?

– Sim. Meu amigo do Céu pediu para lhe dizer que uma pessoa quer lhe agradecer por um bem que o senhor fez a ela.

Agachei, para ficar mais próximo de Georgette. Não queria que outras pessoas a escutassem falar sobre aquele assunto de amigos invisíveis que novamente a trazia a mim.

– E ele disse quem é esta pessoa a quem fiz um bem, senhorita? – perguntei, não querendo ser hostil ao que eu julgava ser mais uma de suas fantasias infantis.

– Meu amigo disse que o senhor o ajudou quando esse homem estava na Praça *San Marco*. Que o senhor deu a ele um agasalho e o ajudou a encontrar um lugar para passar a noite. Meu amigo disse que esse homem lhe é muito grato, pois, graças à sua ajuda, ele teve um lugar onde fazer sua "passagem" de forma mais tranquila e que, mesmo sendo tarde para esta vida, na outra, para onde regressou, ele nunca mais vai desistir de lutar, como o senhor o aconselhou naquela noite.

As palavras de Georgette causaram-me enorme perplexidade. Como poderia ela saber do acontecido com aquele homem na praça dias atrás? Eu mesmo já não pensava mais sobre isso, e nunca havia mencionado o fato a ninguém. E ela se referia ao que eu havia dito para o homem quando estávamos eu e ele a sós. Parecia que a vida definitivamente não queria deixar-me descansar, até que as últimas pedras da grande muralha de minhas resistências ao assunto tivessem sido completamente removidas.

Maior perplexidade ainda experimentei quando ela completou:

– Ele ainda disse que esse homem lhe fez uma visita, em espírito, para agradecer pelo bem recebido, mas o senhor não lhe deu atenção.

Eu não conseguia articular as ideias. Ela agora certamente se referia à experiência que tive com as pancadas que eu ouvi em minha casa, na mesma noite em que encontrei o homem na praça, e que Benedetto tão sabiamente – agora eu considerava – vinculou à manifestação de fantasmas.

Olhando para aquela criaturinha inocente à minha frente, eu não conseguia encontrar uma palavra para responder a ela.

Meu pensamento vagou pelos acontecimentos dos últimos dias e, nestes segundos que durou o devaneio, tive uma imensa clareza sobre os fatos. Senti, pela primeira vez, a eminência dessa movimentação misteriosa em torno dos Espíritos que Anna tentou em vão me fazer compreender.

Vendo minha vida envolvida nesse estranho fenômeno, o afastamento de pessoa tão cara, e agora a mensagem de Georgette sobre o homem da praça – que, pela fala da menina, parecia já estar do "outro lado da vida", contribuindo de alguma forma para trazer-me essa nova possibilidade de comunicação com o mundo oculto além-túmulo –, tudo me pareceu uma sequência conduzida por forças misteriosas, com o objetivo de, talvez, trazer-me uma importante mensagem, embora ainda não decifrada.

Ao final daqueles poucos segundos, retornei ao mundo concreto. A mente humana, mesmo sendo poderosa em criar ou mesmo captar realidades, não consegue reter por muito tempo as percepções do espírito, quando ainda não está devidamente treinada pela disciplina dos pensamentos e das emoções, presa ainda aos padrões comuns de ilusão do mundo material.

Agradeci à Georgette e beijei-lhe a fronte com grande carinho, despedindo-me dela.

Durante o resto do dia, não quis fazer mais nenhuma atividade. Era como se eu quisesse, naquele momento de reflexão, não perder o contato que se dava de forma tão rara com minha própria alma, e que se estendeu até à noite.

Quietude, era tudo que eu queria.

Não pensei em procurar Benedetto para conversar. Queria ficar a sós com meus pensamentos. Recuperar o quanto possível o entendimento daqueles segundos de reflexão, quando tudo parecia muito claro, como se um véu fosse retirado e uma nova realidade se apresentasse.

Quando a noite já havia avançado e estendido suas sombras sobre o casario de Veneza, eu me encontrava sozinho em minha morada, ainda envolto naquele mesmo estado de introspecção.

A luz da lua, invadindo a janela, derramava-se sobre a mesa, onde desorganizadamente eu deixava as peças que escrevia. O astro noturno iluminou a partitura, trazida por Anna e admirada por Benedetto e o Sr. Filippo, no meio de tantas outras, como que a destacá-la para mim. Pela primeira vez, senti desejo de analisá-la com carinho – e curiosidade.

Desenrolei-a com cuidado e fui correndo os olhos pelas notas, recordando-me de Anna, ali em minha casa, contando-me sobre suas crenças e esperanças, quando seus sentimentos emergiram num momento tão sensível para nós dois.

O sentimento de perda voltou a invadir-me as emoções. Era como se a novidade trazida pelas mesas, apesar de ser a possibilidade do descortinar de uma realidade maravilhosa, não me trouxesse um alento sustentável diante do afastamento de Anna.

Sim, eu começava agora a considerar, mesmo que ainda titubeante, a possibilidade de aceitar os fatos relativos às manifestações das mesas que giravam, falavam e ditavam músicas – mesmo a opção de Anna em ser a intérprete das obras ditadas pelo estranho fenômeno. No entanto, no afastamento dela não havia compensações possíveis. Perdê-la era como perder a inspiração, entrar num estado de luto, e para um músico que vive da inspiração este era um grande impedimento.

A esta altura, eu já havia despencado dos altos patamares de reflexão da alma, que anseia pela liberdade, para as conjecturas do ego imediatista e limitador.

Houve um novo acontecimento, então, como que para me despertar: ouvi batidas! E eram as mesmas batidas daquela noite. Meu corpo todo arrepiou-se. Ouvir falar de um fenômeno como aquele era uma coisa, estar diante dele, era outra.

Esforcei-me para reaver pelo menos parte do meu controle emocional, suficiente para permitir que eu raciocinasse sobre a melhor forma de encarar o fato. Decidi, num esforço heróico para aquele momento, que iria tentar de alguma forma comunicar-me com o visitante, se houvesse mesmo alguém tentando manifestar-se, como Georgette tinha sugerido.

As batidas eram sempre em sequência de quatro: pam, pam, pam pam. Com força e ritmo regulares. Então pensei que poderia propor um código diferente, para que não houvesse dúvidas. Em voz alta comecei a expressar minha vontade de interrogá-lo, propondo que a cada pergunta ele deveria dar uma batida, se a resposta fosse "sim", e duas, se fosse "não". Na verdade, dentro de mim algo duvidava que a comunicação se daria. Eu preferia mesmo que não resultasse em sucesso, pois, do contrário, não sei qual seria a minha reação.

Mesmo assim, comecei o interrogatório, sentindo-me desconfortável, como se estivesse realizando o ridículo de algo sem cabimento.

Perguntei, então, se o causador daquelas batidas era um espírito que queria se comunicar. O silêncio que se seguiu permitiu-me ouvir as batidas do meu coração que pulsava acelerado. A resposta não veio imediata. Pensei que o comunicante poderia não estar esperando que eu lhe desse atenção, devido ao ocorrido na noite de sua suposta primeira visita, então repeti a pergunta. Uma batida seca soou pela casa e eu definitivamente fiquei apavorado. Tentei convencer a mim mesmo que poderia ser uma coincidência, e preparei logo outra questão, para que pudesse comprovar se eu estava diante de um fato sobrenatural ou apenas dando asas à imaginação.

– Se é um espírito, seria o espírito a quem Georgette se referiu?

Fiquei apreensivo esperando a resposta, que não veio. Tranquilizei-me por um momento, pensando tudo não passar de uma grande tolice da minha parte. Mas algo naquela experiência ia além dos meus temores. Havia certa curiosidade diante da iminência de confirmar ou mesmo desmascarar o suposto fenômeno. Diante de tais possibilidades, ganhei coragem e repeti a pergunta, agora, com certo ar desafiador.

O silêncio que se seguiu levou-me de volta à tranquilidade. Se houvesse uma alma tentando se comunicar, certamente aproveitaria a chance que eu estava oferecendo.

Resolvi interromper a brincadeira e deixar de lado o assunto. Eu tinha ouvido muitos argumentos a favor, mas, diante da falta de confirmação palpável, o assunto voltava ao patamar das crenças não comprovadas.

Levantei-me da cama, onde havia me sentado, e fui novamente até à mesa, na intenção de encontrar algo que me distraísse as ideias, quando um novo e assustador acontecimento me arremessou de volta, agora de forma mais intensa, à tensão e ao sobressalto. Uma série de pancadas novamente se fez ouvir. Agora, eram pancadas fortes e repetidas, como se executadas por alguém no limite de sua paciência para chamar minha atenção.

O susto foi imenso, e eu mal conseguia me sustentar sobre as pernas. Se havia um comunicante, por que não tinha respondido à minha pergunta anterior? O que ele queria de mim? Talvez a pergunta não tivesse sido bem elaborada, pensei. Sim! Se era o tal homem da praça, ele não conhecia Georgette. O silêncio poderia significar que não havia uma resposta para aquela pergunta.

Eu não tinha qualquer experiência para adentrar em tão estranha entrevista com o Além, e não sei como ainda consegui organizar meu raciocínio para elaborar esta conclusão. A verdade é que as coisas aconteceram muito rápido, e eu não saberia explicar o que me impulsionou a manter ainda aquela estranha conferência.

O certo é que eu me sentia em tal estado de sobressalto, que estava prestes a desfalecer. A iminência da comprovação de estar em contato com algo sobrenatural causava-me pavor. Não sei como consegui reunir forças para mais uma pergunta, na intenção de acalmar o visitante invisível e cessar aquele barulho assustador.

– É você o homem que ajudei na Praça *San Marco*?

A resposta veio imediata: um curto silêncio seguido de uma batida seca, representando o "sim", dentro do código proposto.

A pergunta pareceu acalmar o comunicante. Para mim, a resposta foi suficiente para confirmar a realidade do contato, e isso transformou meu medo em algo definitivamente fora de controle. A vontade de fugir dali, me distanciar o mais possível, me livrar daquela possibilidade de estar exposto ao contato com uma alma do "outro mundo", era urgente.

Saí apavorado da minha morada, sem tempo sequer para encostar a porta atrás de mim. Do lado de fora, não consegui decidir que direção tomar. Então, num impulso, escalei a lateral da casa como um exímio alpinista, e passei o resto da noite em cima do telhado, sem coragem para retornar para dentro, como fazia nas tardes de meus tempos de criança – o telhado era meu mundo, meu refúgio. Só o faria novamente com a devida proteção da luz do dia.

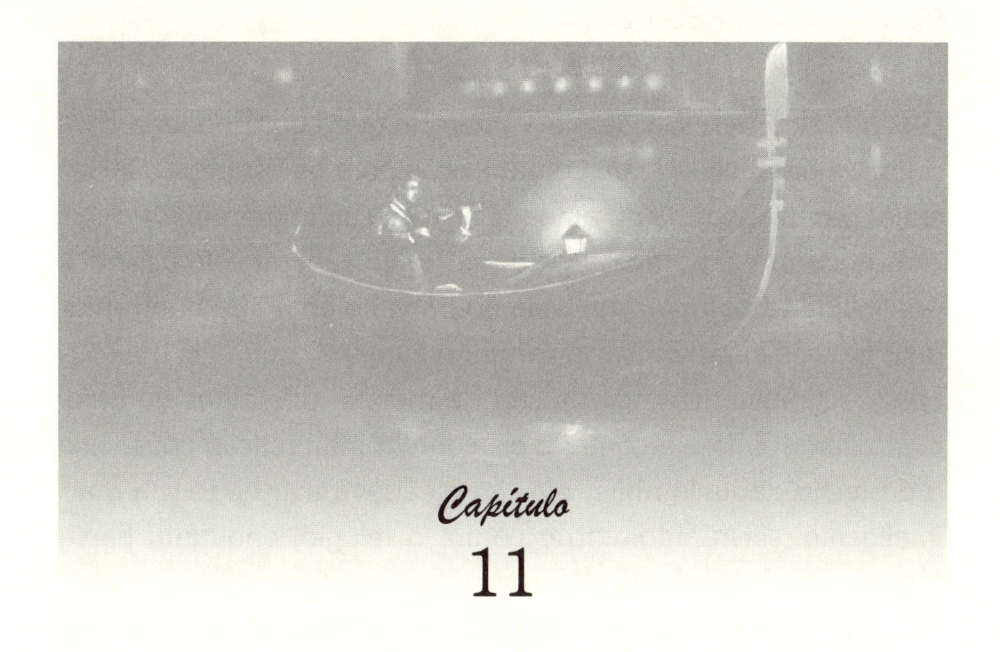

Capítulo 11

> *"Quem vive para o bem nunca sente solidão"*

No outro dia pela manhã, desci do meu refúgio e entrei em casa, ainda meio apreensivo. Meus pensamentos ainda estavam em descontrole. Sentia-me cansado e desconfortável em estar ali novamente. Os poucos minutos que consegui dormir na incômoda posição sobre o telhado não foram suficientes para me devolver a tranquilidade.

O retiro noturno, no entanto, foi útil para que eu pudesse avaliar a situação, e decidi que iria, ainda pela manhã, procurar Anna e expor a ela minhas experiências. Sua partida, ao que parecia, era iminente, e eu não tinha tempo a perder.

Gostaria de ouvir sua opinião, dizer-lhe que agora poderia considerar a possibilidade da comunicação com os Espíritos e talvez encontrar uma forma de ainda recuperar sua companhia.

A noite em cima do telhado me fez considerar até mesmo a possibilidade de juntar-me a ela no trabalho em Paris, confrontar o tal francês e não deixar o caminho livre, para que ele me roubasse definitivamente o coração da menina dos olhos de anjo. Certamente, não iria contar a ela sobre minha reação covarde e o desfecho daquela noite, mas eu precisava agir de forma mais inteligente: ser rápido, correr contra o relógio, enquanto havia tempo.

Saí de casa sem mesmo recuperar a aparência, bastante prejudicada pela noite maldormida.

Atravessei os canais que me separavam da Praça *San Marco*, sem me dar conta do tempo.

Chegando lá, atravessei correndo à praça, como se algo dentro de mim dissesse que eu já havia perdido tempo demais, e que poderia mesmo ser tarde para demonstrar uma reação.

As atividades do dia ainda nem haviam começado na casa do Sr. Giovani, mas eu não conseguia controlar minha ansiedade. Iria talvez encontrar Anna ainda dormindo. No entanto, a possibilidade e a iminência de perdê-la para sempre deixavam-me atônito, e tiravam-me a tranquilidade para esperar o momento mais apropriado de abordar a residência.

Meu estado emocional naquela manhã apresentava-se instável. Eu havia sido provocado durante vários dias a repensar crenças e a aceitar situações contrárias à minha vontade, o que para a emoção é motivo de grande sobrecarga. Havia passado, também, uma noite complicada e tensa. Não conseguia ter a noção exata, naquele momento, sobre horários mais apropriados, formas mais corretas de como me expressar, ou mesmo palavras mais sensatas para dizer. Resolvi apenas que me colocaria diante dela, e deixaria fluir toda a verdade dos meus sentimentos, como ela mesmo havia feito em sua visita inesperada.

A casa era cercada por um muro de grades altas, e antecedida por um jardim bem cuidado, o qual atravessei alcançando a porta de entrada, como costumava fazer nas manhãs de quarta-feira.

Bati várias vezes.

Àquela hora, certamente, todos ainda estavam dormindo. Quando a criada atendesse pediria que chamasse Anna. Eu não queria que o Sr. Giovanni soubesse da minha visita inoportuna.

Após muitos minutos e infindáveis batidas, a criada finalmente abriu a porta. Estava em trajes de dormir, e sua expressão era de total desagrado.

– O que deseja a esta hora, Sr. Antonio? – perguntou impaciente.

– Preciso falar com Anna. Diga a ela que estou aqui, mas por favor não incomode o Sr. Giovanni.

Então a criada me deu a notícia que me tirou as últimas possibilidades de manter o racioncío lúcido naquela manhã:

– Anna não se encontra mais nesta casa. Ela e o Sr. Giovanni partiram na diligência ontem à tarde para Paris.

– Mas como? – perguntei assustado, diante da resposta inesperada. – Ela não me disse que iriam partir tão depressa.

– Sim, mas o Sr. Giovanni resolveu antecipar a viagem. Disse que havia negócios importantes esperando, e que não deveria prorrogar mais.

– Não pode ser! – eu disse, completamente desnorteado.

– Eu compreendo, Sr. Antonio – disse ela, olhando-me ternamente. – Eu também não queria ir. Vou ficar somente até a casa ser vendida. Depois vou juntar-me a eles em Paris.

Naquele momento, todas as minhas esperanças desfaleciam. Eu não tinha agido enquanto tive tempo. Desde o primeiro momento em que Anna me falou sobre o estranho fenômeno promovido pelas mesas girantes, até aquele momento angustiante em que eu me deparava perdido diante da notícia de sua partida, tudo tinha acontecido muito rápido.

Há momentos em que a vida passa diante de nossos olhos como um barco, convidando-nos para uma viagem. A decisão tem de ser precisa, ou teremos de esperar indefinidamente uma próxima oportunidade para embarcar. Assim eu me sentia naquele momento... Como um passageiro que tinha perdido a viagem, lançado no vazio de uma espera sem dimensão.

– O senhor não parece estar bem. Não quer entrar, sentar-se um pouco? – disse a criada, amavelmente.

Agradeci à sua oferta apenas com um gesto, e me afastei em direção à rua. Notei que ela ainda demorou para fechar a porta atrás de mim. Certamente, seu coração experimentado de mulher já havia percebido os laços de afeto existentes entre Anna e eu, após todos aqueles anos juntos, em nossos estudos de quarta-feira. Com certeza, sua dor também unia-se à minha naquele momento. Ela residiu ali por muitos anos, servindo àquela família. Estava, assim como eu, acostumada à vida em Veneza. Mudar-se para uma cidade como Paris não devia também fazer parte dos sonhos dela.

Como um errante, atravessei de volta a Praça *San Marco* e busquei um local à beira-mar, onde pudesse me sentar e recuperar o equilíbrio.

Emocionalmente, eu experimentava uma sensação de queda em um grande abismo. Meu olhar, perdido no horizonte, não via nem as pessoas que transitavam pela praça, nem as diversas embarcações comerciais que se aproximavam ou se afastavam de Veneza. Refletia somente a ausência de meu espírito, que vagava pelos últimos acontecimentos, últimos diálogos com Anna, e arremessava-me na desilusão do "não ter mais nada pelo que continuar lutando e vivendo".

Foi assim que os dias se passaram desde então. Todas as tardes, a vida comercial e a rotina dos cidadãos venezianos faziam grande movimento na Praça *San Marco*, sem se aperceberem de minha solitude, sentado à beira do oceano, com o olhar distante e o pensamento vagando por todos os recantos do meu passado e de minhas desilusões.

Procurei reagir, focando-me em meu próprio conselho de não desistir nunca. Busquei dedicar-me mais às crianças do orfanato, mas o impulso inicial não durou mais que alguns dias. Minhas composições, que antes se davam sob a fluidez de muita inspiração, tornaram-se escassas. As harmonias não encontravam mais acesso ao meu espírito contrito.

Também não via Benedetto há alguns dias. Sua amizade me fazia grande falta. Mas, quando encerrava minhas atividades do dia, somente conseguia caminhar até a beira do mar e me sentar por horas, entregue ao desalento e ao vazio deixados pela ausência da menina dos olhos de anjo.

Eu tentava entender o porquê de um sentimento exercer tamanho poder na vida de um ser humano. Também tentava compreender por que o amor e a desilusão parecem andar sempre de mãos dadas, num mundo onde as pessoas só se sentem felizes quando encontram seus pares. Seria por falta de um entendimento maior sobre o verdadeiro sentido de se amar alguém? Seria acertado pensar que o amor de outro ser é capaz de preencher nossas lacunas emocionais em busca da felicidade? O que seria a felicidade, então, se dependesse sempre do outro para se manifestar? O fato é que, para um coração despreparado para experienciar perdas, a ausência do ser amado é ocorrência das mais desalentadoras, capaz de transformar a vida ativa e inspirada de um músico como eu em apenas um triste adágio.

Passadas algumas semanas da partida de Anna e de todos os fatos desagradáveis sobre as mesas que giravam e os mortos que se comunicavam, eu comecei a tomar consciência da dimensão da força que rapidamente conduzia minha vida para um fim inevitável, caso não houvesse uma reação efetiva da minha parte. Foi quando, num daqueles finais de tarde, resolvi não me colocar à beira-mar como sempre fazia.

Naveguei de volta até minha morada, após as aulas vespertinas no orfanato, sentindo um inesperado desejo de falar com o Criador. Procurei o isolamento de minha casa porque, estando a sós, poderia externar todo o sentimento reprimido, toda a crescente angústia, e buscar uma forma de me confortar, mesmo se fosse preciso confrontar Deus em busca de uma resposta para aquela situação, dentro da qual eu me via cada vez mais perdendo o controle.

O interessante é que, quando me coloquei de joelhos, a fim de externar respeito, antes de tudo, um sentimento diferenciado me invadiu a alma. Aquietei-me por um momento. Olhos cerrados, mãos postas à altura da testa e joelhos ao chão, aos pés de minha cama... Senti uma brisa suave que entrava pela janela, e, naquele silêncio, adentrei por um estado inesperado de serenidade – dizem que o Pai sabe de nossas necessidades antes mesmo de Lhe falarmos.

Um silêncio mental seguiu-se por uns minutos, como que esvaziando-me de todos os pensamentos, angústias, questionamentos. Então, novas conjecturas começaram a direcionar o meu raciocínio, como se dirigidas por alguém a sussurrar em meus ouvidos. Ao invés de falar com Deus, era Ele quem falava comigo. O Criador conhecia de antemão todas as minhas demandas.

As crianças órfãs do *Della Pietá* vieram-me à mente, trazendo-me uma reflexão: o que seria minha dor, se a colocasse diante de todas as carências que aqueles seres pequeninos deveriam sentir, vivendo como uma grande família sem arrimo, com as cabecinhas cheias de sonhos e com suas vidas sem esperanças?

Também a lembrança do homem da praça emergiu. O que seria meu desalento diante da amargura daquele pobre diabo que encontrei na praça, dias atrás, entregue à caridade alheia, tendo já desistido de lutar, em total apatia existencial, dominado pelo vício da bebida, que na certa seria somente o último estágio de uma vida de desenganos e desilusões? E, por lembrar-me dele, pensei que também eu poderia escorregar por semelhante despenhadeiro, entregar minhas últimas resistências e me perder para sempre, caso não conseguisse encontrar um novo sentido para continuar lutando.

Senti inesperada doçura na lembrança de Georgette a me dizer que aquele pobre homem teria voltado para me agradecer por minha ajuda na noite de sua passagem. Embora não me agradasse relembrar os fatos daquela noite – e a possível presença dele em minha casa depois de morto –, senti um suave afago da brisa, dizendo-me que fazer o bem é um santo remédio para a alma.

Um gesto, uma palavra, um olhar que oferecemos sem esperar nada em troca, tem o poder de um bálsamo que perfuma nossa alma, antes de despedir-se de nós em direção àquele a quem socorremos. Talvez seja por isso que seres como São Francisco de Assis tenham suportado tantas injúrias e abandonos, sofrendo com os miseráveis... Não, talvez ele não tenha sofrido, porque o bem que fazia preenchia o vazio de seu coração e lhe curava as dores da alma. Quem vive para o bem nunca sente solidão

– pensei, buscando uma superação, que naquele momento representava um grande esforço, diante da íngreme escalada daquele abismo emocional em que me encontrava.

Estas reflexões deram-me novo alento, e minha mente começou a caminhar da aridez do deserto anterior para um campo cheio de vida.

Pensei nas muitas bênçãos que sempre tive, incontáveis motivos para agradecer. Minha mente lúcida decidiu desde cedo pela saudável maneira de expressar minha musicalidade. Vivia em paz, compunha temas de grande valor estético e musical, que, quando chegada a hora, certamente despertaria o interesse de importantes editores.

Eram sinfonias, concertos, fantasias, operetas, minuetos, solos, com que a inspiração tinha me agraciado. Eu poderia acrescentar vida no coração dos que se dessem ao deleite de minhas composições.

Também desfrutava de considerável saúde e deparava-me sempre no lado bom da vida, sensível aos problemas da época e aliado à indignação social contra um governo e uma Igreja de exclusão aos menos favorecidos.

Em resumo, eu possuía uma mente relativamente sã, em um corpo igualmente saudável. O que me faltava era apenas a presença, naquele momento, daquele anjo que eu tive o privilégio de desfrutar a companhia durante alguns anos e sorver da pureza delicada de seu espírito.

Não havia justificativa para que eu continuasse desprezando a vida em função de uma perda, por mais significativa que se apresentasse naquele momento. Haveria de considerar a necessidade de continuar sendo útil e resignar-me, de uma forma mais dinâmica, entregando ao futuro a possibilidade de ter Anna perto de mim novamente.

Por ela eu deveria reagir. Pelo sonho de um dia reencontrá-la. Pelo privilégio de tê-la viva em meu coração, com sua lembrança envolta no sentimento mais sublime que o ser humano pode experienciar: o amor. Não deveria ser a dor do afastamento maior ou mais poderosa que o benefício de trazer no coração este incomparável sentimento.

Antes mesmo de começar a oração a que tinha me proposto fazer, percebi que não havia nada mais a dizer.

Agradeci por aquele momento. O momento era apenas para ouvir e guardar no silêncio do coração o remédio recebido em forma de inesperada e serena reflexão. Deus havia falado comigo no silêncio da minha prece.

Oh! homens, que tantas vezes se perdem no vazio de suas desilusões. Pudessem calar suas mentes e seus corações por um só momento, esquecer por um minuto suas lamentações, e ouviriam a suave canção de Deus a lhes falar do amor e do bem, das bençãos de vida que, incondicionalmente, são derramadas sobre todos os seres na Terra, dos mais portentosos nobres aos mais humildes e miseráveis. Como Ele abençoa os reis em seus palácios, os órfãos em suas desesperanças, os abandonados em seus desalentos. Como abençoou aquele homem da Praça *San Marco*, como agora abençoava minha alma.

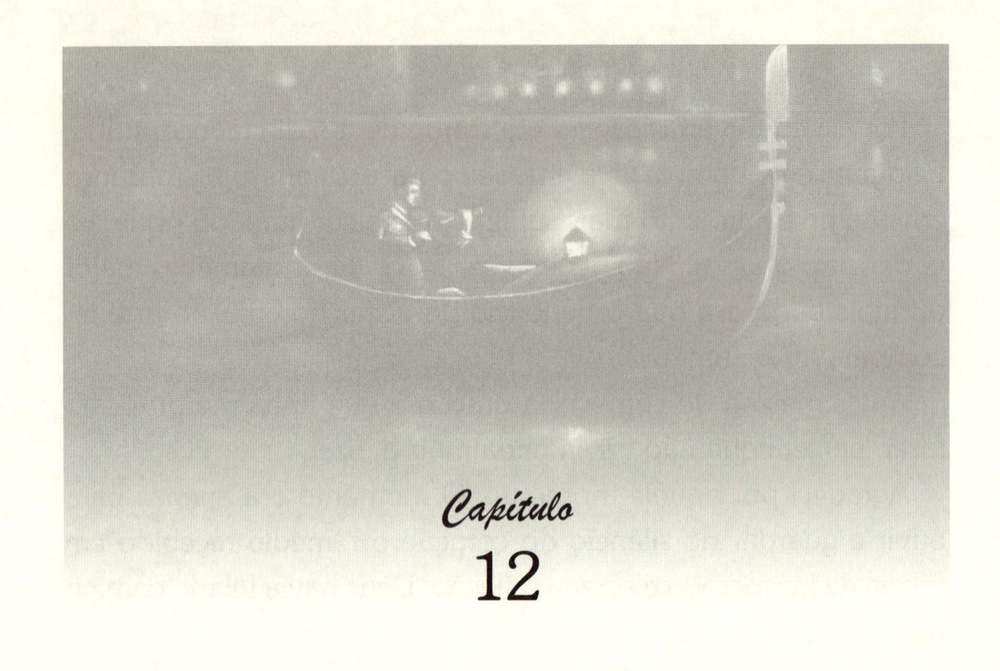

Capítulo 12

> *A vida atingia o ponto de um ciclo terminado*

Na manhã do dia seguinte, eu me encontrava mais disposto. A noite me trouxe clareza para refletir e reavaliar minha situação. No entanto, apesar de mais confortado, sentia que a poesia com que Veneza sempre encantava meus olhos tinha se apagado, em parte. Um crepúsculo, que certamente estava relacionado com a partida de Anna. A cidade agora havia se tornado, para mim, uma colcha de retalhos, cheia de coloridas recordações, mas sem a vitalidade de outrora. Por isso, o sonho de partir para Viena voltou a habitar minha mente, tão necessitada de novos estímulos, naquele momento.

Passados alguns meses, ainda não havia sinais de que toda aquela euforia em torno das mesas girantes e falantes chegaria a um termo. O fenômeno ainda estava por toda a parte, em todas as rodas de conversa, nos cafés, nos teatros, nos palácios, nas ruas. Não parecia mesmo que estivesse próximo de ser considerado apenas mais um modismo que já teria cumprido seu propósito. Ao contrário, cada dia crescia mais em popularidade, e conquistava a atenção de maiores faixas da sociedade Veneziana.

Isso me deixava cada vez mais descrente da possibilidade de ver Anna voltando para Veneza e para os nossos encontros. Certamente, a esta altura, ela já estaria completamente envolvida com a vida de Paris, apresentando seus dons nos teatros e enchendo seu pai de orgulho. Provavelmente, estivesse sendo cortejada pelo francês, e nem se lembrasse mais de nossos encontros.

Todas essas constatações me diziam que finalmente havia chegado para mim o momento da decisão.

A primeira medida foi verificar minhas economias – se eram suficientes para aventurar-me numa terra estranha. Busquei o pequeno saco de pano grosso que guardava escondido debaixo das tábuas do assoalho. Constatei com alegria que possuía ducados suficientes para realizar a viagem e me sustentar por algum tempo.

Minhas composições, outra fonte de recurso, contavam-se às dezenas. Eu as levaria comigo e poderia vendê-las por preço merecido. Poderia também lecionar em alguma escola, até conseguir bons contratos com editores e meu trabalho se tornar requisitado pelo meio artístico Vienense.

Sempre tinha ouvido falar que as oportunidades eram muitas na cidade berço dos mais famosos e virtuosos compositores do nosso tempo. Sabia que estávamos em pleno período romântico, quando as canções, principalmente as de origem germânica, eram a forma musical mais requisitada e atendiam melhor aos anseios do povo. Haveria, no entanto, de ter um lugar para minha música, cujo objetivo, o bom Deus bem o sabia, era embalar o coração de meus ouvintes em sonhos de beleza, amor e arte.

Escrevi para o amigo – aquele que havia seguido para Viena anos atrás, antecipando meus sonhos e deixando-me de presente sua gôndola. – Ele, de pronto, me ofereceu hospedagem e apoio para que eu pudesse me estabelecer em minha nova vida.

Também providenciei um novo professor que me substituísse no orfanato *Della Pietà*. Pedi as contas, e me despedi dos órfãos com grande pesar. O olhar de Georgette não me sairia mais da lembrança. Havia algo de reprovador no jeito dela me olhar, talvez insinuando que eu não teria tomado a decisão correta, ou talvez fosse apenas uma forma de expressar o grande apreço que tinha por mim, e também o seu desapontamento com minha partida.

Ela via em mim mais que um professor, e eu, da mesma forma, via naquela graciosa menina mais que uma aluna regular. Ela se mostrava sempre atenciosa com as minhas mudanças de humor, comum nos últimos tempos, e sempre tinha algo para dizer. É certo que muitas vezes suas colocações, incomuns para sua idade, traziam-me desconforto, já que, no fundo, ela sempre tinha razão. Isso cativava minha alma. Por isso, ao me despedir de Georgette, percebi que me privar de sua doce convivência, talvez para sempre, era outro motivo de grande pesar. Tivesse eu vida matrimonial estável e consideraria mesmo uma adoção.

A vida em Veneza atingia para mim o ponto de um ciclo terminado. Continuar ali seria como morar em uma casa em ruínas, que estaria sempre pedindo reparos, desconfortável de se habitar. Em Viena, a vida seria diferente, mais estimulante e sem tantos motivos para recordações. Também os mortos me deixariam em paz, e dos seus estranhos fenômenos eu não teria mais notícias.

Queria esquecer tudo o que me fizesse lembrar que talvez tivesse perdido para sempre a menina dos olhos de anjo, embora admitisse a possibilidade de um retorno à Veneza, caso soubesse do final daquela invasão de mesas e Espíritos em nossa sociedade – talvez assim Anna e seu pai regressassem. Então eu a procuraria e poderia verificar se ainda havia nela os mesmos sentimentos revelados em nosso último encontro.

Às vezes, me assombrava a possibilidade de nunca voltar a vê-la. Mas que poderia eu saber sobre o destino? Não tinha o poder de adivinhá-lo. Talvez um dia a reencontrasse... Quem o poderia dizer?

No entanto, esperar por ela poderia tomar-me a vida. Eu não tinha nenhuma garantia. Entre nós não houve promessas, acordos, nada. Nem mesmo despedida. Melhor era que seguisse minha vida rumo aos antigos sonhos. Assim, poderia guardar a lembrança de Anna em meu coração e fazer deste sentimento um motivo, uma inspiração para continuar vivendo e fazendo música. Sim, isto estava em minhas mãos! Somente o que está ao nosso alcance realizar pode nos trazer conforto e felicidade. O resto é ilusão.

♪♪♪

Era sábado, e eu não tinha nenhum compromisso para o dia. Resolvi arriscar e ir até à casa de Benedetto, mesmo sem saber se iria encontrá-lo por lá. Há muito não o via. Queria compartilhar com ele minha decisão, ouvir sua opinião amiga e, quem sabe, até merecer dele algum conselho de como melhor abordar o comércio musical na capital da Áustria. Benedetto era experiente e tinha bons contatos – conhecia gente importante, de influência.

O que me aconteceu, no entanto, foi algo inesperado, mas que parecia ter sido planejado de antemão pelo destino, diante da coincidência e sincronicidade dos fatos que se desenrolaram, totalmente contrários à minha decisão.

Mais uma vez, a vida me surpreenderia com suas guinadas em direção oposta à que eu seguia, e me faria rever decisões, conceitos e crenças.

Encontrei Benedetto, que me recebeu em sua casa com a amizade de sempre. Estava em companhia de visitantes. Filippo, o amigo músico, era um deles. Mais tarde, soube que o pianista, a quem eu tive o prazer de conhecer dias antes, tinha prolongado sua estadia em Veneza, em virtude não de objetivos musicais – como seria de se esperar –, mas de assuntos outros que envolviam os tais fenômenos com as mesas.

A novidade corria em largas considerações no Palácio dos Doges, e a presença de Filippo, com todas as suas convicções e informações sobre o assunto, tinha despertado na alta sociedade Veneziana a curiosidade de ver as mesas girarem.

No momento em que cheguei, encontrei-os em meio a uma discussão sobre o tema. Um dos presentes – um comerciante conhecido de Veneza e estudante do magnetismo e suas técnicas – defendia a opinião de que o fenômeno não passava de manifestação elétrica, enquanto outro, mais dado à Filosofia, afirmava estar seguro de que se tratava de transmissão inconsciente do pensamento de algum dos presentes.

– Eu acredito, meus caros amigos – dizia este último –, que se trata de fenômeno bastante comum, porém, ainda pouco investigado. No caso do grande poeta e escritor Victor Hugo, por exemplo, que anda se ocupando de colocar a família ao redor de sua mesa de jantar e fazê-la girar, conforme noticiou o amigo Filippo, estou seguro de que as ideias do respeitável mestre das artes são passadas inconscientemente para a mente de Carlos, irmão de seu genro, quando pensam estar em conferência com as almas.

É um fenômeno dos mais complexos e intrigantes. Mas, a meu ver, é muito mais aceitável do que a possibilidade de os mortos estarem se comunicando.

Aquilo me surpreendeu. Pela primeira vez, eu estava diante de alguém que, como eu o fazia anteriormente, lutava pela negação da nova onda que se alastrava sem critérios.

Coloquei-me a observar os argumentos apresentados.

Um assunto novo como aquele gerava divergências não somente de opiniões, mas certamente também de interesses. Esperei com certa ansiedade – e curiosidade – a réplica de Filippo a todas as negações expostas. Pensei que cada pessoa, olhando do seu ângulo de visão, baseando-se em seu cabedal de experiências, ou mesmo de crenças, teria uma análise diferenciada dos fatos, ainda tão carentes de elaborações mais concretas.

Perguntei a mim mesmo se haveria uma forma possível, uma prova suficientemente aceitável para que aqueles homens, envolvidos em tão inflamada discussão, pudessem chegar a um consenso.

Eu mal havia terminado de formular tal pensamento, quando Benedetto se pronunciou, respondendo à minha pergunta, com uma proposta que em nada me agradou:

– Senhores, pelo que conheço de cada um de vocês, os amigos estão desenvolvendo suas teorias sobre um assunto que ainda não tiveram a oportunidade de presenciar nem ver com seus próprios olhos – ele disse, chamando para si a atenção dos presentes. – Com exceção de Filippo, não há um só entre nós que já tenha participado de uma dessas reuniões.

E, após uma breve pausa, sentenciou:

– O que proponho é que Filippo nos possibilite esta experiência. Se o amigo se dispuser a evocar o estranho fenômeno, eu cederei o teto desta casa para abrigar uma sessão com as mesas.

Assim, poderemos falar de nossas próprias experiências e tirar nossas conclusões em conjunto.

A ideia de Benedetto me causou grande desconforto. Novamente eu estava – ah, o destino... – envolvido com o fenômeno. Seu convite incluía a mim.

Percebi que eu havia chegado numa hora que não era das mais apropriadas. Recusar o convite poderia parecer covardia de minha parte. Mas a ideia de entrar novamente em contato com os mortos definitivamente não me agradava. Ainda mais porque, diante da concordância de todos os presentes, a reunião com a mesa estava sendo marcada para a noite daquele mesmo dia.

Eu, na minha supersticiosidade, questionava o porquê de ter que ser à noite, hora em que este tipo de assunto se torna ainda mais desconfortável de se lidar.

O fato é que, naquele mesmo sábado, às 7 horas da noite, estávamos todos ali de volta, em companhia de outros. Homens e mulheres, amigos de Benedetto, sua esposa Maria, a quem finalmente eu fui apresentado, e outros desconhecidos do anfitrião, que vieram na companhia de convidados. Alguns não pareciam ter a exata noção do que se passaria, dado o espírito festivo em que se encontravam. Certamente, estes teriam vindo mais por curiosidade, em busca de diversão frívola.

Eu, por minha vez, estava apreensivo e ao mesmo tempo curioso. Já sabia de antemão da possibilidade real de ficarmos diante daquele fenômeno esdrúxulo.

Benedetto tomou a palavra e esclareceu, em poucas frases, os objetivos da noite. Depois, entregou a direção a Filippo, que arrastou uma mesa redonda de freixo – um material utilizado também em instrumentos musicais, devido à sua densidade e porosidade, rico em sons agudos, estridentes –, cujo tampo apoiava-se sobre pesada coluna da mesma madeira, que dividia--se na extremidade em três pés.

Ajeitou a mesa no centro da sala de estar, e convidou seis dos presentes para se sentarem em torno dela. Eu procurei esquivar--me e não ficar em evidência, a fim de que não fosse um dos escolhidos, no que obtive sucesso. Queria apenas observar.

O pianista pediu silêncio a todos, e deu ordem para que os que estavam à mesa estendessem as mãos, de maneira a tocar de forma suave a superfície do móvel, conectando-se uns aos outros pelo dedo mínimo, formando uma cadeia vibratória. Todos se concentraram, e o silêncio que se seguiu foi de muita expectativa.

Não tenho como relacionar todos os pensamentos que me passaram pela mente naquele espaço de tempo. Dias antes, eu nem sequer poderia conceber esta ideia. Estava envolvido em meus planos de mudança. No entanto, inacreditavelmente eu estava ali, diante de uma reunião com a mesa. Percebi que não podemos duvidar do destino, nem achar impossível que nossa vida mude radicalmente por um simples suceder de inesperados acontecimentos. E o que estava por vir realmente mudaria a minha vida.

Mantivemo-nos naquele estado de concentração durante aproximadamente uns 20 minutos. Olhávamos uns para os outros como que nos perguntando reciprocamente se tudo aquilo não seria uma grande tolice. Benedetto estava sentado à mesa e mantinha os olhos cerrados. Filippo estava de pé, ao lado, prestando atenção e consultando, vez por outra, o relógio de bolso. Pediu paciência, alegando que, às vezes, quando é difícil estabelecer sintonia com a vibração dos presentes, o fenômeno demora para se iniciar.

Ao cabo de mais ou menos meia hora, aconteceu o primeiro movimento, brusco e antecedido por uma pancada. Houve um momento de expectativa, que não demorou mais que dois segundos, porque um dos que estavam sentados à mesa se desculpou. Ele teria cochilado, e, ao despertar num sobressalto, esbarrou em uma das pernas da mesa, causando o barulho e o movimento. Estava constrangido por isso, mas o evento serviu para relaxar a tensão dos presentes, que deram boas risadas do fato, relaxando também a concentração.

Um burburinho iniciou-se na sala. Filippo percebeu e tencionava pedir silêncio novamente, mas não houve tempo nem necessidade. A mesa começou a erguer-se do chão sob o olhar assustado de todos, que silenciaram.

A princípio, desconfiamos que seria uma brincadeira dos que estavam sentados, no intuito de dar continuidade ao clima de descontração que havia se estabelecido, mas a mesa voltou à posição anterior, como que tomando impulso para erguer-se novamente, e começou a girar velozmente.

Todos ficamos atônitos e em silêncio, assistindo àquela manifestação estranha. Filippo adiantou-se e perguntou se havia um espírito presente. Propôs o mesmo código que eu tinha usado na noite das batidas em minha morada: uma batida para o "sim" e duas para o "não".

O tom de sua voz era grave. A mesa pareceu ouvi-lo, aquietando-se por um momento. Depois, ergueu somente um dos pés, que usou para dar uma pancada no assoalho de madeira, respondendo à questão de forma positiva.

O burburinho começou novamente. Então Filippo virou-se para os presentes, demonstrando experiência, e desafiou:

– Pois bem, senhoras e senhores. Aí está o que queriam ver com seus próprios olhos. A mesa responderá às suas indagações. Sintam-se à vontade para perguntar o que quiserem.

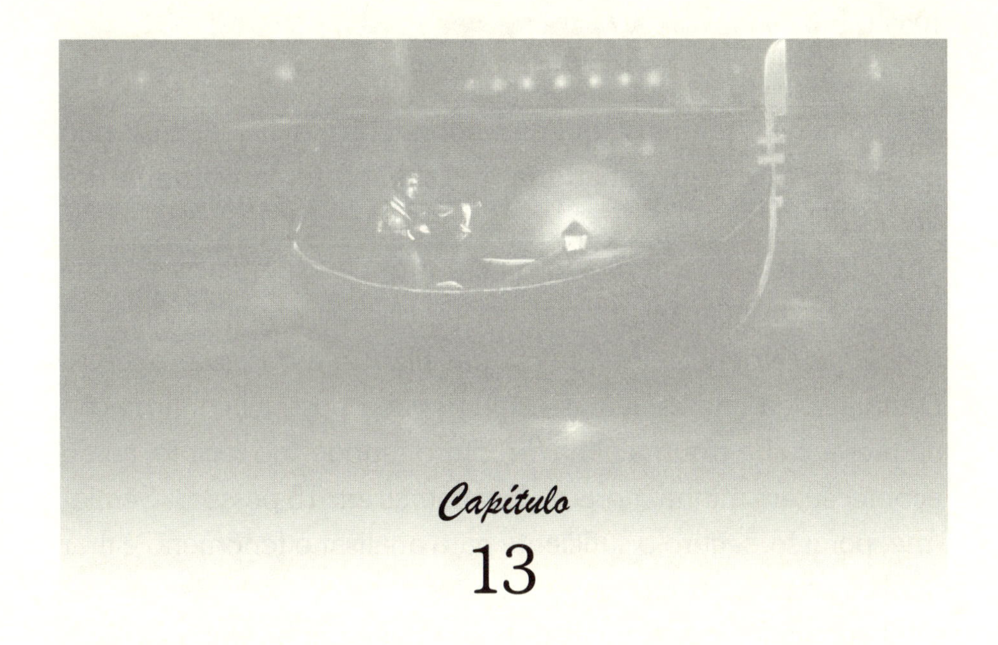

Capítulo 13

> *Assim é a humanidade!*
> *Tantas coisas extraordinárias*
> *já foram reveladas, e pouco se mudou*

O desafio de Filippo causou ansiedade geral. Não sabíamos ao certo se deveríamos considerar o fato uma manifestação legítima dos Espíritos. Nem mesmo havíamos pensado sobre o que perguntar, caso a comunicação se estabelecesse.

Não me parecia que as pessoas presentes àquela sessão improvisada tivessem se dado conta do que iriam testemunhar, e nem mesmo estivessem preparadas para investigar o fenômeno. Ademais, quem responderia? A mesa, que não possui cérebro nem sabedoria, ou alguma força estranha por detrás dela?

Eu já tinha testemunhado minha própria experiência e sabia que, para desafiar tais forças, era preciso estar preparado para o que viesse depois. Prefiri ficar em silêncio e observar apenas. Desta vez, eu não estava assustado com a possível confirmação da presença de alguma alma do "outro mundo" no recinto, como aconteceu em minha morada. Estávamos em 15 pessoas. Sentia-me, por isso, seguro o suficiente para analisar o fenômeno e tirar minhas conclusões com mais serenidade.

O comerciante magnetizador, que pela manhã tinha exposto suas descrenças relativas ao fenômeno, foi o primeiro a manifestar o pensamento. Pediu que a mesa nos informasse por qual princípio ela se manifestava. Os presentes aplaudiram a pergunta bem elaborada.

O móvel imediatamente inclinou-se, levantando uma de suas pernas do chão, e começou a realizar uma série de pancadas no assoalho. Todos entreolhavam-se confusos. Filippo, que já tinha presenciado a forma como as mesas se manifestavam, compreendia o código e anotava em um caderno o que nos parecia ser a resposta à questão proposta.

Mais tarde, nos deu a entender que cada batida da mesa representava uma letra do alfabeto, sendo uma batida para a letra "a", duas para a letra "b" e assim por diante. Por causa da morosidade do processo, esperamos um tempo razoável até que a mesa se aquietasse novamente. Filippo olhou-nos de forma grave e leu em voz alta, ao terminar de colocar em ordem no caderno as letras ditadas:

"Meu nome é legião, porque somos muitos."

A resposta causou novo burburinho. Um dos presentes sugeriu que estávamos diante do diabo e seus comandados, referindo-se à semelhança da resposta ao relato de São Marcos, no Novo Testamento, quando Jesus inquiriu ao possesso geraseno sobre a identidade de quem o possuía.

Quase todos começaram a manifestar o desejo de interrogar a mesa. Filippo então sugeriu que obedecêssemos a uma ordem. A cada um seria dada a vez para perguntar o que mais lhe aprouvesse.

As perguntas que se seguiram não tinham, na maioria, caráter dos mais sérios, embora fossem sempre respondidas pacientemente pela mesa. Eram perguntas pessoais, de gente acostumada à superficialidade da vida. Questões sobre possibilidades de casamento, informações sobre objetos perdidos, e até mesmo sobre a condição do tempo, por um que planejava embarcar em viagem marítima nos próximos dias.

Todo aquele processo fenomênico era muito intrigante. Eu sentia que, com aquelas questões absolutamente dispensáveis, de alguma forma estávamos desperdiçando um raro momento de contato com forças muito além do nosso entendimento. Se havia ali um visitante de outra dimensão, seria ele capaz de nos revelar os mistérios da vida e da morte, do que acontece depois da grande passagem e como vivem do "lado de lá" os que já partiram?

Diante da euforia de quase todos com o incomum entretenimento, receei ser mal interpretado, se externasse meus pensamentos. Por isso, chegada a minha vez, pedi que passassem adiante. Eu não tinha perguntas a formular.

Benedetto me olhou intrigado, e possivelmente decepcionado com minha omissão. Certamente, julgava que eu deveria aproveitar a oportunidade para investigar o fato, que, ele bem sabia, estava interferindo profundamente na minha vida, no meu destino.

Ele percebeu no meu olhar que não havia em mim nenhuma intenção de participar ativamente daquele interrogatório que, até aquele momento, assemelhava-se mais a um mero espetáculo de circo. Servindo, então, como intérprete da minha vontade, olhou para Filippo e fez um sinal para que passasse a vez para o próximo participante.

O que se desenrolou a seguir, no entanto, deu um novo e inesperado rumo à reunião.

Ante a ordem de Filippo para seguir adiante com as perguntas, a mesa pareceu inquietar-se. Começou a se agitar de forma frenética.

Ficamos sem saber como proceder. Não compreendíamos o significado daquele estranho comportamento. Quando a mesa se aquietava, e Filippo insistia para que as perguntas continuassem, ela novamente tornava a se agitar, como que mostrando irritação.

Maria sugeriu que talvez a mesa quisesse ouvir a minha pergunta. Na opinião da esposa de Benedetto, a mesa estava se recusando a me conceder a omissão.

O que se seguiu foi extremamente constrangedor, já que todos me olhavam, esperando de mim uma atitude. Confiaram na intuição de Maria, e exigiam, naquela cobrança muda, que eu me pronunciasse. Para eles era uma simples questão de expressar qualquer pergunta, mesmo que tola. Eu, por minha vez, não via nenhuma possibilidade de elaborar uma questão. Não sabia nem mesmo o que perguntar, e não queria acrescentar mais uma nota sem valor a tantas já expressadas naquela sala.

Diante da expectativa formada em torno da opinião de Maria, e de minha irredutível omissão, a mesa aquietou-se de repente. Todos voltaram seus olhares para o móvel em evidência, curiosos com o que viria a seguir.

Foi então que o mais surpreendente aconteceu. A mesa ergueu-se, ficando suspensa no ar, à altura de dez centímentros do chão. Depois, suavemente, começou a tocar o assoalho com um dos pés, ditando novas frases. Filippo pôs-se a tomar nota, esforçando-se para não perder nenhuma letra.

O momento era de grande expectativa. Parecia que algo de valor seria finalmente revelado pelo estranho fenômeno. Durante aquele longo momento nenhum dos presentes ousou dizer palavra.

Ao cabo de tensos minutos de expectativa e curiosidade, a mesa aquietou-se novamente, tornando-se completamente imóvel, como que dando a vez para que Filippo revelasse para todos o ditado.

O pianista, demonstrando ao mesmo tempo perplexidade e curiosidade em sua leitura silenciosa, compartilhou a seguir a mensagem:

"Andarás por via equivocada,
deixando a ave voar para sempre.
Carregarás uma ferida malcurada,
olvidando o que de mais valioso sentes.
Não percas tempo, não duvides da sorte.
Reflete um pouco mais, e muda teu norte."

A leitura surpreendeu a todos. A mensagem causou estranheza geral. Ninguém esperava um ditado em versos, com rimas perfeitas. Nem mesmo Filippo, com a experiência que possuía, conseguiu decifrar a mensagem.

Benedetto me olhou fixamente, como que arguindo-me se eu havia, assim como ele, identificado o destinatário. Sim, embora não fosse fácil para mim aceitar tamanho privilégio, não tinha como negar que era uma mensagem direta a mim.

A mesa havia insistido em não deixar passar a minha vez, e o assunto era sobre decisões, mudanças, dores, temas com os quais eu me via envolvido, num momento muito sensível de minha vida.

Qualquer que fosse a causa manifesta daquele fenômeno, havia de ter, sem dúvida, uma inteligência por detrás. Uma consciência que estava acima do conhecimento de todos os presentes, porque conseguia ler minha vida como num livro, e parecia querer indicar-me um equívoco em minha decisão de seguir para Viena. Estava mesmo incentivando-me a rever meu rumo.

Sendo assim, o que ela insinuava? Estaria me aconselhando a ir ao encontro de Anna – a ave que havia voado – e não ignorar mais o amor por ela, que eu carregava como uma "ferida malcurada"? Deixar de lado meus planos elaborados e seguir num outro rumo, num destino incerto e arriscado? Por que o fenômeno tinha se interessado por minha vida particular, quando havia tantas pessoas ali presentes, que certamente teriam suas próprias questões?

Tudo era muito obscuro para mim. Aquela comunicação tinha me apanhado de surpresa, e eu não sabia ainda como considerar o fato, acontecido, desta vez ironicamente, bem debaixo do meu nariz.

Aquela mensagem não podia ser uma transmissão inconsciente do pensamento dos presentes – como tinha sugerido o amigo de Benedetto na conversa pela manhã –, porque a mesa, ou qualquer que fosse a inteligência por detrás dela, havia optado por se expressar graciosamente em versos, como a desafiar o mais incrédulo daquela sala. Também ali ninguém conhecia minha decisão. Eu nem mesmo tive tempo de compartilhá-la com Benedetto.

Deparei-me completamente sem ação diante do ocorrido. A incógnita não foi decifrada pelos presentes. Nem mesmo Filippo tinha conhecimento a respeito do que ou mesmo sobre quem a mesa se referia. Mas soube, ao surpreender minha conversa mental com Benedetto, que havia uma história, a qual somente o destinatário seria capaz de identificar. O virtuoso pianista, porém, foi sensível o suficiente para não revelar o que facilmente já advinhava, sabendo da insistência da mesa em me dar a vez para inquiri-la e percebendo minha expressão delatadora.

Passado aquele angustiante momento de silêncio e expectativa, quando ninguém ousou pronunciar uma só palavra sobre o ocorrido – talvez porque a maioria dos presentes não estivesse mesmo interessada em investigações mais sérias, ou estivessem confusos demais –, um violinista, amigo de Benedetto, apanhou o instrumento que tinha levado consigo e propôs um desafio: tocaria por tanto tempo quanto a mesa conseguisse dançar, ao som de sua música. Os presentes aplaudiram a iniciativa, frenéticos. O espetáculo ia continuar.

Recolhi-me a um canto da sala com meus pensamentos. Intrigado com tudo aquilo, assistia, a distância, à mesa saltitando e rodopiando ao som da música do violinista, como se quisesse, de todas as formas, provar a todos os níveis de maturidade presentes uma nova realidade: a possibilidade da comunicação entre dois planos de vida. Um intercâmbio livre, sem protocolos nem privilégios.

Eu cismava comigo mesmo sobre o que pretendia aquela invasão que se alastrava por todos os cantos da Terra, manifestando-se ironicamente para pessoas do povo e não aos poderosos da Igreja. Uma onda que crescia com uma aparente urgência, devido ao seu caráter epidêmico, parecia ter a pretensão de modificar um panorama de crenças estabelecidas por aqueles que se julgavam representantes da verdade, mas que cuidavam em manter toda uma sociedade em ignorância proposital sobre o Criador.

Quantas vidas não estariam sendo transformadas a partir do que o novo e estranho fenômeno revelava! E com que força ele se apresentava à população! Anna havia partido em consequência das poucas provas que teve. Não duvidou um só momento. Tanta era a confiança em sua nova missão, que teve coragem suficiente para mudar sua vida de forma radical. Por consequência, também minha vida estava prestes a tomar rumo inesperado.

Diante daquela festa bizarra que a mesa proporcionava aos presentes, pensei em minha própria situação, tentando entender por quais vias o destino estava me conduzindo. O que até poucos dias atrás era para mim motivo de críticas e descrenças, estava se manifestando ali, diante dos meus olhos, como se fosse o acontecimento mais natural que já tinha presenciado.

Observando a reação das pessoas, percebi que elas realmente não se davam conta da singularidade do fato. Estavam tão distraídas com a forma – como é comum ao ser humano –, que não enxergavam a grandeza do que se manifestava para nós. Pensei também que, por somente enxergarem a superficialidade e focarem, da mesma forma, nas emoções mais banais da manifestação, passado um curto espaço de tempo, quase todos já estariam mesmo duvidando do que presenciaram naquela noite.

– Assim é a humanidade! pensei. Tantas coisas extraordinárias já foram reveladas e mudamos tão pouco. Também aquele fenômeno, brevemente, ficaria restrito a poucos seguidores, homens visionários que carregariam a missão de contar o que viram e aprenderam, como aconteceu com os apóstolos. Sendo privilegiados pela oportunidade de presenciar fatos e ensinamentos extraordinários, na convivência diária com o Cristo, mais tarde, se reuniriam em pequenos grupos, para convencer o mundo sobre o que todos viram, mas somente alguns enxergaram. E mesmo enxergando, poucos guardaram no coração.

A mim, no entanto, parecia que a onda causada pelas mesas estava arremessando meu barco a uma nova rota. Eu, que tinha feito finalmente uma importante escolha de vida, era levado a repensar minha decisão. Minha razão relutava ao trabalho de reavaliar todo um planejamento elaborado, mas meu coração gritava por uma revisão nos planos, uma reconsideração na escolha realizada, fazendo-me crer que aquela noite, possivelmente, mudaria de vez a minha vida.

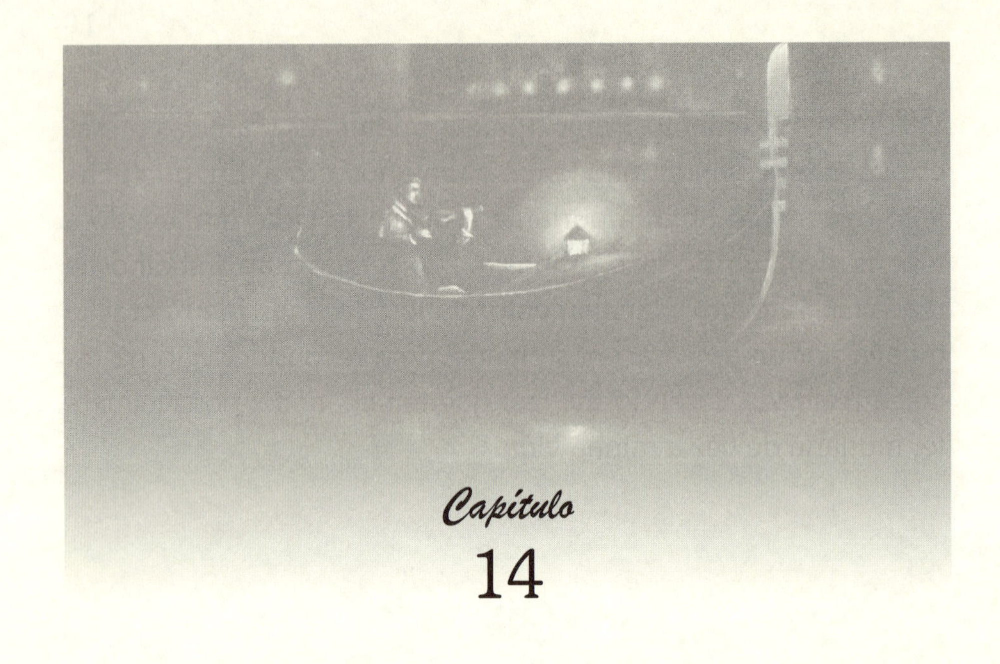

Capítulo 14

> "Não mais destino, distância ou temores"

Alguns dias após a reunião daquela noite, eu estava pronto para embarcar para Paris. Meu coração havia falado mais alto que a razão, e me fez perceber que, embora Viena oferecesse a possibilidade da realização de meus antigos sonhos, não havia garantia de que eu os alcançasse sem ter presente a inspiração da menina dos olhos de anjo – ou estando com a sombra de um sentimento mal resolvido.

Por isso, não vacilei em tomar as providências em direção oposta à decisão anterior. Acerquei-me de todas as informações necessárias sobre a Cidade Luz. Suas hospedagens, seus teatros, e até mesmo suas escolas de música, onde haveria, possivelmente, oportunidade de trabalho.

Meu coração batia ansioso pela possibilidade de novamente encontrar Anna. E pelo receio da situação que eu poderia encontrar.

O desconhecido me aguardava. Eu estava arriscando tudo. Tinha mudado meus planos, seduzido pelos encantos da poesia ditada por uma mesa, fato que tempos atrás seria por mim inadmissível. A verdade é que eu não tinha garantias de que seria recebido como outrora. Nem mesmo tinha o endereço de Anna em Paris. Voltei à casa do Sr. Giovanni, no intuito de consegui-lo, mas a criada já havia se mudado e a casa encontrava-se vazia.

Acomodei em dois baús de tamanho médio todas as coisas necessárias para a longa viagem e para minha estadia por tempo indefinido em Paris. Roupas, meu *Stradivari* e todas as minhas composições. Não me desfiz da gôndola, pois era um presente muito especial – uma construção como aquela não se via navegando facilmente por Veneza. Pedi a Benedetto que a conservasse por mim.

Deixei o aluguel de alguns meses pagos, para não precisar me desfazer dos móveis. Se estivesse cumprindo o plano inicial, o de uma mudança definitiva para Viena, teria feito diferente. Mas diante da incógnita do que me reservava o destino, preferi agir com prudência.

Benedetto me recomendou um velho amigo francês, um professor, aposentado pela força de suas convicções. Ele tinha maneira peculiar de ensinar, e interessava-se pelas classes menos privilegiadas. Suas ideias divergiam das concepções da Igreja que, após o golpe de Napoleão III, passou a ditar as regras de educação na França, privilegiando a classe alta e utilizando métodos de ensino antiquados e ineficientes. Por isso, o professor, não podendo utilizar seus próprios métodos, preferiu se retirar. No entanto, continuou a ensinar gratuitamente em sua própria casa, à noite, em suas horas livres.

Era um homem de muito conhecimento e cultura, e também de grande coração, conforme havia me contado Benedetto. Poderia auxiliar-me em minha adaptação em Paris. Isso me confortava, pois eu teria nele uma referência. Já não estaria completamente entregue ao destino.

Foi assim que, na primavera de 1856, deixei definitivamente Veneza e sua beleza romântica, palco de minhas melhores memórias.

♪♪♪

Foram longos os dias que me levaram para longe de minha terra natal. Apesar de mais longa, preferi a via terrestre. O balanço da diligência e a monotonia da viagem me deram tempo para refletir sobre os mais diversos assuntos e acontecimentos. Era como um período de gestação. A única atitude possível era de espera paciente.

Aqueles momentos iriam representar para mim o início de uma nova vida. O solitário violinista de *Rina Del Vin* – acomodado em sua rotina entre ensinos e composições; em suas distraídas navegações entre os canais da cidade da poesia e dos sonhos românticos; tecendo os dias com os fios fugazes da esperança de conquistar o coração da menina dos olhos de anjo –, ia se transformando, à medida que a diligência avançava por entre bosques, montanhas, cachoeiras, penhascos e estradas sem-fim. A paisagem tornava-se diferente a cada vila, cada cidade, cada fronteira atravessada.

Eu dividia com mais seis passageiros a imponente diligência de fabricação inglesa, puxada por quatro cavalos. Percorríamos de 12 a 18 horas diárias, dependendo da distância entre cada parada, onde podíamos esticar os músculos e fazer refeições, enquanto era efetuada a troca dos cavalos.

Pernoitar nas estações de descanso aumentava a minha ansiedade. Por isso, eu acampava ao relento na companhia das estrelas em algumas cidades, quando o clima permitia. Ao vê-las em tão grande número, imaginava a dimensão do Universo e do Criador.

O que haveria lá fora, naqueles pontinhos de luz? Teriam sido criadas somente para enfeitar as noites, como sugerem os poetas, ou seriam mundos distantes, plenos de vida e movimento?

Se houvesse vida, estariam em guerra como os homens na Terra, em busca de conquista de espaço e poder? Teriam mais conhecimento sobre os mistérios da vida ou seriam como nós, ignorantes das coisas mais simples, e tão arrogantes com as pequenas verdades que mal começamos a compreender?

Teriam tido o privilégio de receber um Cristo que lhes ensinasse sobre o amor? Teriam-No sacrificado em recusa à sua boa-nova, buscando manter a humanidade sob o poder da ignorância; vendendo pedaços do Paraíso; anestesiando ainda mais as mentes imaturas dos homens acomodados?

Durante aqueles dias, meus sonhos eram confusos. Às vezes, me via entre pessoas estranhas, em reuniões, estudos e conferências. Estudava sobre a vida, sobre o Universo, sobre Deus. Outros, no entanto, eram sobre Anna. Eu me via correndo, perdido entre paisagem estranha. Chamava por ela, mas não conseguia encontrá-la. Seu pai me aparecia várias vezes, ameaçador. Via Arnoud, o francês, em fogoso riso, como a zombar da minha aflição.

Às vezes, eu acordava em sobressalto, para só conseguir conciliar o sono novamente, quando as estrelas no céu se apagavam aos primeiros raios do Sol.

Por causa dessas noites maldormidas, muitas vezes, não resistia ao cansaço e à monotonia, e passava parte do dia adormecido pelo balanço lento do veículo.

Foi num desses dias que adentramos em Paris. Submerso em sono profundo, não vi a cidade envolver a carruagem em seu burburinho. Eram ainda as primeiras horas da manhã de um novo dia. O primeiro de minha nova vida.

Somente quando os cavalos trotavam pelo centro da cidade, despertei do meu sono, assustado com a nova paisagem.

Eu estava em Paris! Anna e eu respirávamos agora o mesmo ar, pisávamos o mesmo solo. Ela poderia estar em uma daquelas esquinas, ou mesmo caminhando pela rua. O destino a traria para mim ou eu teria de planejar uma minuciosa busca pela cidade? Mesmo que tivesse de empreender o maior dos esforços e gastar todos os minutos do dia, eu estava feliz pela iminência de reencontrá-la.

Não mais destino, distância ou temores. Agora tudo dependia somente de mim.

2ª Parte

Paris

"Após a nossa morte, o gênio, que nos fora designado durante a vida, leva-nos a um lugar onde se reúnem todos os que têm de ser conduzidos ao Hades, para serem julgados. As almas, depois de haverem estado no Hades o tempo necessário, são reconduzidas a esta vida em múltiplos e longos períodos."

(Platão)

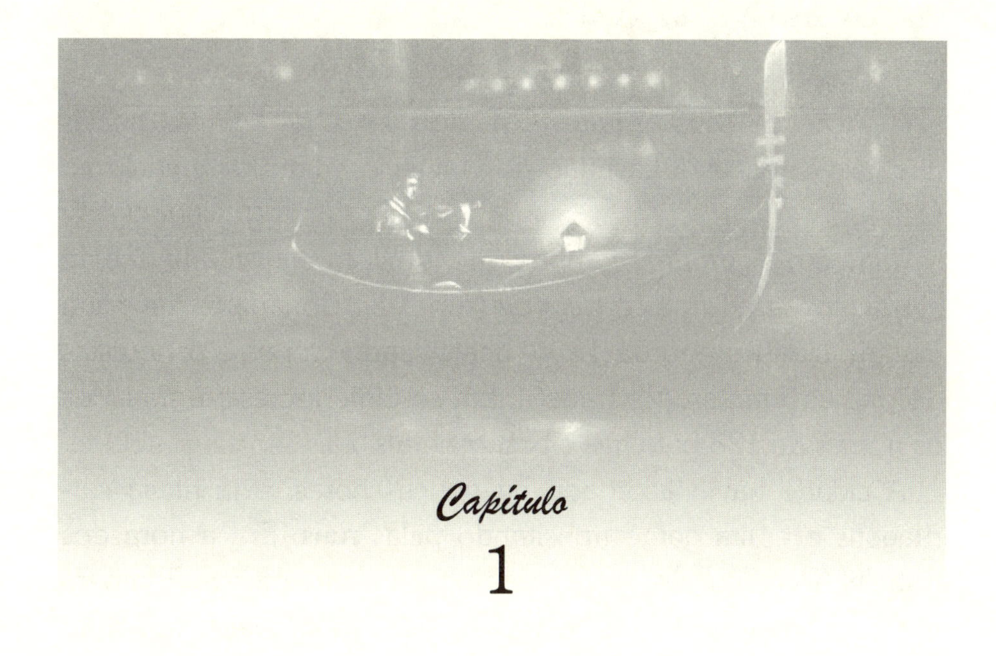

Capítulo 1

> "Um coração ansioso
> não age com prudência"

Chegamos a Paris numa agradável manhã de brisa fresca e sol radiante. A primavera torna qualquer lugar mais atraente, mas a Cidade Luz literalmente reluzia aos toques da estação das flores. Sua arquitetura emocionante, uma das mais importantes do mundo, já contava com valiosas obras de arte. A *Cathédrale Notre-Dame de Paris* era uma delas. Considerada um dos mais finos exemplos da arquitetura gótica da cidade, teve sua construção iniciada em 1163 e finalizada, em sua forma definitiva, somente no ano de 1345. Com seus 127 metros de altura e uma torre central de abóboda pontiaguda, a intenção de seus arquitetos parecia ser a de ligar as preces dos fiéis católicos à vastidão do Universo, numa reverência ao Criador.

Também o *Arc de Triomphe*, monumento com 50 metros de altura, construído por ordem de Napoleão Bonaparte, teve sua inauguração no ano de 1836, enaltecendo glórias e conquistas do primeiro imperador francês. Em seu interior, estão gravados os nomes de 128 batalhas e 558 generais.

A cidade havia acordado há poucas horas, e já havia carruagens e muita gente transitando pelas ruas. Era a hora dos trabalhadores apressados, a caminho de seus ofícios. Também das senhoras que iam às compras, usando chapéus, nos mais diferentes formatos e estilos, o que me fez achar que estivessem disputando entre si, numa concorrência muda, o olhar e a admiração dos transeuntes.

A diligência fez sua primeira parada. O cocheiro avisou-me que eu deveria desembarcar com minha bagagem. Ele estava feliz. Contou-me, durante a viagem, que Paris era sua cidade do coração. Embora tivesse nascido em Roma, passou a maior parte de sua infância e juventude ali, na Cidade Luz. Estava cheio de energia, e contava detalhes dos lugares onde havia morado, apontando em diferentes direções. Era bom vê-lo assim, com tanto entusiasmo. Memórias, para algumas pessoas, são os melhores motivos para trazer luz às suas vidas.

Estávamos bem diante do meu destino: *Rue des Martyrs*, número 8, o prédio onde residia o professor, amigo de Benedetto.

A diligência deveria ainda seguir adiante com os outros passageiros. Generosamente, o cocheiro ajudou-me a descer meus dois baús e partiu.

Confesso que naquele momento senti um misto de solidão e insegurança. Estava numa cidade estranha, longe de minha terra natal, e nem sequer tinha certeza se o professor estaria disponível para oferecer a acolhida desejada. Apenas confiava na carta de recomendação de Benedetto, embora não tivesse dado a ele tempo para enviá-la pelo correio. Minha chegada não estava sendo aguardada.

O prédio tinha quatro andares e um terraço, como todas as demais construções daquela rua estreita. Cada apartamento de frente tinha duas portas, de duas bandas, que funcionavam, na verdade, como janelas, pois não havia sacadas do lado de fora. Eram apenas decorativas, protegidas por uma grade de ferro a meia altura.

Quando fiz soar o ferrolho da porta para anunciar minha chegada, dei-me conta de que ninguém viria atender, já que a porta deveria ser comum a todos os apartamentos.

– Para quê, então, colocaram aquele ferro ali? cismei comigo mesmo.

Abri a porta e, quando comecei a subir os degraus, me deparei com uma senhora cinquentenária que vinha descendo. Ela ouviu minhas batidas – por algum acaso do destino – e veio para ver quem era.

– Então aquele ferro pendurado na porta funcionava! eu pensei.

Ela era de estatura baixa, mas bem proporcionada. Olhos pardos e um sorriso simpático e acolhedor.

Perguntei sobre o professor, e a coincidência não poderia ter sido maior. Ela amavelmente respondeu que ele não se encontrava, no momento. Logo percebi que se tratava de Madame Amélie-Gabrielle Boudet, esposa do professor, sobre quem Benedetto tinha me falado.

Apresentei-me, entregando-lhe a carta de recomendação, que ela leu com atenção, e a seguir convidou-me para ir até seu apartamento. Busquei meus baús, um após o outro, e a acompanhei até o apartamento do casal, que ficava no segundo andar, nos fundos.

Era um apartamento de decoração sóbria. Da sala de estar entrevi, pela porta aberta de um dos cômodos contíguos, uma escrivaninha coberta por papéis espalhados, como a denunciar a intensa atividade de seu morador – ali deveria ser o gabinete do professor.

Mme. Amélie declarou-se surpresa e pediu notícias de Benedetto.

– Se você é amigo de Benedetto, certamente meu marido o levará na conta de muita estima – concluiu, por fim, buscando deixar-me à vontade.

– Agradeço, Madame – respondi ainda me sentindo um estranho em outra terra, e esforçando-me para desembaraçar meu francês que há muito não exercitava. – Não quero ser um incômodo. Apenas gostaria de uma pequena ajuda do professor para encontrar um lugar para me estabelecer em Paris.

– Por que tanta pressa? Poderá ficar conosco até que se acostume com a cidade.

Mesmo Benedetto tendo mencionado sobre a generosidade do casal, aquele convite me surpreendeu. Eu tinha cogitado, durante toda a viagem, sobre as dificuldades que encontraria para me adaptar. Na minha concepção, estar em Paris seria como vagar por estranho labirinto, com destino incerto, sem sequer saber por onde começar. Mas a vida me surpreendia naquele momento, oferecendo-me acolhimento num lar de pessoas generosas, como a me dizer que eu não deveria me preocupar, que tudo se encaminharia.

Afinal, a mensagem da mesa – que para mim representava a voz de um poder sobrenatural, superior à minha capacidade de compreensão –, era um sinal claro de que a decisão anterior, de seguir para Viena, era a que provavelmente me deixaria vagando por um caminho de incertezas. Cabia a mim confiar no destino, e seu primeiro movimento já concorria para trazer tranquilidade à minha alma, bastante cansada pela longa viagem.

– Rivail saiu muito cedo – ela se desculpou, educadamente. – Ele anda muito atarefado. Meu marido sempre se entrega com muita intensidade aos seus afazeres. Até há pouco, estava envolvido com um novo assunto. Pouco tempo lhe sobrava para cuidar de seus próprios interesses. Agora me parece que resolveu dar uma trégua e voltou a remexer em velhos projetos pedagógicos.

– Pensei que o professor estivesse aposentado – eu falei. – Benedetto me disse que ele anda descontente com o rumo que a educação tomou nos últimos tempos.

– E com razão. Há alguns anos ele já não se envolve com o ensino oficial. Oferecemos cursos livres em nossa casa até o ano passado, para não abandonarmos de vez nossos ideais pedagógicos e sociais. Rivail também se ocupou com a tradução de novos livros do Inglês e do Alemão. Mas, ultimamente, entre o trabalho de contabilidade, que ele exerce para nossa sobrevivência, e as pesquisas com o novo assunto, não lhe sobrava muito tempo para as aulas.

– Deve ser um assunto muito importante, este com que se ocupava o professor, para tirar-lhe o interesse pela educação – especulei, sentindo-me confortável diante do íntimo acolhimento de Mme. Rivail, e curioso sobre o que estaria envolvendo de tal maneira o professor que, nas palavras de Benedetto, tinha sua maior paixão no magistério e na dedicação aos seus alunos, que selecionava sempre entre os que menos recursos possuíam.

Minha curiosidade, no entanto, teve de ficar em suspenso, pois batidas na porta interromperam nosso diálogo. Era uma aluna de Mme. Rivail que, a exemplo do marido, também era apaixonada pela educação. Com talento diferenciado, porém, oferecia em sua casa aula de artes para jovens de poucos recursos.

A moça não quis entrar. Mme. Rivail recebeu-a ali mesmo, e pude ouvir parte do diálogo. Ela pedia desculpas e avisava da impossibilidade de comparecer para o estudo daquela manhã. Tinha a mãe doente em casa e precisava dedicar o dia a ela. Pude constatar que era uma jovem bela, de aparência tipicamente francesa, e possuía muita delicadeza no falar.

Quando despediu-se da moça, Mme. Rivail surpreendeu-me em meu esforço de enxergar, através da porta semiaberta, a moça descendo as escadas.

Ela me olhou com um sorriso matreiro. Eu nada disse em resposta, mas ela investiu na tarefa de bancar o cupido.

– Ainda não se casou, Antonio?

– Ainda não, Mme. Na verdade venho a Paris na intenção de encontrar minha alma gêmea – senti-me à vontade para confidenciar isso a ela.

– Marie é uma moça de dons especiais – ela disse, referindo-se à aluna. – Certamente, o homem que a desposar será feliz.

– Acredito que sim, mas meu coração já possui a sua eleita.

Mme. Rivail convidou-me para acompanhá-la até a mesa do café da manhã, que estava posta com apetitosos pães e bolos, bastante convidativos. Explicou-me que aguardava o retorno do marido, que teria se ausentado apenas para um breve compromisso. Com muita graça e jovialidade, no entanto, deixou-me bastante à vontade dizendo que minha companhia seria melhor que a espera indefinida, à qual os compromissos atuais do esposo a estavam submetendo nos últimos tempos.

Sentei-me à mesa um pouco cismado. Ela era de formato redondo, e, para mim, mesas já não eram mais simples móveis componentes da decoração. Depois da experiência de vê-las girando e ditando poesia, eu já não me sentia à vontade diante delas. Aquela, no entanto, era apenas uma inofensiva mesa de café da manhã, que me trouxe inesperadas lembranças da minha infância, na casa de meus pais. Mme. Rivail, vendo-me assim com o pensamento a vagar, disse, talvez tentando adivinhar a razão do meu devaneio:

– Uma viagem tão longa... Esta mulher deve ser muito especial.

– Sim, Madame – fiz uma pausa para tomar consciência sobre o assunto ao qual ela se referia. – Cometi um grande erro. Espero ainda ter tempo para repará-lo.

Mme. Rivail, sem articular nenhuma palavra, ajeitou-se na cadeira, como a dizer que estava pronta para ouvir minha história. Seu olhar era maternal, e senti que nela eu teria o conforto de um coração amigo.

Relatei-lhe minha convivência com Anna, os ensaios de quarta-feira, a chegada de Benedetto em nossas vidas, e o desfecho que resultou em nossa separação. Achei por bem não mencionar o envolvimento de Anna com as mesas. Apesar de estar curioso para saber sobre o estranho fenômeno em Paris, preferi dizer que Anna havia se mudado com o pai para apresentar-se nos teatros, atendendo a uma oportunidade comum de trabalho.

– E qual é a parte da história que não quer me contar? – ela perguntou ao final, me surpreendendo. – Até agora não identifiquei erro algum que justifique a tormenta que carrega em seu coração.

Mme. Rivail, como Benedetto, também sabia ler na alma. Eu tinha omitido uma parte importante da história, sem a qual toda minha fala não faria sentido.

Mas como abordar tema tão delicado? Não seria fácil simplesmente dizer que recusei o convite de Anna para juntar-me a ela no trabalho em Paris por ciúme de uma mesa. Embora não fosse uma mesa qualquer, mas uma que girava e ditava músicas.

Ainda sem coragem, tentei ingenuamente prosseguir com explicações oblíquas, que resultaram em uma fala nada convincente.

– O pai de Anna associou-se a um francês que os envolveu num assunto um tanto estranho – eu disse. – Trocaram minhas composições por algo que julguei ser uma trama comercial contrária à nossa ética. Anna tentou convencer-me de algo que eu achava absurdo. Convidou-me para participar de uma reunião, para ver com meus próprios olhos, e eu me recusei a ir, posicionando-me contra todas as suas crenças. Quando pude ter minha própria experiência, pude ver o quanto eu fui precipitado. Mas já era muito tarde.

Mme. Rivail me ouvia com ternura no semblante. Ao final de minha fala, tinha aquele olhar de quem já havia enxergado além do que lhe era relatado.

– Também tenho enfrentado a concorrência das *tables tournantes*, a comunicação das mesas que giram e falam, se é isto que está tentando dizer, Antonio – ela falou, surpreendendo-me pela naturalidade com que se referia ao fato. – Este é o assunto de que lhe falei, e que até bem pouco tempo mantinha meu marido ausente ou ocupado a maior parte de seu tempo.

Meu silêncio diante de sua perspicácia foi a concordância que não precisava ser dita.

– A princípio, pareceu-me impróprio – ela continuou. – Quando Rivail começou a frequentar as reuniões onde faziam girar as mesas, preocupei-me com sua reputação. Ele é muito respeitado no círculo acadêmico. Publicou vários livros e também traduziu outros. Temi que a Academia, que não simpatiza em nada com o fenômeno e até mesmo se opõe a ele, começasse a persegui-lo, causando-lhe ainda maiores dificuldades. Mas ele insistia em não abandonar as pesquisas até que provasse o que realmente seu coração pressentia.

– Mas o que pretende o professor encontrar? – questionei, curioso. – Mesmo que haja algo de maior importância para se extrair dali, não me parece que se possa ir além das frívolas abordagens que presenciei em Veneza. Até onde testemunhei, para a sociedade trata-se apenas de um bom entretenimento.

– Meu marido não pensa como você. Ele parece ter encontrado neste fenômeno algo que responde muitas de suas perguntas, conforme ele mesmo diz. Já assistiu a muitas reuniões, e andou fazendo inúmeras pesquisas e anotações. Cheguei a pensar que ele estava obcecado pela possibilidade de ter encontrado uma arma para lutar contra o monopólio educacional da Igreja e a desigualdade social, às quais estamos sendo submetidos pela Ditadura de Napoleão, o sobrinho. Mas Rivail é muito justo em suas convicções, e certamente não iria se expor ao julgamento da sociedade, até que houvesse provado a existência de alguma verdade consistente por trás de todo este Movimento, e que fosse algo pelo qual valesse a pena lutar.

Conforme Filippo nos havia relatado, eu tinha agora a possibilidade de comprovar por mim mesmo que homens de inteligência e caráter sério estavam envolvidos com as pesquisas sobre o estranho fenômeno. Também encontrei na Sra. Amélie uma aliada, porque compartilhava com ela a mesma posição de expectativa pela dedicação do ser amado à nova onda que tinha invadido as sociedades europeias.

Percebi também que, com o professor, eu teria a oportunidade de ouvir mais sobre os fatos e, quem sabe, compartilhar de suas pesquisas, se ele ainda estivesse interessado no assunto. Era um estranho pensamento, devo confessar, para alguém que até há pouco tempo se opunha a qualquer argumento a favor da questão.

Seria aquela, no entanto, uma forma de me reaproximar do pensamento de Anna, compreender suas razões, e até mesmo compartilhar de suas crenças. Poderia fazer diferença, em meu pedido de desculpas, a possibilidade de eu poder levar a ela informações sobre os fatos, além do que ela, provavelmente, tinha ciência.

A vida se modificava, dentro e fora de mim. Eu precisava, no entanto, correr contra o tempo. Afinal, eu estava em Paris e bem próximo de obter uma resposta sobre a possibilidade de continuar alimentando meus sonhos de uma vida com Anna.

Decidi que não ficaria mais entregue a conjecturas que, vez por outra, minha insegurança transformava em expectativas pessimistas. O melhor seria agir e não pensar.

– Agradeço à hospitalidade, Madame – eu disse, por fim. – Mas, se me permitir deixar minha bagagem aqui só por hoje... Quero fazer um reconhecimento pela cidade. Quem sabe encontro Anna? Depois procurarei um local onde me hospedar. Não pretendo lhes causar incômodo com minha presença inesperada. Desculpe-me, não quero ser deselegante, mas tenho economias suficientes para me manter até encontar um trabalho.

– Oh, juventude apressada! Por que querem correr tanto para conseguir o que a vida somente pode trazer no tempo devido? – ela disse, surpreendendo-me os planos. – Um coração ansioso não age com prudência, Antonio. Paris é um labirinto para quem não a conhece. Você não sabe o que se passou com sua querida Anna, durante todo esse tempo em que estiveram afastados. Não sabe nem mesmo se ela ainda estará à sua disposição. Melhor seria se você se estabelecesse primeiro, conseguisse um trabalho, estruturasse sua vida. Quando encontrá-la, poderá mesmo convencer o pai dela a lhe conceder a mão da filha. O que acha? Meu marido poderá ajudá-lo. Conhece muita gente. Não precisa se apressar.

Mme. Rivail conseguia, com seu pensamento analítico, acalmar minha ansiedade. Eu já tinha aprendido – por força do erro e do sofrimento –, a não ouvir as pessoas somente por educação, mas também a escutar com o coração aberto, quando alguém tentava me mostrar perspectivas diferentes da minha.

E ela tinha razão em dizer que eu deveria me preparar adequadamente, antes de investir numa busca incerta pela cidade. Afinal, o que eu diria quando encontrasse Anna? Que tinha vindo para ficar ao lado dela para sempre? Que, embora ainda não compreendesse bem a loucura das mesas, acreditava e aceitava suas convicções? Mas... e se ela estivesse comprometida com o francês? Como proceder diante de tal embaraço? Talvez pudesse ainda convencê-la a repensar seus sentimentos. Mas à custa de quê? Que teria eu a oferecer em troca, além de belas palavras?

Eu estava submerso no debate de ideias em que meu pensamento havia se transformado. A Sra. Amélie mantinha-se em silêncio, advinhando o conflito que ela mesma tinha provocado. Não pude, no entanto, finalizar meus pensamentos, ou mesmo agradecer a ela pelos sábios conselhos, porque o barulho vindo da fechadura da porta da frente anunciava que o professor retornava de seu compromisso a tempo para desfrutar de nossa companhia à mesa.

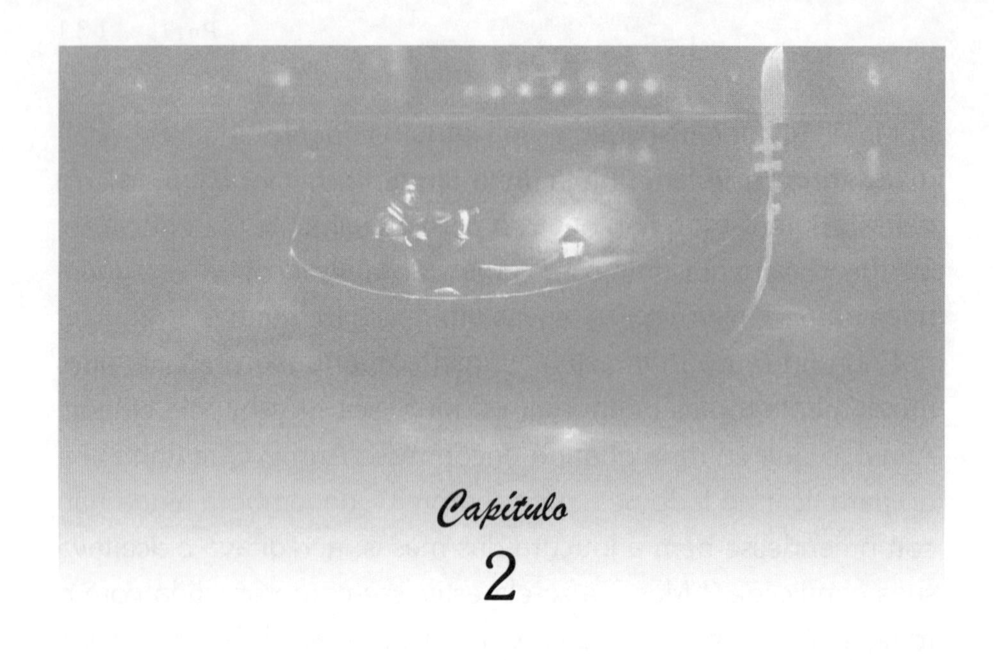

Capítulo 2

> *"Assuntos sobre os mistérios do "além-túmulo" despertam questionamentos que se desenrolam como um tapete sem-fim"*

O professor Rivail era um homem também já na casa dos 50 anos, de estatura média, bem encorpado, e com uma cabeça grande e redonda. Olhar sereno e firme, tinha um grosso bigode, que lhe conferia um caráter sério. O cabelo, repartido para um dos lados, e costeletas que desciam até o meio da face, bem ao estilo francês, emprestavam-lhe uma simpatia no semblante, que chegava a ser confundido com inocência, talvez, melhor dizendo, pureza de alma.

Chegou acompanhado de três cavalheiros, que carregavam umas caixas de tamanho médio. O professor pediu que colocassem as caixas ali mesmo, num canto da sala.

A Sra. Amélie ausentou-se da mesa para recebê-los. Cumprimentou os visitantes e convidou-os gentilmente para juntarem-se a nós naquele singelo banquete matinal. Eles recusaram educadamente, alegando alguns compromissos. Somente então foi que o professor tomou ciência da minha presença.

– Parece que temos visita – ele disse, caminhando em minha direção.

– Sou Antonio, amigo de Benedetto, professor – me antecipei. – Venho de Veneza, com recomendações desse nosso amigo em comum, que me garantiu que eu poderia contar com sua ajuda para me estabelecer na cidade.

Entreguei-lhe a carta de recomendação, que Mme. Rivail havia me devolvido após a leitura.

O professor me olhou demoradamente, talvez tentando confirmar a presença da sinceridade por trás de minhas intenções, como se estudasse meu caráter. Após alguns segundos, ele pareceu ter chegado a alguma conclusão.

– Se você é amigo de Benedetto, não pode haver melhor recomendação – ele disse, devolvendo-me a carta sem sequer abri-la. – Por onde anda aquele romano? Só dá notícias, quando precisa de favores?

– Benedetto transferiu-se para Veneza, onde tive o prazer e a honra de conhecê-lo, e desfrutar de sua parceria musical – eu disse.

– Então também possui o nobre dom da música? Que instrumento toca?

– Violino. Também componho.

O professor sorriu, ainda olhando-me firmemente. Seu pensamento parecia agora passear pelas doces lembranças do amigo de outrora, talvez recordando momentos que desfrutaram juntos. Depois levou-me à presença dos que o acompanhavam e os apresentou a mim. Tratava-se dos senhores Carlotti, amigo de sua juventude; Antoine Sardou e seu filho Victorien.

Não tive, no entanto, oportunidade de saber mais sobre aqueles cavalheiros, que não se demoraram mais que poucos minutos, o suficiente para fazerem algumas recomendações sobre o material que haviam trazido nas caixas, enfatizando que depositavam muitas esperanças numa decisão, que a mim pareceu estarem solicitando ao professor com certa insistência.

Quando ficamos os três a sós, voltamos à mesa do café. Percebi que o professor, antes expansivo e atencioso, desde a saída daqueles homens ficou com sua feição transformada, refletindo, agora, preocupação. Mme. Rivail, com um misto de zelo e curiosidade, abordou o marido sobre o conteúdo das caixas e sobre por que aqueles senhores o pressionavam.

– Cadernos com anotações – respondeu simplesmente, entre uma mordida e outra em uma saborosa fatia do bolo de milho.

– Algum trabalho de tradução? – ela insistiu.

Ele não respondeu de imediato, deixando-me tempo para uma equivocada interferência:

– Soube que já publicou livros. Apreciaria muito ler um de seus romances.

– Escrevo somente livros didáticos – ele respondeu de maneira educada, sem dar importância ao caso.

Seguiu-se um silêncio incômodo, principalmente para mim. A pergunta de Mme. Rivail parecia ainda estar ecoando, suspensa, à espera de uma resposta.

– Carlotti e os outros querem que eu organize as anotações que há cinco anos vêm compilando em suas reuniões – ele disse, compartilhando por fim suas preocupações. – Não sei se quero me aventurar em tão enfadonho trabalho. Gostaria muito de colaborar. Talvez possa encontrar nesses cadernos as respostas que me faltam.

Ele pareceu empolgar-se por um momento. Depois disse, voltando ao desalento que aquela ideia lhe trazia:

– Meu tempo anda muito escasso. Agora que retornei aos meus velhos projetos pedagógicos, não quero novamente interrompê-los. Eles, por si só, já me tomam tempo demasiado.

– E por que não fazem o trabalho eles mesmos? – Mme. Rivail disse. – Antoine já publicou tantos livros escolares, e seu filho é um ótimo escritor. Não vejo razão para que lhe transfiram mais esta responsabilidade.

– Tem razão, Amélie. Não me sinto motivado como antes a seguir com as pesquisas. As reuniões não vão além do que já foi mostrado. Não consigo preencher as lacunas que ainda faltam, diante da ausência de seriedade que encontro em cada uma delas.

O professor fez uma pausa, pensativo, e voltou seu olhar para aquelas caixas no assoalho da sala, como que tentando organizar os pensamentos. O assunto parecia causar-lhe um grande conflito. Depois, continuou:

– Naquelas caixas, no entanto, estão reunidas, em 50 cadernos, anotações de inumeráveis reuniões, das quais Carloti e seus amigos participam desde que a novidade chegou a Paris, há mais de cinco anos. Insistem tanto que eu os ajude, que não me deixam oportunidade para recusa. Mesmo sentindo-me, neste momento, impossibilitado para atender à súplica deles, não consigo vencer a curiosidade que me toma. Estivesse menos ocupado, e me entregaria à tarefa sem titubear.

– Você já fez demais – Mme. Rivail disse. – Por que ainda haveria de fazer um trabalho que pertence a outrem?

– Confiam em minha capacidade analítica e apreciam meus métodos didáticos.

O professor pareceu-me pensativo por um momento. Depois concluiu (o que a mim soou como algo dito mais para tranquilizar a esposa):

– De qualquer maneira, não empenhei minha palavra. Apenas prometi que iria pensar a respeito.

Quem estava curioso naquele momento era eu. Cinquenta cadernos, repletos de anotações sobre as reuniões com o fenômeno, ao alcance de minhas mãos, como um arranjo inesperado do destino.

Percebi que eu estava me sentindo estranhamente atraído para um assunto que antes era motivo de aversão. Por isso, após o café, pedi ao professor permissão para manuseá-los.

Sentamos ambos na sala, consultando com curiosidade vários deles. Havia comentários, entrevistas, dissertações. Citavam nomes, datas, horas, locais. Os temas eram muito variados, às vezes, vagas filosofias sem nenhum valor; outras, impressionantes divagações sobre os objetivos da existência humana.

O professor esclareceu-me que tudo aquilo era resultado de entrevistas com os Espíritos, através não só das mesas, mas também da escrita pela mão de pessoas que os serviam como intermediários, a quem chamavam *médiuns*.

Revelou-me também o curioso fato de que nenhum homem teria imaginado serem os Espíritos a causa daquelas manifestações, tendo sido esta informação revelada por eles próprios, o que afastava a possibilidade de uma ideia tendenciosa por parte dos homens.

Foi num daqueles cadernos que deparei pela primeira vez com uma palavra que eu nunca mais esqueceria: *reencarnação.*

De imediato, despertou-me muita curiosidade. Perguntei ao professor se tratava-se de uma forma diferente de entender a ressurreição dos mortos.

– Não, Antonio. Os Espíritos têm revelado que a vida obedece a um programa evolutivo. Temos a necessidade de *reencarnar*, nascer de novo na carne; voltar à vida, e recomeçar a experiência terrena muitas e muitas vezes – ele foi enfático na resposta.

– O senhor quer dizer que, depois que morremos, podemos voltar e *reencarnar* em alguém?

– Por mais extraordinário que pareça, o que tentam nos fazer entender é que voltamos à vida, por meio do renascimento, como uma nova pessoa, possuindo outro nome, nova família, começando tudo de novo. Nascer, renascer e progredir sempre, tal é a Lei que revelam.

– Então eu poderia voltar em uma próxima vida como o mestre Vivaldi, por exemplo? – insisti na questão.

– Você pode voltar muitas vezes, mas sempre como Antonio – o professor riu de minha ambição (e de minha inocência). – Mesmo que lhe seja dado outro nome de batismo, será sempre o mesmo Espírito.

O tema era surpreendente, mas a mim não parecia ter muito senso ainda. Assemelhava-se mais às fábulas, aos contos sobre reinos mágicos, onde o impossível se fazia corriqueiro. A razão dizia que uma pessoa, depois de morta, não poderia voltar a envergar a mesma vestimenta de carne, que já tinha se desfeito sob a terra – nunca simpatizei com a ideia da ressurreição dos mortos da forma vaga como era ensinada pela Igreja, em nada compatível com a ciência.

Mesmo se pudesse voltar em novo corpo, como poderia ter uma nova vida, nova família, novo nome, se já possuía um? Então um homem se casaria com outra mulher e estaria cometendo bigamia, pensei. E, daí, precipitadamente concluí que, como eu não me lembrava sobre uma possível vida anterior, já era prova suficiente para contradizer tão estranho pensamento.

– Como podem saber se não há um engodo nestas informações? – questionei incrédulo, o que seria de se esperar de uma pessoa limitada sobre questões filosóficas como eu. – A razão não pode aceitar tal suposição sem uma prova concreta. Pelo menos é assim que se tem tratado todo novo assunto atualmente. Perdoe-me o ceticismo, professor, mas nunca estive antes envolvido com assuntos desta natureza.

– Não se desculpe, Antonio – ele disse compassivo. – Você dá mostras de grande senso, questionando desta forma. Concordo que a reencarnação seja uma teoria bem estranha, a princípio. Quando os Espíritos a revelaram a nós, ela estava tão longe de meu pensamento que me surpreendeu de maneira incomum. Confesso-lhe, com toda humildade, que o que Platão escreveu sobre o assunto era totalmente desconhecido para mim. Direi-lhe ainda mais: a Doutrina dos Espíritos sobre a reencarnação contrariou-me de início, pois lançava por terra minhas próprias ideias.

O professor me surpreendia pela sinceridade. Com certeza, ele já teria atravessado os primeiros estágios do conhecimento daquilo que era revelado pelos Espíritos, mas mantinha a postura do pesquisador humilde, diante de descobertas que não lhe pertenciam.

Eu, no entanto, mal podia entender como poderia uma alma voltar para fazer girar uma mesa e brincar com as pessoas (como se nada mais tivessem que fazer), quanto mais compreender mecanismos complexos como aqueles, que pareciam estar apenas começando a ser revelados.

Lembrei-me de Benedetto, contando-me sobre suas pesquisas durante seu tempo no seminário, falando dos mesmos livros de Platão, e cogitando sobre a possibilidade de termos múltiplas existências.

– Uma coisa importante logo percebi, Antonio, assistindo a tantas reuniões e comparando as comunicações recebidas – ele continuou. – Os Espíritos, que se manifestam, são de pessoas que viveram na Terra. E como tal não possuem conhecimento sobre todas as coisas, mas somente sobre aquilo que mais lhes interessa. Como você próprio não poderia ensinar-me sobre Física, mas, no entanto, poderia me fornecer importantes informações a respeito da música. Você está certo em questionar, pois existem tantos tipos de sabedoria quanto são os tipos de homens, e um grande erro seria aceitar uma informação como verdade antes de esgotar todos os argumentos contrários, e sem compará-la a outras, trazidas por diferentes Espíritos, por meio de diferentes médiuns, em diferentes reuniões.

O professor falava como quem já navegasse com certa segurança pelo assunto, e possuía grande senso analítico. Percebi que, com ele, eu poderia aventurar-me em uma excursão sobre questões com as quais não me atreveria, de outra forma, me envolver.

É interessante como assuntos sobre os mistérios de "além-túmulo" despertam questionamentos que se desenrolam como um tapete sem-fim. Vivíamos uma época de negação filosófica e religiosa.

A Igreja, sempre dogmática, perdia crédito por sua atitude de negar-se ao progresso do pensamento.

O positivismo de Comte, braço do Iluminismo, por outro lado, queria derrubar qualquer tentativa de se alçar voos com as asas da metafísica, ou do pensamento filosófico-idealista, apresentando contestações, exigindo provas, considerando tudo somente do ponto de vista da ética humana.

A doutrina do negativismo estendia suas teias pela Europa, arrebanhando os que se sentiam injustiçados por um sistema de crenças que, na verdade, não compreendiam, porque a eles não tinham acesso livre.

Comecei a entender melhor o porquê do movimento de escala incomum em torno da manifestação daquelas forças estranhas. Elas pareciam ter vindo para fecundar o pensamento humano e fazer florescer uma nova época – e as mesas girantes e falantes estavam executando bem a tarefa de chamar a atenção para o assunto.

Comecei a ver um sentido maior em tudo aquilo, quando o professor me relatou outra faceta das conclusões a que havia chegado, por sua própria experiência:

– Digam o que quiserem, Antonio, sobre este fenômeno que se alastra pelo mundo, e eu respeitarei todas as opiniões, enquanto não se tenha ainda tudo comprovado. Porém, algo há que ninguém pode negar: o simples fato de que há Espíritos, e que existindo após a morte eles podem comunicar-se com os vivos, já é motivo suficiente para entendermos que existe outra realidade que explica fenômenos até então incompreendidos. Um mundo ambiente com suas características próprias, onde os que nele vivem possuem ocupações, que não são somente a de virem se comunicar conosco. Desde o início percebi, Antonio, que poderia encontrar nessas entrevistas, tão incomuns, a chave dos mais complexos problemas do passado e do futuro da humanidade. Respostas que tenho procurado por toda a minha vida. A revelação de tal realidade ao conhecimento humano provocará grande mudança em nosso sistema social. Provará que os poderosos na Terra não serão necessariamente os que desfrutarão de poder nesse "outro mundo", onde a justiça não se faz levando em conta quanto ouro se possui, mas a força moral que já se conseguiu conquistar. Antevejo nessas revelações o começo de uma nova era para a humanidade, o encontro final entre razão e fé. A fé, Antonio, só poderá ser considerada verdadeira, se puder encarar a razão face a face, em qualquer época da humanidade. Veremos nascer, pouco a pouco, um mundo de justiça e solidariedade, onde os mais fortes ampararão os mais fracos, e não mais os explorarão; os que têm maiores recursos auxiliarão os que têm menos, e a educação de todos os segmentos da sociedade será um dos principais objetivos dos governos. Também a solidariedade entre os povos será uma realidade, selando a paz definitiva, por compreenderem que de nada valem as conquistas sangrentas na Terra, se na outra vida teremos de nos defrontar com nossos inimigos sem armas nas mãos.

A visão do professor me impressionava. Ia além de todas as conjecturas sobre as possibilidades trazidas pelas comunicações dos mortos que até então eu tinha ouvido. Ele falava com convicção e uma lógica bastante razoável, embora eu ainda o julgasse um idealista em sua visualização de um mundo perfeito.

Mais tarde, porém, eu viria a constatar que ele era extremamente racional, chegando à frieza em suas análises, e não tencionava formar nenhum sistema. Analisava sempre todas as informações que chegavam ao seu conhecimento com absoluto critério, separando o que lhe parecia razoável, com inigualável capacidade analítica – bem conhecida de seus amigos que insistiam para que ele estudasse os cadernos –, e deixando de lado tudo o que não era compatível com a razão.

Ele antevia, sim, as possibilidades que toda aquela inusitada movimentação oferecia, e antecipava em seus pensamentos as modificações que poderiam realizar em nossa sociedade, quando fossem aquelas informações conhecidas de toda gente.

Percebi que para mim seria necessário ainda trilhar um longo caminho até conseguir acompanhar seus passos.

Assim gastamos boa parte daquela manhã.

Ao final, o professor me agradeceu pelo fato de eu estar compartilhando com ele aquele momento. Confessou-me que, fosse pela vontade dele, aquelas caixas ficariam ali fechadas por muitos dias. Temia que o conteúdo que revelassem, ao serem abertas, o envolvesse de tal forma que desviaria toda a atenção que dedicava aos seus projetos atuais, e virasse sua vida novamente pelo avesso, conforme declarou ter acontecido após seu primeiro contado com as mesas girantes. Percebi, no entanto, um brilho em seu olhar, revelando que ele definitivamente não teria ainda desistido da tarefa de devassar o assunto até a última vírgula.

Capítulo 3

> *Era uma invasão organizada, como a dos Espíritos sobre a Terra*

Foram os dias mais fecundos de minha vida, aqueles que passei como hóspede do professor e sua gentil esposa. O casal mostrava-se à vontade com minha presença. Eu era uma espécie de novidade que parecia trazer-lhes satisfação. Por isso, não recusei a oferta de prolongar minha estadia até que conseguisse um lugar definitivo para me estabelecer. Agradecia, oferecendo-lhes recitais de violino, ao anoitecer.

Aproveitei os dias para me inteirar mais sobre as reuniões, às quais o professor atendia – naquela época na casa de um tal Senhor Baudin – e também sobre suas experiências. Voltamos várias vezes ao assunto, e cada vez eu me via ainda mais interessado nos pormenores.

Conversamos sobre Deus, a criação do mundo, das raças; também sobre os planetas, que seriam outras tantas "*moradas da casa do Pai*", como o professor a eles se referia; as leis, as causas e os efeitos que constroem nosso destino, assuntos que tiravam-me o fôlego.

As palavras do professor, sempre conduzidas por grande lucidez e sabedoria, invadiam minh'alma como um rio em sua vazão, derrubando as barreiras de minha ignorância espiritual, atingindo áreas remotas de meu psiquismo, transformando, criando, expandindo. Mas aquela era uma invasão organizada – como a dos Espíritos sobre a Terra –, e iam construindo cuidadosamente uma nova realidade em mim.

As caixas, de fato, ficaram esquecidas num canto da sala. O professor saía cedo, para prestar serviços de contabilidade a algumas firmas, e só voltava à noite, quando então entregava-se aos projetos pedagógicos a que tinha se referido. Mme. Rivail passava seus dias entre as aulas particulares, alguns compromissos externos e os afazeres domésticos.

Porquanto o professor não dispusesse de tempo livre para me orientar naquele momento, aproveitei os primeiros dias em Paris para caminhar pela cidade – que parecia não ter fim. Bem diferente de minha terra natal.

Andava sempre buscando uma referência, para não me perder entre as ruas estreitas, as carruagens e toda aquela gente transitando, parecendo não ter onde chegar.

Procurar por Anna numa cidade da dimensão de Paris assemelhava-se à busca de um anel perdido nas areias do deserto. Eu teria de contar com o destino e a sorte para encontrá-la.

Comecei por visitar as casas de espetáculos, pedindo informações sobre quem estaria se apresentando por aqueles dias. Quando a oportunidade se fazia, eu perguntava diretamente por Anna, mas nada obtive de positivo. Nem sequer uma esperança. Alguém que dissesse que pelo menos tinha ouvido falar na pianista que veio de Veneza, e interpretava peças musicais ditadas por Espíritos. Uns estranhavam a pergunta, pareciam desconhecer o fato tão popularizado. Outros olhavam-me com ar de poucos amigos, enquanto outros, mais cordiais, diziam que conheciam muita gente envolvida no assunto, mas que nunca tinham ouvido falar de Anna.

Parando em uma das muitas esquinas do centro de Paris, finalmente vencido pelo desânimo, sem conseguir sequer imaginar qual seria o próximo passo a dar ou qual direção seguir, deixei meus olhos vagarem por aquelas ruas compridas e cheias de gente.

Não sei de onde ainda tirei ânimo para observar as pessoas, imaginando a história de cada uma delas – aqueles assuntos povoavam a minha mente quase cem por cento do tempo em que me mantinha acordado, cismando, vez por outra, em especulações sem fim.

– Quem teriam sido numa outra vida aquelas pessoas que vagavam pela cidade, como personagens anônimos? Eu cogitava: Onde teriam vivido? Teriam sido felizes em companhia daqueles que amavam? Ou teriam penado em uma vida de provações, que, segundo o professor havia revelado em uma de nossas conversas, são vidas que servem para harmonizar erros do passado.

Pensei em minha própria vida. Estaria eu destinado à solidão, em função de alguma ação do passado? Eu nunca fui dado a muitos relacionamentos. Meus amores foram, na maioria, platônicos. Anna, a menina do olhos de anjo, era meu primeiro amor verdadeiro. Um amor que eu jamais tinha sentido por outra mulher, com uma força capaz de mudar minha vida em todos os sentidos, mas que até então era um amor não realizado, platônico, como os demais.

Se o professor estivesse certo sobre a tal *reencarnação* escrita nos cadernos, cada pessoa que ali transitava representava uma longa jornada evolutiva, e certamente teria muitas histórias ocultas em seu passado.

Olhar a vida assim era muito interessante. Era como se eu soubesse um grande segredo do qual a maioria da humanidade ainda não compartilhava.

Eu estava assim, absorto em minha divagações, quando um estranho fato me deixou bastante intrigado, e, ao mesmo tempo, me trouxe a esperança de estar bem próximo de meu objetivo. A figura de um homem, parado em frente à uma loja que vendia tecidos, me chamou a atenção.

Havia muitas pessoas transitando entre nós, por isso, eu não conseguia ter uma visão nítida para fazer um perfeito reconhecimento. Porém, mesmo estando a uma razoável distância, pude perceber que aquele homem, de terno claro, chapéu, e uma bengala na mão direita, parecia ser o Sr. Giovanni, pai de Anna.

Sem pensar, parti em sua direção, numa descontrolada pressa. Era difícil movimentar-me rapidamente, por isso comecei a gritar-lhe o nome e acenar para ele, enquanto pelejava com os transeuntes. Ele pareceu ouvir meus gritos. Olhou em minha direção, mas, ao contrário de minhas expectativas, caminhou para dentro da loja. Apressei ainda mais o passo com medo de perdê-lo de vista.

Quando alcancei a loja, entrei sem cerimônias, dando de frente com os balconistas que me olharam sem muita cordialidade. O estranho é que o Sr. Giovanni não se encontrava no interior da loja. Eu não poderia ter me enganado. Ele tinha entrado ali, e, de maneira inexplicável, havia desaparecido.

Pedi desculpas e saí bastante cismado. Vasculhei as lojas vizinhas e todos os estabelecimentos comerciais daquele quarteirão, até a próxima esquina, desistindo por fim. Inexplicavelmente eu o tinha perdido.

Talvez eu estivesse cansado demais, e minha mente tivesse me traído; talvez fosse apenas alguém parecido com ele; ou talvez ele tivesse se esquivado de me encontrar. Talvez eu representasse para ele algum tipo de ameaça. Como saber?

Eu me recusava a me render ao fato de que estive tão próximo e perdi a única chance que, até então, tive de conseguir alguma informação sobre o paradeiro de Anna. Por isso, fiquei por um longo tempo naquelas redondezas em uma espera angustiante, mas sem nenhum resultado positivo.

Quando retornei à casa, já era tarde da noite. Encontrei o professor em seu gabinete, envolvido em seus estudos. Desta vez, no entanto, as caixas trazidas por seus amigos estavam abertas, e os cadernos espalhados em torno de sua escrivaninha. Preferi não incomodá-lo, e recolher-me aos meus aposentos sem dispersar sua atenção. Confesso que a curiosidade me fez pensar, por mais de uma vez, em interrompê-lo, mas não o fiz.

♪♪♪

A semana seguiu sem novidades. O professor Rivail me relatou que, finalmente, cedeu à insistência dos amigos e resolveu analisar as anotações contidas nos cadernos. Por consequência, voltou a atender com mais frequência as reuniões na casa do Sr. Baudin – ou teria se interessado pelos cadernos, devido a um maior envolvimento com aquelas reuniões?

O fato é que, a partir daquele dia, todas as noites, ele ficava acordado até altas horas, dedicando-se ao estudo dos cadernos.

Pelo visto, aconteceu o que ele receava: abrir aquelas caixas foi como abrir a Caixa de Pandora, e estudar com mais acuidade o que os cadernos revelavam virou sua vida novamente pelo avesso.

Quando busquei satisfazer minha curiosidade, ele reafirmou que andava desestimulado com suas pesquisas porque, embora possuísse informações em quantidade para compor um livro, havia muita coisa pendente de confirmação e base científica, e que aqueles cadernos continham elementos para preencher muitas das lacunas existentes – embora fosse um trabalho extenuante o de analisar cada informação ali compilada, e joeirar o que ressoava com suas próprias pesquisas.

Também disse que havia voltado às reuniões com mais assiduidade, a fim de revisar o trabalho sob a orientação mais segura dos Espíritos.

Foi numa daquelas noites que vi o professor passar pela mesma experiência que eu havia vivenciado em minha casa, em Veneza.

Mme. Rivail não encontrava-se em casa, e o professor estava em seu gabinete, submerso em suas pesquisas. Eu esperava uma oportunidade para lhe expressar meu incômodo por estar há quase duas semanas sob sua generosa hospitalidade – não que ele ou a esposa dessem mostra de que minha presença fosse um incômodo. Na verdade, o professor era tão ocupado que mal nos víamos. Às vezes, eu chegava a cogitar se ele se lembrava de minha presença em sua casa.

Eu havia conseguido naquela tarde um bom acordo – que não chegava a ser um contrato – com uma livraria que havia se interessado por minhas composições. Eu entregaria uma composição por semana. A escolha do estilo musical seria feita de acordo com a demanda do momento. Eu já estava ganhando dinheiro, e ainda não tinha precisado mexer em minhas reservas financeiras.

Era chegada a hora de procurar meu próprio lugar. Minhas excursões pela cidade em busca de informações sobre Anna e seu pai chegaram a um ponto improdutivo, e eu andava cogitando um plano de mais longa duração, preparando-me convenientemente, conforme recomendação de Mme. Rivail – aquela frase dita por ela tinha ficado ecoando em minha mente todo o tempo: *"Oh, juventude apressada! Por que querem tanto correr para conseguir o que a vida somente pode trazer no tempo devido?"* Decidi que teria de confiar na sorte, no destino, em Deus.

Naquela noite, fiquei indeciso sobre se deveria interrompê-lo ou não, e acabei optando por recolher-me e não incomodá-lo. Conversaria com ele pela manhã.

O relógio marcava nove horas. Eu já havia me deitado e fazia minha costumeira leitura. Foi quando ouvi a primeira de uma série de ruídos vindos do gabinete do professor.

Pensei, a princípio, que fosse ele o autor daquele barulho, bastante inconveniente para aquela hora da noite. O som era como um bater na madeira. Vinha, por um tempo, ininterrupto; depois, dava uma trégua. Num desses intervalos, deixei o livro de lado e apaguei a luz, tentando atender ao sono, que já vencia a luta contra o meu interesse pela leitura.

Por volta das 10 horas, Mme. Rivail chegou em casa e encontrou o professor bastante intrigado com o fato. Conversavam muito, e percebi que procuravam algo pela casa, e mais de uma vez vieram até meu quarto, talvez na intenção de verificar se era eu quem provocava aquele estranho e insistente barulho.

Não quis juntar-me a eles, pois o sono era maior que minha curiosidade – também porque eu não queria novamente me envolver em comunicações com almas do "outro mundo", caso fosse uma tentando se comunicar. A bem da verdade, do conforto de minhas cobertas, eu assistia a tudo com o riso preso.

Por volta da meia-noite o barulho cessou, e não retornou mais. Pude então conciliar o sono com tranquilidade e deixar minha curiosidade para o outro dia.

No dia seguinte, surpreendi o professor de saída, quando eu retornava à casa, no início da noite. Consegui roubar-lhe uns minutos, e expus de forma sucinta meus planos. Ele considerou os motivos razoáveis, e prometeu que, no sábado próximo, dedicaria sua manhã a me ajudar. Disse saber de um amigo, editor de livros, que possuía um apartamento para alugar – embora tivesse me deixado muito à vontade para permanecer o tempo que desejasse.

Sua generosidade foi um pouco além das minhas expectativas, quando ele disse:

– Antonio, sei que você tem muito interesse sobre os assuntos relacionados à comunicação dos Espíritos. Por acaso, estou indo agora para uma reunião. Gostaria de me acompanhar? Seria prazeroso ter a sua companhia.

Em outra época, eu procuraria uma desculpa para me esquivar do convite. No entanto, desde a reunião na casa de Benedetto, eu tinha mudado minha posição. Por isso, não pensei duas vezes antes de declarar o meu "sim".

Capítulo 4

> *Era como estar em contato*
> *com um desses grandes missionários*
> *que fazem grande diferença no mundo*

Da *Rue des Martyrs* até a *Rue Rochechouart*, onde se localizava a casa do Sr. Baudin, contava-se apenas algumas quadras.

Aproveitei o tempo para questionar o professor sobre o andamento de seus estudos, e fiz pequeno comentário, afirmando que os cadernos deveriam estar ajudando consideravelmente em suas pesquisas.

A resposta veio em forma de outra pergunta:

– Antonio, pode você me falar de forma sucinta sobre a finalidade da música como um dos veículos de expressão da harmonia universal?

Fiquei desconfortável com a inesperada questão. Estaria ele zombando de minha inteligência, talvez porque pensasse que eu estivesse julgando seu trabalho?

Meu orgulho, a princípio, me fez rebuscar mentalmente as filosofias disponíveis, a fim de apresentar uma resposta à altura – eu tinha sido desafiado e não podia demonstrar covardia nem ignorância –, mas não logrei êxito.

Dizer simplesmente que a harmonia era o resultado da combinação dos sons e que servia para entreter as pessoas também era muito óbvio (e vago). Como não lhe expor meu embaraço? Afinal, eu era o músico e seria de se esperar que eu desse um parecer dos mais notáveis a respeito do assunto – minha vaidade fazia-me acreditar nisto.

Porém, a verdade é que eu não tinha nada de mais profundo a dizer do que qualquer pessoa comum diria. Sentir a harmonia e seus efeitos era uma coisa. Expressar-me em palavras num repente, era outra.

Ele não demonstrou surpresa com o meu silêncio.

– Não é, de forma alguma, Antonio, tarefa fácil colher informações precisas sobre assuntos abstratos, sem uma prévia conexão com algo com que já lidamos – ele disse. – Assim como você está em conflito sobre o que me dizer, mesmo com todo o talento que possui, também os Espíritos que se comunicam têm suas limitações e, muitas vezes, buscam palavras desnecessárias para expressar um conhecimento que nem sempre possuem. Conseguir que expressem com simplicidade aquilo que sabem não é algo que obtemos todos os dias. É preciso ouvir todos eles, e passar suas revelações pelo crivo da razão, para definir o que é compatível com o grau de adiantamento que possuem. Às vezes, uma simples resposta pode revelar um mundo inteiro, enquanto mil filosofias giram sem rumo e demonstram apenas a ignorância de seu expositor. Identificar a verdade no meio de tantas comunicações que me chegam não é tarefa fácil. Os cadernos possuem tanto uma quanto outra categoria de informações. Parece-me, às vezes, que o mundo terá chegado a seu termo antes que eu tenha conseguido organizar as informações que neles se encontram.

Compreendi sua comparação. Sua lógica era direta e profunda, demonstrando também sua humildade diante da tarefa. No entanto, ouvi-lo falar de um contato tão íntimo com os Espíritos, me fez despertar outra questão.

– Professor, seria possível para um Espírito revelar o paradeiro de uma pessoa? – arrisquei.

Ele não respondeu de imediato. Talvez tentando advinhar minha intenção. Eu não sabia se Mme. Rivail tinha compartilhado com o marido minha principal razão de estar em Paris. A resposta novamente veio em forma de indagação:

– Que faria você se tivesse cinco minutos de entrevista com um ser que pudesse lhe revelar todos os mistérios da vida e da morte, ou pelo menos parte deles? Que qualidade de questões formularia?

Cada questão proposta por ele era um desafio para minha inteligência. Mas eu gostava da forma como ele me forçava o raciocínio.

– Tenho visto muitas vezes as pessoas dirigindo questões de interesse próprio aos Espíritos – ele disse. – Minhas conclusões, no entanto, são bem simples. Se quiser saber os segredos da vida, terá de perguntar a um sábio. No entanto, sábios não estão disponíveis para questões de interesse pessoal. Se precisar de favores, terá de procurar alguém que se dê a este ofício. Certamente, estes, que estarão disponíveis para ouvi-lo, não serão os mais sábios, e não sabendo mais que os seres encarnados, não terão informações importantes a dar. Se, apesar disso, oferecerem algo que lhe encante pela revelação, com certeza, estarão dizendo mais do que sabem e tentando se passar por aquilo que, na verdade, não são.

– Parece-me que, de qualquer forma, eu estaria perdendo meu tempo – eu disse, concluindo seu pensamento que em nada me agradava. – Sei que pode ser uma ideia sem propósito, mas os que estão do "outro lado" não veem com mais amplitude o que se passa aqui "deste lado" da vida? – eu insisti.

– Na maioria das vezes, sim – respondeu incisivo. – Muitas vezes, participam de nossos afazeres e de nossas preocupações mais do que podemos imaginar. Mas não lhes é permitido interferir em nossos destinos. Os que o fazem são os que ainda estão em estágio pouco adiantado de evolução. Não compreendem os mecanismos da vida. Sendo assim, também não possuem sabedoria para nos orientar com segurança.

Eu já havia me rendido aos argumentos tão lógicos do professor e estava disposto a abandonar meus propósitos, quando ele ainda completou:

– No entanto, dependendo da gravidade da situação, poderão nos aconselhar, quanto às nossas questões de ordem pessoal. Mas, quando o fazem, sempre buscam não interferir em nosso livre-arbítrio, deixando para nós a decisão final de seguir ou não seus conselhos. Aqueles que apresentam datas, hora, locais, fatos extraordinários que acontecerão, estarão sempre visando à exibição de suas vaidades.

Este último argumento desencorajou-me definitivamente de buscar o auxílio dos Espíritos para obter informações sobre o paradeiro de Anna.

Estávamos nos aproximando do local da reunião e não pudemos prosseguir com o assunto. No entanto, pude perceber, naquele curto diálogo, o grau de experiência que o professor já tinha adquirido no contato com o estranho fenômeno. Pensei que seria muito instrutivo estar presente a uma reunião em que ele desenvolvia suas pesquisas com o Além. Apesar de ser ainda um assunto obscuro para mim, sabia que seria uma noite muito especial.

Era por volta das sete e meia da noite, quando chegamos à residência do Sr. Baudin.

A reunião contava com um número considerável de pessoas. O professor me informou que aquela, em seu início, era uma reunião que não se diferenciava muito de todas as outras existentes, com a exceção de que havia pessoas sérias, e em considerável número, atendendo às sessões.

No entanto, os interesses que mais sobressaíam giravam sempre em torno de assuntos materiais e não tinham uma finalidade definida. Quando o professor passou a frequentá-la, trazendo suas questões de caráter filosófico e científico, aqueles que pouco caso faziam dos assuntos sérios desapareceram, e a reunião tomou um caráter bem mais produtivo.

Ele trazia consigo questões elaboradas previamente e dispostas de forma metódica, que iam se aprofundando à medida que uma realidade mais ampla se revelava. As respostas às suas questões compunham o material que o professor estava organizando em seus estudos particulares, e que agora estavam sendo completadas pelas informações dos cadernos.

Segundo o professor, nas reuniões anteriores, na residência da Sra. Plainemaison, ele havia se instruído acerca da manifestação dos Espíritos e sua finalidade mais pela observação do que pela pesquisa em si, devido à falta de compromisso dos participantes com questões de maior relevância.

Ali, porém, o trabalho seguia com maior fluidez, avolumando--se em informações cada dia mais precisas, formando um todo, interligando-se em suas minuciosas particularidades, com profundidade e lógica, respondendo às suas questões de maior interesse sob o ponto de vista da Filosofia, da Psicologia, e da natureza do mundo invisível.

De fato, o ambiente que encontrei ali era harmonioso, diferente do que eu próprio esperava – resultado do respeito e recolhimento que os presentes demonstravam.

O professor tinha sua cadeira reservada em lugar de destaque, próximo a uma pequena mesa, onde se sentavam em torno duas moças bem jovens, filhas do Sr. Baudin, Caroline e Julie, consecutivamente de 16 e 14 anos de idade.

Eu havia me ajeitado no local destinado aos visitantes, um pouco mais distante do epicentro.

Após rápido comentário, com o objetivo de fazer algumas atualizações sobre os temas estudados em reunião anterior, o Sr. Baudin deu início à sessão.

Seguiu-se um respeitoso silêncio de alguns minutos.

Eu observava todos os detalhes. Aguardava o momento em que a mesa, sobre a qual as duas jovens estendiam as mãos, começaria a girar.

No entanto, o que ocorreu me surpreendeu enormemente. Ao invés do giro da mesa, vi as duas moças, ao mesmo tempo, tocarem com a ponta dos dedos de uma das mãos a borda de uma pequena cesta de vime, na qual havia um lápis comprido engenhosamente adaptado na outra extremidade.

A cesta começou a se movimentar livremente, escrevendo sobre uma folha de papel, embora nenhuma pressão fizessem as meninas sobre ela.

Era um grande avanço, pensei. A tiptologia utilizada pelas mesas que batiam os pés, num método moroso e imperfeito, tinha sido então superada – pelo menos ali naquela reunião – por engenharia mais ágil e precisa. Em poucos minutos, uma mensagem de várias páginas foi revelada a nós, presentes.

Eu ainda não havia me recuperado do estado de estupefação, quando ouvi o professor pedir a palavra. Relatou aos presentes o ocorrido na noite anterior em seu gabinete, convencido de serem aqueles ruídos uma manifestação de algum visitante invisível. Depois, dirigiu-se às meninas, buscando ouvir o parecer dos Espíritos. A resposta não se fez esperar, e o que era para nós apenas uma suspeita, confirmou-se, então, quando o Sr. Baudin leu a resposta:

"Era o seu Espírito familiar."

O professor não demonstrou afetação, mesmo sob o olhar admirado dos demais participantes, e buscou especular.

– Com que finalidade ele foi até mim, batendo daquela maneira?

A resposta desenvolveu-se no papel com rapidez e precisão impressionantes:

"Queria se comunicar."

– Poderia me revelar quem ele é? – insistiu o professor.

"Pode perguntar a ele mesmo, pois encontra-se presente."

Aquela parecia ser uma revelação incomum, porque causou certo movimento entre os presentes.

O professor, no entanto, não compartilhava da ansiedade dos demais, ou pelo menos não demonstrava. Prosseguiu com o processo metódico que costumava utilizar no contato com o invisível, o qual tinha sido indicado por eles mesmos, os Espíritos.

Agradeceu, respeitosamente, ao Espírito familiar pela visita na noite anterior. Não contentou-se, porém, com a informação. Queria saber mais. Pediu que se revelasse, questionando se tratava-se de alguém de sua relação pessoal, durante sua última encarnação na Terra.

A resposta escrita pelas meninas não foi menos surpreendente:

"Para você, me apresento como *A Verdade* e estarei à sua disposição todos os meses, aqui, durante um quarto de hora."

Embora fosse uma comunicação que justificava comentários, a audiência manteve-se quieta, em absoluto silêncio, como que percebendo a gravidade da comunicação.

O que ele queria dizer com "A Verdade"? Aquele nome soou como algo profético, de grande significado e abrangência. Tivesse dito um nome como "Immanuel Kant" ou mesmo "Voltaire", grandes expoentes do pensamento iluminista, e teria causado menos admiração.

Aquilo parecia demonstrar que o professor, com sua honestidade e seriedade em suas pesquisas, estava atraindo para si grande responsabilidade, ou conquistando grande estima por parte do mundo invisível.

O diálogo prosseguiu.

A cesta de bico, como era chamada, corria ligeira sobre o papel, atendendo às perguntas que o professor endereçava, uma após outra, metodicamente, procurando esclarecer os detalhes do que se revelava.

A pergunta que não se fez esperar foi sobre o ocorrido na noite anterior, e a resposta sobre o objetivo de tal visita se referiu ao capítulo que o professor escrevia. Seu protetor revelou que lograva interrompê-lo, pois percebia que ele incorria em grande erro e, mesmo após justificar-se, explicando ter refeito o tal capítulo por si mesmo, o professor foi aconselhado a rever a linha de número 30, onde encontraria o erro, ainda persistente.

Após algumas instruções sobre futuras comunicações, aquela entrevista foi encerrada, e a reunião seguiu seu curso. Pude então presenciar o que foi para mim um momento dos mais especiais da minha vida.

Desfrutar do convívio com o professor era como estar em contato com um desses grandes missionários que fazem grande diferença no mundo. Observá-lo na maneira como realizava os debates com o mundo invisível, com seu método científico de destrinchar cada questão, era simplesmente um deleite. Ele conduzia tudo com maestria e lucidez que justificavam para mim aquela proteção que lhe foi declarada merecer. Se havia uma verdade a ser revelada, não haveria na Terra alguém mais capaz, com tamanha inteligência, e ao mesmo tempo incomparável humildade, que pudesse recebê-la e decodificá-la para a humanidade.

Foi a esta conclusão que cheguei – e que qualquer um chegaria – ao presenciar seu labor.

Aquele dia marcaria para sempre aquela que seria a mais fecunda de minhas passagens pela escola terrena. Era a experiência mais significante que eu tive, até então, no caminho que me conduzia ao encontro da nova realidade que se revelava.

Quando voltamos à casa, já tarde da noite, antes de me recolher, surpreendi o professor em seu gabinete, relendo o capítulo no qual lhe foi indicado o erro. Sua expressão a princípio era séria. Depois, um sorriso despontou em seus lábios e abriu-se em grande alegria. Era a confirmação! Vi, naquele momento, o professor cerrar os olhos em oração, certamente de agradecimento e profunda reflexão.

Preferi retirar-me sem que ele notasse minha presença. Era um momento para ele muito especial. Dali por diante, seus projetos de Pedagogia seriam definitivamente deixados de lado, e somente ao labor de revelar o invisível ele se dedicaria pelo resto de seus dias.

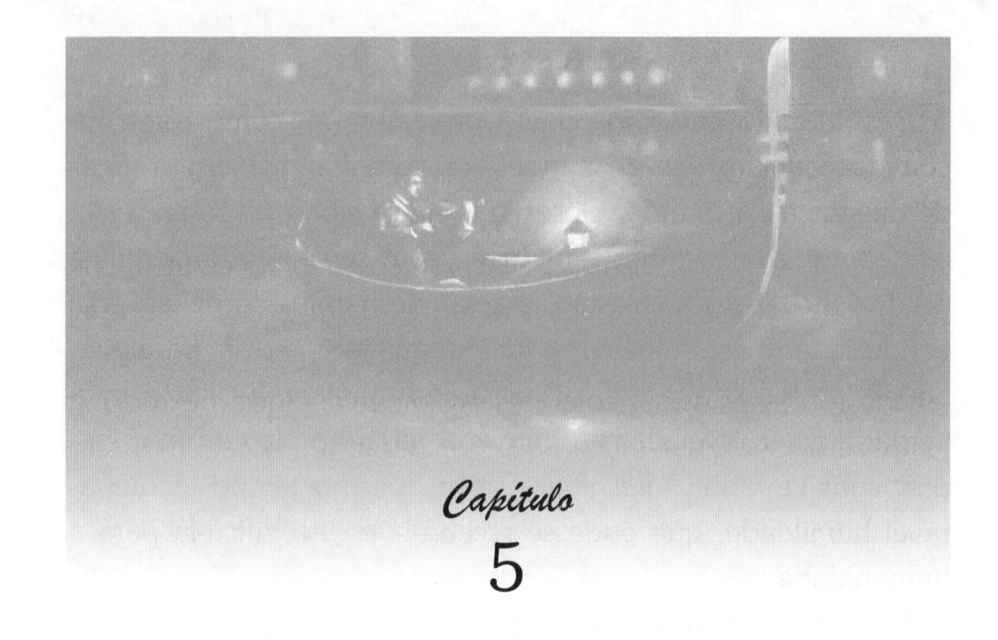

Capítulo 5

> *O sol nasce e se põe num ritmo perfeito,*
> *como perfeita é a vida*

Esperei o sábado chegar com muita ansiedade. Minha vida estava em suspenso, até então. Minhas coisas em baús, minha música sem poder ser expressada, meus planos sem qualquer direção.

Para muitas pessoas, a solidão representa algo assustador. Eu, no entanto, tinha uma estranha mania de viver só. Sentia-me feliz em minha própria companhia, e me acomodar em nova casa representava o meu retorno à vida.

Grandes mudanças, muitas vezes, nos levam a grandes reflexões. Eu planejava com euforia os próximos passos, mas também receava estar sendo precipitado em me estabelecer numa cidade desconhecida, não tendo tido ainda qualquer indicação de que era aquele o meu lugar.

De qualquer maneira, o momento raro de folga do professor não poderia ser desperdiçado. Por isso, saímos cedo, sem mais questionamentos internos de minha parte.

No caminho, passamos pela livraria do Sr. Dentu, o amigo do professor, proprietário do apartamento disponível, que ficava a considerável distância da Rue des Martyrs.

Vi o livreiro cobrar do professor alguma obra que, pelo visto, o teria previamente encomendado. O professor desculpou-se, dizendo-se bastante ocupado com outro projeto, e que, num futuro próximo, ele traria em forma de um novo livro para edição.

Ao deixarmos a livraria rumo ao apartamento, nova oportunidade de diálogo com o professor surgiu. Recordei-me de Anna a contar-me sobre sua composição que, segundo ela, teria sido inspirada pelos Espíritos. Sem, no entanto, mencionar o assunto, perguntei ao professor se haveria um método seguro de se prestar ao trabalho de intermediar uma composição, cuja autoria viria do "outro lado" da vida. Ele foi sucinto ao dizer, talvez adivinhando minhas intenções como músico, que era preciso, para este mister, muita disciplina, recolhimento e sincera intenção.

Refletindo sobre a resposta, questionei se eu já não estaria sendo um instrumento, pois os três requisitos eram por mim atendidos de forma espontânea e natural em minhas composições, como algo que eu sempre julguei ser o básico para se conseguir penetrar de forma inspirada nas harmonias do Universo e transformá-las em sons.

Ele respondeu também de forma sucinta, deixando-me intrigado com o comentário:

– Os Espíritos influenciam em nossa vida mais do que imaginamos, Antonio. *A priori*, são eles que nos dirigem.

♪♪♪

Quando encontramos o endereço de nosso destino, a princípio, julguei o local um tanto aquém no quesito que eu mais desejava, minha privacidade.

Localizava-se no segundo andar de um pequeno prédio de dois pavimentos, recuado da rua, com um pequeno pátio na frente, onde uma senhora de aparência simples lavava roupas em um tanque. Duas crianças brincavam fazendo o ruído característico da infância livre, o que para os meus estudos representava uma ameaça.

Cumprimentamos a senhora rapidamente, e subimos por uma escada lateral, alcançando comprida e estreita varanda que nos levava até a frente dos dois apartamentos do andar de cima. A porta de entrada dos apartamentos dava de frente para o pátio. O que estava vago era o da direita.

Por dentro, o imóvel era mais atrativo. Um quarto, sala de tamanho razoável, cozinha e banheiro. Tinha mobílias muito simples, mas que me pouparia custos adicionais. O preço também era razoável. Com o aval do professor, tudo se arranjou para que eu me mudasse naquela mesma tarde.

Despedi-me do professor e sua gentil esposa, deixando-lhes uma pequena quantia em dinheiro como agradecimento pelos dias de hospedagem, a qual somente aceitaram após muita insistência de minha parte.

Expressaram o prazer de terem me recebido, desejaram-me sorte e deixaram-me à vontade para solicitar qualquer ajuda, caso eu ainda precisasse.

Assim, ao cair da noite, eu já me encontrava perfeitamente instalado em minha nova casa.

Um sentimento inesperado apresentou-se. Senti-me novamente solitário, naquela situação, no meio de uma grande cidade, longe de minhas raízes, parentes e velhos amigos. Questionei-me sobre a certeza daquela decisão. Não houve resposta.

É razoável sentir-se inseguro nos primeiros momentos de uma vida nova, pensei. Deveria me tranquilizar, e esperar a resposta dos dias. O sol nasce e se põe num ritmo perfeito, como perfeita é a vida. Eu deveria aproveitar cada dia para construir uma nova realidade e para alcançar os meus objetivos.

Percebi que tudo que eu tinha naquele momento era a fé. Minha vida, antes como um barco à deriva, parecia agora estar sendo conduzida por mãos invisíveis. Era como se a mim só coubesse fazer o simples e acreditar. Descobri o significado da fé: acreditar que tudo vai dar certo, quando nenhuma garantia se tem.

Nem tudo, no entanto, soava perfeito como eu desejava. Já naquela primeira noite, percebi que meus vizinhos do lado eram muito barulhentos. Conversavam em tom alto, e, mesmo sem compreender os diálogos que atravessavam as paredes, eu me sentia incomodado. Estava acostumado ao silêncio da minha antiga casa, bastante propício para compor ou estudar música.

Senti saudades da casa do professor. No entanto, eu deveria considerar que as noites de sábado são sempre reservadas para reuniões sociais, lazer, e que talvez não fosse, aquela, uma rotina nos outros dias da semana.

Resolvi que não daria importância aos meus vizinhos.

A nostalgia das lembranças de minha amada dos olhos de anjo voltaram-me ao coração. Eu estava tão próximo a ela e, no entanto, tão longe de encontrá-la. Eu julguei que isto seria tarefa simples. Estaria o destino poupando-me de possíveis decepções? Eu preferiria saber logo, antes de investir tanto esforço em uma mudança de vida.

Eu não poderia, no entanto, cobrar isto dela nem de ninguém. A decisão de vir para Paris, mesmo com toda a incerteza, foi somente minha. O que aquela mesa sabia sobre o meu destino, para ter me aconselhado a seguir o caminho inverso aos meus planos anteriores? Lembrei-me do professor Rivail dizendo sobre o limite da sabedoria dos Espíritos, e senti-me um grande tolo por ter seguido a indicação daquela manifestação na casa de Benedetto.

Meu espírito, antes envolto em esperança e fé, estava agora descendo aos abismos da dúvida e da melancolia.

Procurei entre minhas composições a cópia da música que Anna tinha me apresentado. Era tudo que me restava das lembranças das doces manhãs de quarta-feira em Veneza, embora fosse aquela composição que tinha marcado o início do nosso afastamento.

Resolvi finalmente executá-la ao violino, como a evocar as lembranças de Anna, os sentimentos que compartilhávamos, seu Espírito.

A melodia era realmente arrebatadora. Forte, porém, harmoniosa. Envolveu meu Espírito, e me senti desprendido das preocupações, para viajar na ilusão de ter Anna bem perto de mim novamente. Era como se eu pudesse me comunicar com ela. Como se, através da harmonia que meu violino expressava, eu pudesse lançar meu pensamento em sua direção e lhe falar sobre a saudade sentida. Sim, naquele momento, acreditei que ela me ouvia. Às notas compostas pela mesa, eu acrescentava outras, de improviso, como se estivéssemos dialogando.

Não demorou, no entanto, para que uma situação, que já havia se tornado rotina, me fizesse despertar: pancadas na madeira, como aquelas em minha casa de Vina Del Mar.

Parei a execução da música e me mantive em expectativa. Durante alguns segundos de espera, não houve mais nenhuma manifestação. Estranhamente, também o ruído dos vizinhos havia silenciado.

Mais uns minutos, no entanto, e novas pancadas fizeram-se ouvir. Após o susto consequente, percebi que minha imaginação estava brincando comigo, pois se tratava de alguém que batia na porta.

Coloquei o violino sobre a mesa da sala e atendi o visitante. Eram três rapazes, bastante sorridentes, aparentando aproximadamente minha idade.

– Sou Francesco, seu vizinho – disse um deles. – Ouvimos a música que tocava e ficamos curiosos em conhecer o executante.

Balbuciei uma resposta, ainda meio surpreso.

Fiquei olhando para eles, sem reação. Não havia me recuperado da surpresa, estando ainda um pouco desconectado da realidade, após o "diálogo com Anna" ao violino.

O que havia se apresentado como Francesco me fez um sinal, como que pedindo que eu os convidasse a entrar. Entendi, e assim o fiz, mesmo sem saber se era realmente uma boa decisão. A presença deles parecia mais uma invasão que uma visita. Eram espontâneos e alegres.

– Somos músicos também – disse Francesco. – Este é meu amigo Jeancarlo – apontou um deles, o mais franzino dos três.

– E eu sou Maurice – antecipou-se o outro, que era alto, bem encorpado e parecia ser o mais sério dos três.

Jeancarlo me fez alguns sinais, que não compreendi. Apontava para Maurice, para os próprios olhos, de forma curiosa.

– Sou cego – disse Maurice, me surpreendendo. – É isso que ele quer lhe dizer. Mas enxergo mais que os dois juntos.

Houve um pequeno constrangimento, mas somente de minha parte. Logo percebi que aqueles rapazes eram do tipo que transformava o mais simples acontecimento em motivo para brincadeiras.

– Posso ver a partitura, se não se importa? – perguntou Jeancarlo, já tomando a cópia em suas mãos.

– Claro, por que não? – concordei, ainda meio atordoado.

– Formamos um trio: Violino, viola, e *cello* – esclareceu Francesco.

– Estamos abertos para mais um violino – acrescentou Maurice, deixando-me a impressão de um convite.

– É, temos pensado em um quarteto – completou Francesco.

– É realmente impressionante! – disse Jeancarlo, a respeito da partitura.

Francesco, curioso, juntou-se a ele na análise.

– Não sou o autor – expliquei. – Tenho muitas composições, mas esta me foi trazida por uma amiga.

Aquelas palavras soavam estranhas em minha boca. Referir-me a Anna como amiga... Decidi não ir adiante sobre a origem do tema. Contar sobre os fatos por trás da composição, nem pensar.

– Pode executá-la novamente? – pediu Maurice.

Naquele pedido parecia haver uma intenção que entendi ser a de um teste, como a constatar se eu seria mesmo o convidado ideal para compor o futuro quarteto.

Concedi e executei. Agradava-me a ideia de me aventurar em uma atividade que eu ainda não tinha experimentado na música. Embora já tivesse tocado em outras formações, um quarteto seria uma novidade.

Quando a crina do arco começou a deslizar sobre o aço das cordas, fazendo soar as primeiras notas, eles ficaram em silêncio, como que sorvendo doce néctar de um cálice musical. Eu, ao mesmo tempo que tocava, observava suas reações. A cada trecho, a expressão de seus olhares revelava maior encantamento.

Ao me aproximar do final da peça, com cuja harmonia eu já havia me familiarizado, deixei de lado a leitura, num improviso, e conduzi a música por outros caminhos, deixando seus compassos *a tempo*, acelerando numa melodia *intermezza*, até transformá-la na *"Primavera"* de *"As Quatro Estações"* de Vivaldi, num ritmo *aleggro*, como que a provocá-los. Se era a intenção de Maurice me testar, como eu julgava, ele teve sua resposta. Tocando Vivaldi, ao mesmo tempo, mostrava-lhe minha aptidão e meu orgulho italiano.

A resposta deles não foi menos divertida. A princípio, pareceram encantar-se com a surpresa do final. Depois, Jeancarlo puxou Maurice pelos braços e começou a dançar. Francesco não se moveu. Com um sorriso nos lábios, sua mente parecia já estar vivenciando as possibilidades futuras do grupo, com minha inserção.

Francesco era violoncelista e líder do grupo, como vim a saber depois. Maurice tocava viola e Jeancarlo violino. Os ensaios aconteciam no apartamento ao lado, por causa do violoncelo, o que para mim seria bastante cômodo.

A aparição daqueles três rapazes em minha vida foi uma surpresa bastante agradável. Uma coincidência muito apropriada, mostrando-me mais uma vez que eu não precisava me preocupar com o decorrer dos fatos.

O programa de apresentações do grupo era intenso, e para mim foi vantajoso em muitos aspectos juntar-me a eles. Era uma ocupação remunerada, poderia trabalhar no que mais amava e ainda estaria no cenário, o que representava duas importantes oportunidades: a de ser reconhecido como o músico que era e a de poder encontrar Anna em alguns dos palcos em que iríamos nos apresentar.

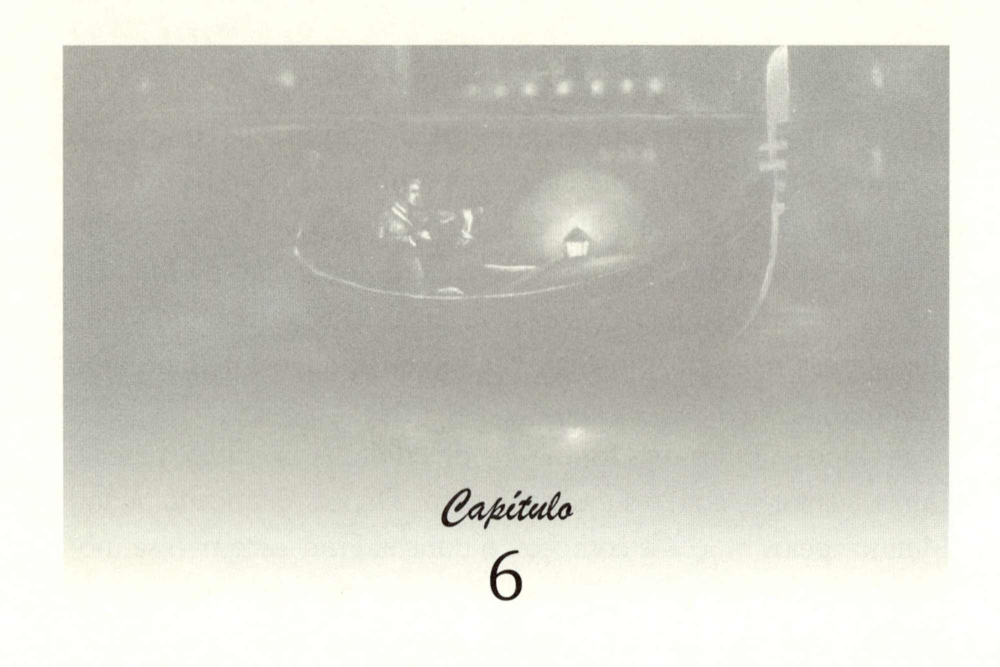

Capítulo 6

> *"Tinham séria disposição em se fazerem conhecidas"*

Minha inclusão no quarteto transformou minha vida em algo bem mais dinâmico do que costumava ser. Eu pensei que viver em Viena seria viver intensamente. Nunca pensei que em Paris iria mergulhar em tal estilo de vida.

Havia, no entanto, uma diferença considerável, que o destino fez a gentileza de me proporcionar. Conviver com aqueles rapazes era viver em constante entusiasmo. Eles eram fogosos, brincalhões e sempre faziam festa com os menores eventos. O trabalho, assim, tornava-se leve e prazeroso, mesmo nos consumindo longas jornadas entre ensaios, viagens e apresentações.

Nas folgas de domingo, invariavelmente, juntávamo-nos a três moças, que estariam ensaiando um namoro com os três rapazes, e íamos em uma carroça para o Campo de Marte, desfrutar de animados piqueniques.

A certa altura de nossas aventuras dominicais, porém, a ausência de um quarto elemento feminino, que pudesse me fazer companhia, começou a incomodar os rapazes. Passei a ser, a partir daquele dia, o alvo de insistentes comentários e brincadeiras. E tanto insistiram sobre a preocupação de me "arranjarem" uma companheira, que, um dia, tive de revelar-lhes meu segredo.

Não havia lhes contado antes por receio de me tornar motivo de zombaria, como tudo sobre o que falavam. No entanto, naquele domingo, talvez porque estivessem na presença de suas eleitas e quisessem fazer-se de homens sentimentais, ouviram com interesse e respeito, mostrando-se bastante sensibilizados com o meu drama pessoal.

A parte sobre as experiências de Anna com as mesas e o método de composição da música que ouviram na noite em que nos conhecemos considerei melhor não revelar, naquele momento. Talvez falaria em outra ocasião, se sentisse que poderia ser compreendido sem julgamentos.

Ao final de minha confissão, foi Maurice quem quebrou o silêncio que guardavam:

– É uma triste história, Antonio.

Houve um momento de introspecção e de concordância com o comentário. Não demorou muito, no entanto, para que Jeancarlo, sempre o mais afetado e galhofeiro, provocasse o riso das moças, declamando poesias sentimentais, deitando a cabeça no colo de Maurice, a fim de zombar sobre minha história.

Francesco, no entanto, mantinha-se sério e, enquanto as moças se divertiam com as macaquices de Jeancarlo, ele disse:

– Se esta mulher possui o poder de fazer um homem como você, Antonio, enfrentar a distância entre Veneza e Paris, também deverá possuir a sabedoria de entender que disposição como a sua não se encontra todos os dias.

E, por fim, sentenciou:

– Se Anna está aqui em Paris, nós a encontraremos, nem que tenhamos de revistar, uma a uma, todas as casas desta cidade.

Francesco não estava brincando, como pude constatar.

Saímos os quatro, todas as manhãs da semana seguinte, a visitar teatros, casas de shows, livrarias, todos os cantos em que julgamos ser possível obter alguma pista do paradeiro de Anna. Infelizmente, nada! Absolutamente nenhuma luz acendeu-se em nossa busca. Ninguém sequer tinha ouvido falar da pianista que tinha vindo de Veneza.

Naquela semana, algo começou a mudar um pouco a rotina de nossas atividades. Ao final de nossas buscas, Francesco nos levou até um casarão próximo à Catedral de Notre Dame.

Ali havia sido a sede de um jornal republicano, fechado após o golpe de Napoleão III. Impedido de se expressar contra o governo, seu proprietário foi exilado, ficando a guarda do casarão entregue aos cuidados de Francesco, na época, seu amigo e sócio minoritário.

Os rapazes tinham o costume de se reunir ali, no tempo em que as atividades não eram tão intensas, ora para um momento de lazer, ora para falarem sobre política, sempre acompanhados de um bom vinho.

Naquele dia, resolveram reviver os velhos tempos e mostrar-me um pouco de suas histórias.

Este era o objetivo inicial, que tornou-se secundário, após Jeancarlo encontrar um jornal inglês abandonado num dos cantos do salão principal, onde nos encontrávamos. Aquele jornal já teria sido por eles folheado mais de uma vez. No entanto, por alguma coincidência do destino, Jeancarlo abriu numa determinada página, e pôs-se a ler em voz alta o artigo que contava sobre a invasão das mesas girantes na Inglaterra, dando lastro ao modismo vindo dos Estados Unidos.

Os outros interessaram-se estranhamente pelo assunto. Não eram dados a momentos de seriedade como aquele que se seguiu, por isso, achei bastante peculiar o fato.

– Desde que ouvi sobre o assunto, sempre tive curiosidade de ir a uma sessão, mas a oportunidade nunca surgiu – relatou Francesco.

– Não acredito no que dizem, mas também tenho a mesma curiosidade – completou Maurice. – Não gostaria também de presenciar o estranho fenômeno, Antonio? – falou, dirigindo-se a mim.

Fiquei em silêncio por um momento. A princípio, tive o desejo de mostrar-me o mais informado do grupo, mas algo em mim sugeriu que eu mantivesse a discrição sobre o caso.

– Por que esperar por uma oportunidade? – interferiu Jeancarlo. – Podemos criá-la por nós mesmos. Este jornal ensina como realizar a reunião para fazer girar a mesa. Aqui têm instruções que mais se parecem com uma receita de bolo.

Jeancarlo começou a ler o que o jornal indicava como sendo uma atividade como outra qualquer, do tipo "faça você mesmo":

– *"Não há um tipo específico de mesa. No entanto, as mais utilizadas e recomendadas pelos mais experientes grupos são as de formato redondo, feitas de acaju."*

A leitura foi interrompida naquela primeira instrução, porque tanto Jeancarlo quanto Francesco voltaram os olhos para uma mesinha abandonada num canto do salão.

Francesco tomou a iniciativa de ir até ela, assoprar-lhe a poeira e arrastá-la para perto de nós. Julgaram-na perfeita. Aquietou-se em seguida, como que esperando a próxima instrução.

Era impressionante ver como as pessoas que entravam em contato com aquele assunto eram instigadas a saber mais, a querer ver com os próprios olhos, a tocar com as próprias mãos o desconhecido.

Jeancarlo continuou a leitura das instruções.

Francesco buscou quatro cadeiras em cômodo contíguo e nos sentamos, formando um círculo em torno da mesa, conforme indicado.

A princípio, os rapazes se atrapalharam, até concordarem entre si sobre os detalhes das mãos. As instruções não estavam muito claras, se deveríamos dar as mãos ou simplesmente estendê-las, sem qualquer contato. Intervi, sugerindo que apenas tocássemos de leve os dedos mínimos, como que fechando os elos de uma corrente, conforme eu havia presenciado anteriormente na casa de Benedetto. Não quis, no entanto, contar sobre minha experiência. Apenas dei a sugestão, que foi inesperadamente acatada sem contestação.

Ali estava eu novamente, envolvido com o estranho fenômeno, e agora prestes a participar ativamente da manifestação. A luz do dia, no entanto, deixava-me mais tranquilo. Além do mais, aquilo me parecia mais uma das tantas brincadeiras daqueles rapazes espirituosos do que uma real tentativa de contato com o invisível.

A parte mais difícil, como eu já havia suposto, era conseguir um minuto de concentração. Logo, um deles, normalmente Jeancarlo, quebrava o silêncio com algum comentário ou alguma graça.

A instrução recomendava um grande esforço de concentração, a fim de fornecer o material psíquico e o ambiente ideal para que a intervenção das forças desconhecidas – pelo menos para o articulista inglês –, pudesse agir sobre a matéria e fazer a mesa se movimentar. Conseguir, porém, uma concentração de tal nível daqueles rapazes era algo simplesmente impossível. Por isso, acabei me envolvendo em suas brincadeiras, acreditando que aquilo não seria mais que um passatempo de uma tarde de folga.

Tive, no entanto, grande surpresa, e pude presenciar naquele dia o fato mais extraordinário, desde meu primeiro contato com o fenômeno.

Após uns 15 minutos daquela indisciplinada concentração, o móvel fez um pequeno movimento sob nossas mãos e ergueu-se do chão.

Meus amigos, a princípio, pensavam ser uma brincadeira causada por um de nós. Quando viram que ninguém tinha retirado as mãos de cima da mesa, perceberam que algo além de suas expectativas estava acontecendo.

Jeancarlo parecia ainda não crer, por isso, abaixou-se para checar se não havia ninguém erguendo a mesa com as próprias pernas, e constatou que ela estava completamente elevada do chão a uma altura de 10 centímetros. Ele voltou-se para nós com o rosto pálido, como se tivesse estado na presença de um fantasma.

Nos olhamos surpresos. Não sabíamos o que significava aquele estranho movimento nem o que fazer a seguir, mas sabíamos que estávamos diante de um fenômeno real.

Maurice que, desde o início, foi o único a manter-se numa postura mais séria, pediu que relatássemos o que sucedia. Ao tomar ciência do fato, demonstrou incredulidade e pôs-se a fazer força, no sentido de mover a mesa para baixo, para a posição original. Não obteve, no entanto, o sucesso desejado. Milagrosamente, a mesa mantinha-se suspensa e inerte.

Eu estava igualmente surpreso com o evento. Já tinha visto a mesa girar e movimentar-se, mas aquele fenômeno de levitação era algo que ia além de todas as expectativas. Se eram os Espíritos que estavam sempre no comando daqueles fenômenos, o que queriam demonstrar naquele momento? Não tínhamos, com exceção de Maurice, seguido com seriedade as instruções. Em momento algum, julguei que obteríamos qualquer resultado efetivo.

Decidi apenas observar. Testemunhei os três companheiros aplicarem todas as suas forças, no intuito de devolver a mesa à posição original, sem lograr também nenhum resultado. Ela se mantinha imóvel, como que presa naquele espaço aéreo onde se encontrava.

Quando desistiram do intento, após constatarem a inutilidade de seus esforços, tivemos nova surpresa. A mesa caiu da posição em que se encontrava, como que liberada repentinamente pela força que a sustentava, e não mais se moveu.

Os rapazes estavam bastante surpresos. Sentimos aquilo como sendo uma repreensão pelo pouco caso que fazíamos. Constatei mais uma vez que forças inteligentes estavam presentes, e que, não obstante a vontade ou o conhecimento dos presentes, tinham séria disposição de se fazerem conhecidas, não importasse se fosse por meio de sérias pesquisas ou simples brincadeiras inconsequentes.

Aquela experiência terminou sem mais surpresas ou novas tentativas. O assunto, porém, jamais nos abandonou. Decidi, mais tarde, contar-lhes sobre meus conhecimentos e sobre as informações que tinha recebido do professor. Eles ouviram maravilhados.

Ao receberem, no entanto, a informação de que se tratava da manifestação dos Espíritos, ficaram assombrados e não quiseram se aventurar a repetir a experiência. Fizeram-me, no entanto, prometer que um dia os levaria para visitar a reunião em que o professor fazia suas pesquisas. Ficaram impressionados, quando lhes relatei sobre as mensagens escritas pelas filhas do Sr. Baudin.

A partir de então, enchiam-me de perguntas intermináveis. Eu não tinha tanto conhecimento assim, mas não me esquivava de conversar sobre o assunto.

Senti o desejo de visitar novamente o professor. Aqueles rapazes, em sua curisosidade sem-fim, faziam-me ver quão vasto era aquele universo que a mim apenas começava a ser revelado, no curto espaço de tempo em companhia do professor.

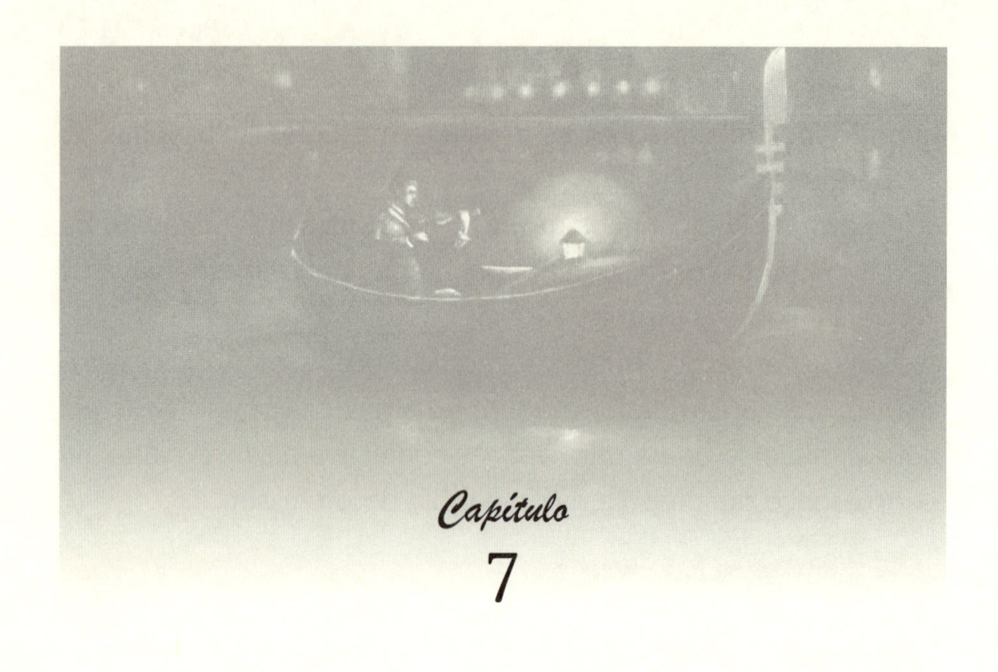

Capítulo 7

> *Quando a cidade adormecia,*
> *a inspiração parecia sair do seu casulo*

Quando nos entregamos ao curso natural dos dias, a vida nos conduz num perfeito sincronismo, trazendo pessoas até nós, oferecendo novos rumos, fazendo tudo fluir em perfeita harmonia.

Desde que eu havia chegado em Paris, a vida generosamente atendeu a todas as minhas demandas, oferecendo-me até mais do que eu mesmo tinha almejado, em termos de moradia, trabalho, amizades, reconhecimento profissional. Somente um ponto ainda estava por ser resolvido, e eu cismava no porquê da vida seguir me negando aquilo que seria o principal motivo para eu estar vivendo aquela nova vida, em terras francesas.

Aproximava-se o final do ano de 1856, e o inverno transformava toda a paisagem.

O único motivo que ainda me fazia crer que Anna poderia estar em algum canto de Paris era a visão que eu tive do Sr. Giovanni, meses atrás.

Mesmo assim, desde que me mudei para minha nova casa, não havia uma noite sequer, a não ser aquelas em que viajava para apresentações em cidades vizinhas, em que eu não fizesse minha caminhada de rotina pela cidade, acreditando com isso estar dando ao destino a chance de nos conduzir, Anna e eu, por um mesmo caminho, para um mesmo local.

Muitas eram minhas fantasias. Às vezes, eu a imaginava caminhando também pelas ruas. Outras vezes, a visualizava como parte da audiência nas apresentações do quarteto. Sonhava sempre que a estava encontrando, mas, estranhamente, nos sonhos, não tínhamos acesso um ao outro, como se habitássemos diferentes dimensões.

Quando podia, intensificava minha busca. Porém, os compromissos de trabalho ocupavam-me cada vez mais o tempo. A convivência com os rapazes era diária e, quando não estávamos envolvidos com ensaios e apresentações, estávamos inventando algum passatempo.

Um momento, porém, do qual eu não abria mão, era poder acordar mais tarde. Eu gostava das horas noturnas para compor. Quando a cidade adormecia, a inspiração parecia sair do seu casulo e procurar as mentes criativas para fecundar. Era a hora mais produtiva para um trabalho de criação, e o quarteto exigia cada vez mais novas composições.

Quando acordava, com o sol já alto, eu costumava ir até a varanda da frente saudar o Astro-Rei e fazer minha oração silenciosa, carregando sempre comigo um copo com água para o desjejum.

A Sra. Josefina acordava cedo e, regularmente, já se encontrava no pátio da frente da casa, lavando roupas ou estendendo-as no varal, tendo seus dois filhos pequenos sempre brincando por perto. Por causa da queda da temperatura, no entanto, já não a via mais com a mesma frequência. Mas esta era a sua rotina.

Às vezes, eu me punha a imaginar como seria a vida daquela mulher de rosto carrancudo e olhar de poucos amigos, sempre a lamentar sobre alguma coisa. Percebi que eu nunca tive tempo para saber um pouco mais sobre sua vida. Ela estava sempre ocupada com o trabalho, criava os filhos sozinha. Vida de cidade grande é assim, cada um vive em seu mundo e não há tempo para o diálogo com os vizinhos.

Da insistência dos amigos em testemunhar uma reunião com os Espíritos, resultou numa nova visita ao professor Rivail e sua amável esposa. Fui de surpresa à sua casa, numa manhã de sábado, e novamente fui recebido com muito carinho pelo casal.

Convidaram-me para a mesa do café, e pude matar a saudade dos apetitosos quitutes de Mme. Rivail, que, com muito zelo, ela sempre fazia para o professor, liberando-o das preocupações da rotina doméstica e deixando-lhe o tempo mais livre para dedicar-se ao trabalho.

Perguntaram-me sobre minha vida, queixaram-se de minha ausência tão longa. Imaginavam até mesmo que eu pudesse ter regressado à Veneza.

Relatei-lhes os detalhes dos meus dias e meu desalento por ainda não ter conseguido meu principal objetivo. Recebi de Mme. Rivail novo conselho:

– Se a vida não lhe trouxe o que procura, é porque ainda não chegou a hora. Estou certa de que, quando o momento chegar, você estará preparado. Tenha paciência.

Em palavras, este conselho nada me acrescentava, mas as vibrações de amizade e acolhimento faziam-me grande diferença.

Após o café, em conversa na sala de estar, perguntei ao professor Rivail como iam os estudos dos cadernos.

– Concluídos – respondeu.

– Que pretende fazer agora? – inquiri.

O professor manteve-se pensativo por um momento. Olhou-me, como quem tivesse algo para contar, mas que não sabia ainda ao certo se o deveria, porque ele ainda levou algum tempo antes de dizer:

– Não digo isso a qualquer pessoa, Antonio, mas sei que posso confiar em sua discrição. A orientação que me chegou pelos Espíritos é de que devo publicá-los. Revelaram-me que minha missão é a de dar impulso inicial ao que eles consideram ser um processo de regeneração da humanidade.

Eu julgaria estar diante de um alucinado, se não conhecesse previamene o professor, ou mesmo se não tivesse visto com meus próprios olhos quando os Espíritos lhe ofereceram proteção e assistência, durante a reunião na casa do Sr. Baudin.

– A partir da publicação, no entanto, antevejo uma longa batalha contra os antagonistas que se levantarão em quantidade para combater a nova ideia – ele continuou. – O novo conhecimento que trazem os Espíritos, Antonio, irá ferir profundamente os interesses da Igreja e dos nobres. Mesmo agora, percebo que os que têm retidão de caráter e real interesse pelo povo têm considerado as comunicações como fonte de pesquisa para suas indagações. Mas há os que não querem perder o conforto que conquistaram, e lhes é de interesse manter as pessoas sob o domínio da ignorância. Não se manifestaram ainda, desde o surgimento das mesas, mas quando o movimento chegar no ponto de atingir seus interesses pessoais, levantarão suas vozes para combatê-lo.

– Desculpe-me novamente pela falta de visão, professor, mas o que poderia haver de mal em mais uma filosofia como tantas que há? Por que angariaria inimigos? Não foram os filósofos sempre respeitados pelos sistemas que criaram?

O professor pareceu não gostar muito da minha comparação. Creio que ele esperava mais de minha parte, de alguém com quem ele já havia compartilhado tantos detalhes de seu empreendimento. No entanto, eu não estava envolvido como ele naquela filosofia nascente, para manter vivo assim em meu espírito seus estandartes. Seu espírito nobre haveria de me desculpar mais uma vez a ignorância.

– Este não é apenas mais um sistema, Antonio. Sistemas nascem de uma ideia, de um ponto de vista – respondeu, paciente. – Este é o conhecimento científico e filosófico de uma realidade jamais revelada. A confirmação final sobre a vida além da morte e o destino da criatura humana. A volta à vida pela reencarnação revela a necessidade de um grande cuidado com nossos atos e a grande responsabilidade de se estar à frente de uma cidade ou uma nação. As diferenças sociais serão profundamente questionadas. De acordo com os Espíritos, pobres e ricos poderão inverter os papéis em uma vida futura. Por isso, a necessidade de respeito a todos, de não escravizar o semelhante, de respeitar o direito alheio. As religiões terão de abrir seus livros e rever seus dogmas. A mensagem do Cristo deverá ser revista com a simplicidade que foi oferecida, sem ornamentos nem comércio. Isso causará desconforto.

O professor falava com gravidade, mas, ao mesmo tempo, com um brilho no olhar. O brilho dos visionários, daqueles que enxergam além, por possuírem um conhecimento, consciente ou não, do que será desdobrado pelo tempo.

No entanto, considerei dentro de minhas limitações de entendimento, o mundo estava cheio de novas filosofias e de pensadores, com seus sistemas perfeitos de explicar a vida. Eu queria entender em que ponto o professor queria chegar. Eu não podia conceber a ideia de um único homem, trabalhando solitário em seu gabinete, alcançar o mundo e iniciar um "processo de regeneração da humanidade", como ele dizia.

– O senhor parece referir-se a uma nova religião – arrisquei.

– Concordo que trará consequências religiosas, mas será antes de tudo uma nova filosofia com bases na experiência científica – ele explicou.

– Mas, então, como nova filosofia, o que a impede de ficar restrita aos seguidores, como há os de Comte, os de Rousseal e os de Voltaire? – objetei.

– Com uma sensível diferença, Antonio. Todas as filosofias e sistemas até aqui foram criados a partir do pensamento de seu criador, e seguindo uma linha de raciocínio. Os ensinos dos Espíritos, no entanto, são fornecidos de forma direta, livres de sistemas. As informações mais simples ou as mais surpreendentes são confirmadas por diferentes médiuns, desconhecidos uns dos outros, provando, sem contestação, a concordância sobre o que revelam.

Lembrei-me de minha mãe a dizer que, aos adultos, as verdades podem ser ditas sem rodeios. Estaria, então, a humanidade, em seu percurso evolutivo, entrando na sua idade adulta?

– Então o senhor pretende lançar uma nova filosofia para disseminar seus estudos?

– Pretendo apenas ser instrumento da revelação dos Espíritos, Antonio. A obra não me pertence. As ideias que aí estão, cedo ou tarde, estarão disseminadas naturalmente pelo mundo por representarem um ensino universal da realidade que se desdobra além da vida.

– Não cabe a mim determinar nem o tempo nem o rumo das coisas. Se eu me negar a seguir em frente conforme as instruções recebidas, outro ocupará meu lugar. Uma obra de tal magnitude não pode ser assentada sobre a cabeça de um único homem.

O professor fez uma pausa, para que eu pudesse refletir.

Depois continuou:

– Tenho conhecimento de homens da ciência, da política e até de autoridades eclesiásticas que têm se interessado em ver de perto o fenômeno e pesquisar suas consequências. Não raro, encontro companheiros da Academia nas reuniões que frequento. Qualquer que seja a área de atuação, todos os que derem a si mesmos o direito de testemunharem as propostas do novo fenômeno terão muito a ganhar. Imagine como seria, se a ciência se aliasse aos Espíritos para obter informações sobre as leis que regem a matéria, os planetas, o Universo. Seria certamente um recurso mais poderoso que a luneta astronômica de Galileu a investigar o espaço infinito. E se a igreja buscasse obter instruções através da comunicação direta com seus santos, que não são mais do que mensageiros que um dia estiveram na Terra em missão e hoje habitam o plano dos Espíritos?

– Sim – eu disse, imaginando o quadro que o professor pintava na minha mente. – A Igreja poderia reavaliar seus dogmas e receber orientações precisas sobre as mais diversas questões da fé. Conseguiria, finalmente, exercer com justiça o seu papel fundamental de evangelizar o povo, respeitando a liberdade do pensamento.

– Sim, Antonio. As possibilidades são inúmeras! – o professor fez uma pausa, trazendo o assunto para um plano mais concreto.

– Mesmo assim, não tenho a ilusão de que veremos as novas ideias serem aceitas em tão larga escala. Não nesta geração. No futuro, sim, acredito que todas as ciências e religiões estarão reunidas em torno da realidade do Espírito e suas manifestações.

– Então o senhor acredita que esta será a religião do futuro?

– Não, absolutamente! Acredito, no entanto, que será o futuro das religiões. Quando a humanidade estiver no ponto de cumprir a previsão do Cristo, de que haverá somente um rebanho e um só pastor, não teremos mais necessidade de denominações. Mas as revelações trazidas pelos Espíritos estarão presentes em todas as filosofias, todas as ciências e em todas as relações humanas, por representarem a base de um edíficio que a humanidade construirá em busca de sua regeneração.

Pressenti a importância daquele momento que eu vivia. Mal podia imaginar, quando Anna me falou pela primeira vez sobre o assunto, que em questão de pouco tempo eu estaria diante do homem com a missão de organizá-lo e tranformá-lo numa filosofia de vida. Eu, que, a princípio, pensei que era aquele apenas um modismo inconsequente.

– A tarefa é grande, Antonio – o professor continuou, resgatando-me de minhas lembranças. – Conto com a proteção dos Espíritos amigos, mas preciso também estar cercado de amigos aqui deste lado da vida.

Fez, por um momento, um silêncio que me pareceu um questionamento sobre se ele poderia contar com o meu apoio. Se era um questionamento ou não, ele pareceu não querer esperar pela resposta. Levantou-se e foi até seu gabinete, trazendo de lá um maço bem grosso de papel. Colocou-o bem à minha frente, na mesinha de centro, e pude ver que se tratava de um manuscrito, o rascunho de um livro, cujo título, ainda sem assinatura do autor, lia-se *"Le Livre des Esprits"*.

– Cataloguei cerca de 500 questões que me pareceram apropriadas para cobrir todos os aspectos das revelações dos Espíritos – ele disse. – Um extenso trabalho que parecia não ter fim.

Pedi-lhe a permissão de averiguar as primeiras páginas. Havia um extenso capítulo introdutório, que começava por distinguir os estudos contidos no livro daqueles já publicados por espiritualistas. Pude constatar que o professor havia criado um novo termo, "Espiritismo", para apresentar o conteúdo das revelações dos Espíritos.

O restante do livro era dividido em três partes, somando ao todo 501 perguntas com as respectivas respostas, acrescidas sempre de um comentário. A primeira selecionada já causava grande admiração pela ousadia:

"*Qu'est-ce que Dieu*? (Que é Deus?)"

A resposta era igualmente surpreendente:

"Dieu est l'intelligence suprême, cause première de toutes choses (Deus é inteligência suprema, causa primeira de todas as coisas)."

E a segunda era ainda mais instigante:

"*Où peut-on trouver la preuve de l'existence de Dieu?* (Onde se encontra a prova da existência de Deus?)"

Resposta:

"*Dans un axiome que vous appliquez à vos sciences: il n'y a pas d'effet sans cause.*" (No axioma que aplicais às vossas ciências: não há efeito sem causa.)"

Meus olhos não queriam sair do papel. A cada questão, mais me aguçava o desejo de seguir adiante. O professor, em silêncio, apenas me olhava com um suave sorriso nos lábios, percebendo em mim a impressão que a obra, certamente, causaria aos demais leitores.

A vontade de saber mais sobre o assunto estava agora estampada em meus olhos. Expressei-lhe meu desejo de retornar novamente àquela reunião na casa do Sr. Baudin. Contei-lhe sobre o fato ocorrido no casarão com os amigos e lhe pedi permissão para levá-los comigo, cumprindo assim a promessa que tinha feito a eles.

– Atualmente, não tenho atendido àquelas reuniões – ele disse. – Os Espíritos aconselharam-me a uma nova revisão do livro antes de publicá-lo, e a estamos realizando em reunião muito reservada, por meio de uma jovem médium de nome Srta. Japhet. Sugeriram não aceitarmos visitantes, no intuito de não mais prorrogar a conclusão da obra.

A resposta não foi a que eu desejava, mas o professor, com sua generosidade peculiar, surpreendeu-me com uma oferta. Ele foi até seu gabinete novamente e trouxe de lá uma das caixas que continha parte dos cadernos que havia estudado. Colocou-a diante de mim e disse:

– Separei nesta caixa 12 dos cadernos que trazem melhor sequência de exposição sobre os mais importantes aspectos. Não tenho tempo para perder, atendendo às curiosidades de seus amigos, mas, se fizer com que eles estudem estes cadernos, lhes farei uma visita e os assistirei numa reunião com a mesa.

A proposta era irrecusável. O professor era um homem muito ocupado. Eu jamais faria a ele tal solicitação. No entanto, a oferta vinha dele. Mas ele era inteligente e estava investindo no futuro de sua filosofia e na divulgação dela. Para nós, era algo que somente traria benefícios. Estudar aqueles cadernos não representava nenhum sacrífico. Meus amigos amariam a ideia.

Deixei a casa do professor com um grande sorriso interno. Em meus braços, levava aquela caixa como quem carregava um grande tesouro. Era apenas um empréstimo, mas era, sem dúvida, o maior presente que eu tinha recebido na vida, dada a importância daqueles documentos históricos e a confiança que o professor em mim depositava.

No caminho, ia imaginando como nos reuniríamos para o estudo, em meio a tantos compromissos que nos mantinha ocupados quase todo o tempo.

Eu estava assim, absorvido em meus planos, quando fui surpreendido por estranho evento (eu já estava me acostumando a essa rotina). Não era este, no entanto, novo para mim, mas a repetição do acontecido meses atrás.

Eu atravessava a mesma esquina em que anteriormente havia pretensamente visto o Sr. Giovanni, quando o mesmo homem, com o mesmo terno branco, bengala e chapéu, chamou minha atenção. Desta vez, o volume em minhas mãos impediu-me de sair em grande disparada em sua direção. Por isso, durante alguns segundos, fiquei parado, tentando observar bem a figura que se distanciava de mim uns 20 metros.

Queria ter a certeza de que minha mente não estava me enganando. E, daquela vez, não poderia haver dúvidas. Eu podia identificá-lo de forma clara, como a luz do dia. Além do mais, ternos brancos não eram assim tão comuns para os homens daquela época. A moda na França impunha com exclusividade o preto na composição visual masculina. Ele se destacava entre os transeuntes.

Ele estava parado, observando a vitrine de uma loja. De repente, percebi que ele olhou em minha direção e pareceu ter me reconhecido, pois seus olhos se mantiveram fixos em mim durante algum tempo. No entanto, ao contrário de minhas expectativas, ele simplesmente desviou o olhar e adentrou a porta da loja à sua frente.

Desta vez, eu não podia perdê-lo. Corri, como nunca havia corrido em minha vida, e entrei na loja, causando grande susto nas pessoas em seu interior. Houve um momento de silêncio e expectativa. Esperavam que eu manifestasse o motivo de tal invasão, ou talvez estivessem mesmo paralisadas pela grande surpresa.

A loja era uma pequena livraria, e não foi difícil constatar que, inacreditavelmente, entre os poucos clientes, não havia nenhum homem de terno branco, ou que se comparasse com a figura que, sem sombra de dúvidas, eu testemunhei ter entrado ali.

Minha razão entrou em eclipse total. Havia uma sombra, como uma grande interrogação, tirando-me a capacidade de raciocinar. O que significava aquilo? Numa época de tantas manifestações estranhas, estaria eu sendo vítima de alguma brincadeira do "outro mundo"? Ou estaria manifestando algum tipo de alucinação? Eu ainda não havia compreendido o motivo pelo qual a vida insistia em envolver-me de tantas formas em conversas e experiências com o mundo invisível. Aquela situação, no entanto, era o ponto mais obscuro de todas as minhas interrogações.

Desculpei-me com as pessoas e saí da loja. Na rua, ainda procurei pela vizinhança, mesmo não acreditando que poderia ser bem-sucedido, conforme a experiência anterior.

Naquele dia, antes de sentir-me decepcionado ou desestimulado pela busca vã, eu estava extremamente intrigado.

Ao chegar em casa, no entanto, logo me distraí do fato, tendo meu pensamento absorvido pelas informações dos cadernos, que comecei a devorar em intensa leitura.

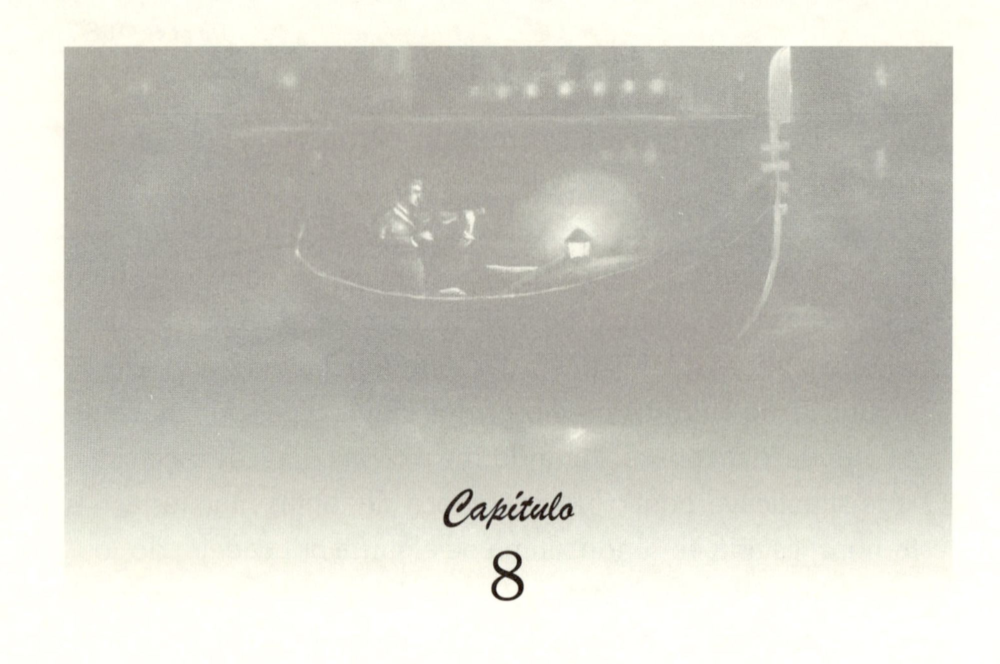

Capítulo 8

> "*Muitos foram convidados, mas somente 12 permaneceram*"

Quando mostrei os cadernos aos rapazes e lhes contei sobre a origem deles, acrescentando ainda a oferta que o professor tinha me feito, eles ficaram alucinados. Foi aceita de forma unânime a proposta apresentada por Maurice de nos reunirmos uma vez por semana, a uma determinada hora, para estudarmos juntos. Ele era o mais interessado na atividade em grupo, pois, obviamente, dependia de nós para tomar conhecimento do conteúdo de tão intrigante material que, com a colaboração do destino, estava em nossas mãos.

Assim, começamos, sem muitas pretensões, a não ser aquela de satisfazer a nossa curiosidade, a nos reunir todas as segundas-feiras, às 7 da noite, na minha casa. O estudo tinha hora para começar, mas nunca para acabar. Íamos noite adentro, lendo, comentando, às vezes, contando casos relativos aos assuntos estudados.

Era tudo tão impressionante, que vi os rapazes transformarem seus comportamentos no decorrer de curto espaço de tempo. Continuavam sendo alegres e espirituosos, mas um respeito maior foi despertado em seus caracteres, relativamente ao contato com as pessoas e às considerações sobre a vida.

E, cedo, nossos encontros começaram a atrair novos participantes. Decorridas apenas algumas semanas desde a nossa primeira reunião, a Sra. Josefina veio juntar-se a nós. Ela não tinha, de início, muita simpatia pelo nosso grupo. Uma das razões era porque os rapazes estavam constantemente zombando sobre tudo; a outra era porque ela tinha preconceito contra nós, músicos.

Ela nunca tinha manifestado isso claramente, mas podíamos sentir em seu olhar, sempre que descíamos as escadas, carregando nossos instrumentos. E também a ouvíamos fechar as janelas com certa violência, quando estávamos ensaiando no apartamento de Francesco.

Bastou, no entanto, que um dia eu doasse um pouco do meu tempo para ouvir suas lamúrias sobre a forma como a vida era injusta em relação a ela, para que ela começasse a simpatizar comigo e mudar seu conceito a meu respeito. Revelou-me que a viuvez lhe infligiu a dura prova de cuidar dos dois filhos sozinha, como eu supunha, e que ela experimentava, com determinada frequência, estranhos fenômenos em sua casa, e os relacionava à presença do falecido marido, do qual demonstrava sentir ainda grande apego. Dediquei um tempo a ouvi-la e, o quanto podia, ia lhe transmitindo minhas visões renovadas sobre justiça divina e informações sobre a vida além da morte, oferecendo-lhe, ao final, a oportunidade de participar dos nossos estudos.

Também juntou-se a nós o proprietário de uma farmácia próxima, que tinha um filho epiléptico, cujas crises eram cheias de estranhas acusações verbais contra o pai, relativas a causas que ele, o pai, desconhecia.

Também o balconista da livraria e outro jovem, conhecido de Jeancarlo, além de um funcionário público amigo de Francesco, vieram juntar-se a nós. Era interessante verificar como, mesmo em pouco tempo de estudo, devido ao contato com assuntos tão transcendentes, mas que ao mesmo tempo estavam tão próximos do nosso cotidiano, dos nossos problemas existenciais, todos testemunharam mudanças em suas vidas.

Ao final de apenas dois meses, tínhamos um número considerável de pessoas que, em rodízio, marcavam presença nos estudos. Não obstante o entusiasmo inicial, o grupo finalmente ajustou-se em número de 12 participantes.

A exemplo do que havia acontecido com o grupo formado por Jesus, muitos foram convidados, mas somente 12 permaneceram. Um número suficiente, já que minha sala havia ficado pequena para tanta gente.

A triagem natural do grupo aconteceu por conta de certa insistência por parte dos participantes, no intuito de realizarmos experiências com a mesa. Lembrei-me da oferta do professor e prometi ao grupo que levaria o convite ao Mestre Rivail, o homem que falava com os Espíritos, assim que o grupo estivesse devidamente preparado, conforme constava da proposta que havia dado origem àqueles estudos.

No entanto, quanto mais o tempo passava, menos desejo eu tinha de cumprir a promessa, tendo em vista dois motivos muito pessoais: primeiro, eu não queria disponibilizar minha própria casa para atrair os Espíritos e suas manifestações; segundo, porque tínhamos em nossas mãos 12 dos principais cadernos estudados pelo professor, repletos de informações sobre os mais diversos aspectos da vida.

Que questões ainda poderíamos ter para provocar, assim, a manifestação dos Espíritos? Já tínhamos material suficiente para meses, talvez anos de estudo. A demora em ter suas curiosidades fenomênicas atendidas fez com que parte dos participantes se afastasse, permanecendo somente os que real afinidade de objetivos possuíam, e que teriam percebido maior importância filosófica nas revelações, acima de qualquer curiosidade fenomênica.

♪♪♪

O tempo avançou rápido e, ao final de abril do ano de 1857, algumas mudanças tinham acontecido. Nosso quarteto, após experimentar por um tempo uma nova formação em sexteto, transformou-se rapidamente em uma orquestra de câmara, composta coincidentemente também por 12 músicos. Talvez a vida quisesse mostrar, por meio da coincidência numerológica, que tudo estava sendo devidamente encaminhado e acompanhado por aqueles que, do "outro lado" da vida, estavam por algum motivo interessados em nos proteger e nos guiar.

Por consequência do meu trabalho, eu também acabei me transformando em um líder. A exemplo do grupo de estudos, no qual eu presidia às reuniões – por ser quem possuía mais conhecimento e interação em relação à matéria –, também na nova orquestra me destaquei na posição de *spalla*, aquele que faz o papel de maestro em orquestras de pequena formação.

Passei a compor para o grupo, que era formado de cinco violinos, quatro violas, dois violoncelos e um baixo. Meu trabalho havia aumentado consideravelmente. Apesar disso, sentia minha inspiração fluir cada vez mais e transformar minha obra em uma das mais admiradas por considerável parte da sociedade parisiense.

Com o reconhecimento, os contratos mais vantajosos começaram a aparecer, e nosso grupo passou a selecionar suas apresentações. Atendíamos a seletas reuniões sociais nos palácios e também nas igrejas, num tempo em que somente as grandes orquestras sinfônicas e filarmônicas ocupavam locais de maiores audiências.

Devido à influência recebida pela obra de Vivaldi e à grande admiração que eu tinha por ela, eu compunha peças que fundiam o estilo Barroco com o Clássico, devidamente acomodados na textura do Romantismo vigente. A poesia transbordava em minhas composições, principalmente quando as criava inspirado pela saudade de Anna.

Embalado pela nostagia das lembranças de nossos ensaios das manhãs de quarta-feira em Veneza, criei uma extensão para a composição com que ela havia me presenteado, aquela que havia sido composta pelos Espíritos na reunião com a mesa, utilizando-a como base para uma sonata, que se dividia em três movimentos.

O tema dos Espíritos era tocado com fidelidade na primeira parte, e era o mais admirado por todos. Ganhou nova sustentação harmônica pela orquesta de cordas e provocava suspiros e lágrimas nos ouvintes. A segunda parte modulava para um tom maior, no qual explorei as dissonâncias, como um apelo endereçado ao infinito, um pedido de ajuda para reencontrar a menina dos olhos de anjo. Na última parte, a suavidade era resgatada, e a melodia original ganhava nova interpretação, mais surpreendente, como uma fantasia sobre o sonhado reencontro. Esta peça tornou conhecido em todos os cantos de Paris não somente o grupo, mas, principalmente, meu talento como compositor.

Num dia memorável, cruzei definitivamente a linha que separa um músico comum do artista que adquire respeito sacramentado pela sociedade parisiense. Ao apresentar a nova estrutura do tema dos Espíritos num sarau, no palácio do Imperador Napoleão III, na presença das maiores autoridades políticas e artísticas de Paris, levamos os ouvintes ao êxtase. A partir dali, não haveria mais retorno. Era a consagração!

Foi então que recebi o convite de um grande empresário de ópera para compor as músicas de seus espetáculos, em um trabalho conjunto com seus letristas. A ópera teve sua origem na Itália, no século XVIII. A França foi o último dos países europeus a abrir seus palcos para a forma musical que unia os intrumentistas e cantores aos artistas de teatro. Por isso, ao contrário do que ocorria em outros locais, a música instrumental na França desfrutava de considerável exposição entre as artes mais evidentes da época.

Assim, comecei a compor para orquestras maiores, o que tornou meu trabalho ainda mais conhecido e admirado, tornando, por outro lado, meu tempo mais escasso e em conflito com minhas outras atividades pessoais.

A vida me conduzia pelas vias do sucesso profissional, provendo-me de razoável montante de dinheiro, que jamais despendi em qualquer direção, porque eu sentia na alma a estranha sensação de que o destino, a qualquer momento, poderia mudar de novo minha vida. A isto eu relacionava o fato de que a esperança de encontrar Anna jamais tinha me abandonado, mesmo sob toda a bajulação do reconhecimento, toda a realização profissional que sempre aspirei e todo o encantamento proporcionado pelas reuniões do grupo de estudos.

Ainda assim, eu me sentia com minha vida em suspenso. Mesmo após quase um ano vivendo em Paris, curiosamente nunca havia transferido minhas roupas de dentro dos baús para os móveis do quarto. Era como se eu estivesse inconscientemente aguardando alguma notícia inesperada, que me fizesse partir.

Meus amigos, por diversas vezes, tentavam me convencer do contrário. Mostravam-me como a vida estava sendo generosa para mim, e que talvez Anna não fosse a mulher que o destino tinha me reservado. Que talvez a passagem dela por minha vida já teria cumprido seu propósito, o de encaminhar-me para meu fecundo destino musical em Paris. Eu os ouvia com atenção e até considerava seus conselhos..., em parte. Quando me via a sós com meus próprios sentimentos, percebia que seria impossível dar minha busca por encerrada.

Não era somente dos meus pensamentos em estado de vigília que minhas esperanças se alimentavam. Também em sonhos, Anna sempre me aparecia. Não havia nem palavras nem envolvimentos maiores, mas seu olhar meigo parecia me dizer que em algum lugar ela esperava por mim. Estranhamente, eu sentia que havia urgência naquela mensagem, o que muitas vezes me tirava o sono e me causava grande ansiedade que, com o tempo, se transformou em algo difícil de administrar.

Mesmo com a nova função no mundo da ópera, fiz questão de me manter na orquestra de câmara, por respeito aos velhos amigos, e também porque os momentos em que tocávamos juntos eram os mais prazerosos dos meus dias.

As composições tornaram-se cada vez mais requisitadas, e o prazer, transformado em obrigação profissional, exigia de mim um esforço bem maior, para não perder o encanto, que na inspiração natural fluía facilmente.

Tudo isso fazia a vida passar a uma velocidade que tinha se tornado estonteante para mim. A ansiedade, por consequência, aumentava a cada dia. Sobrava-me menos tempo para investir em minhas buscas costumeiras pela cidade. Chegou a ponto de complicar minha relação com os rapazes, com quem eu tinha perdido em muito a sintonia de pensamentos.

Nossos compromissos de trabalho começaram a entrar em conflito. Os desentendimentos tornaram-se frequentes, comprometendo a harmonia da orquestra e também do grupo de estudos. Comecei a ter dificuldades de cumprir horários e participar de todos os ensaios. Isso causava grande descontentamento nos rapazes, que, de alguma forma, não conseguiam aceitar minha ascensão, desde que o grupo passou a ser conhecido como "a orquestra de Moretti." Francesco, em especial, estava constantemente vigiando meus passos. Nossa amizade atravessava um momento difícil. O ciúme era evidente.

Estávamos às vésperas de uma importante apresentação. Como disse antes, a música de câmara era destinada a eventos mais intimistas, e somente as grandes orquestras se apresentavam para grandes audiências. No entanto, devido à repercussão de nosso trabalho, fomos convidados a fazer a abertura da apresentação da *Orchestre de la Société des concerts du Conservatoire*. Respeitadíssima e considerada a mais importante Orquestra Sinfônica de Paris por quase um século, estava em atividade desde 1828 e era composta por professores e alunos do Conservatório de Paris.

No entanto, aquele evento não era motivo de muita excitação para mim. Era como se eu houvesse, num curto espaço de tempo, atingido um ponto acima do almejado, e agora minhas demandas pessoais exigiam-me mais providências, o que transparecia para os rapazes como um grande estrelismo de minha parte. Isso os levou a considerar que todo aquele acúmulo de trabalho e responsabilidades estava me transformando em uma pessoa estranha. Resolveram, então, com a amizade que sempre demonstraram, solicitar uma reunião, restrita somente a nós quatro.

A reunião aconteceu como uma boa oportunidade para recíprocos pedidos de desculpas por fatos passados e o reajustamento dos laços de nossa amizade. Eles relataram sobre o clima difícil vivido com os demais componentes da orquestra – fato sobre o qual até então eu não tinha ciência –, que agora tinha suas atividades relegadas por mim a segundo plano. Falaram do descontentamento geral e realçaram o fato de que os objetivos do grupo estavam entrando constantemente em conflito com os meus.

O clima era tenso. No entanto, de corações abertos e sob a mais honesta sinceridade, chegamos juntos à conclusão de que eu deveria deixar o grupo de música de câmara após o concerto. Eu teria, assim, mais tranquilidade para desenvolver meus trabalhos pessoais e o grupo poderia se manter mais unido. Também sugeriram a interrupção das atividades do grupo de estudos, que também sofria as consequências de minha sobrecarga de trabalho.

Eu não tive como discordar da decisão dos amigos. Sentia-me um grande egoísta. Realizado, mas infeliz, diante das desavenças que eu, mesmo sem intenção, tinha provocado.

A princípio, me senti injustiçado. O quarteto inicial tinha evoluído a partir da importante colaboração de minhas composições. Eu havia dedicado todo o meu tempo disponível ao grupo durante quase dois anos. Não havia motivos reais para que eu carregasse o peso daquela culpa. Depois, analisando os fatos com mais serenidade, considerei que, assim, eu teria mais tempo disponível para os novos compromissos que me exigiam redobrados esforços.

Aquele dia marcava para mim mais uma grande mudança. A ansiedade, em parte, foi eliminada dos meus dias. O simples fato de ter tempo para voltar às minhas caminhadas pelas ruas de Paris já amenizava meus pensamentos. No entanto, perder o convívio com os rapazes abriu uma grande lacuna em meus dias. O fim das sessões de estudo foi a parte que me doeu mais.

Comecei a questionar o valor do sucesso e do reconhecimento, cujo preço exigido era abrir mão de outras tantas coisas valiosas da vida. Compor inúmeras peças musicais de sucesso e juntar muito dinheiro apresentava-se como sendo o oposto de compor apenas algumas canções e ser feliz, rodeado de amigos que transformam a vida em suave caminhada.

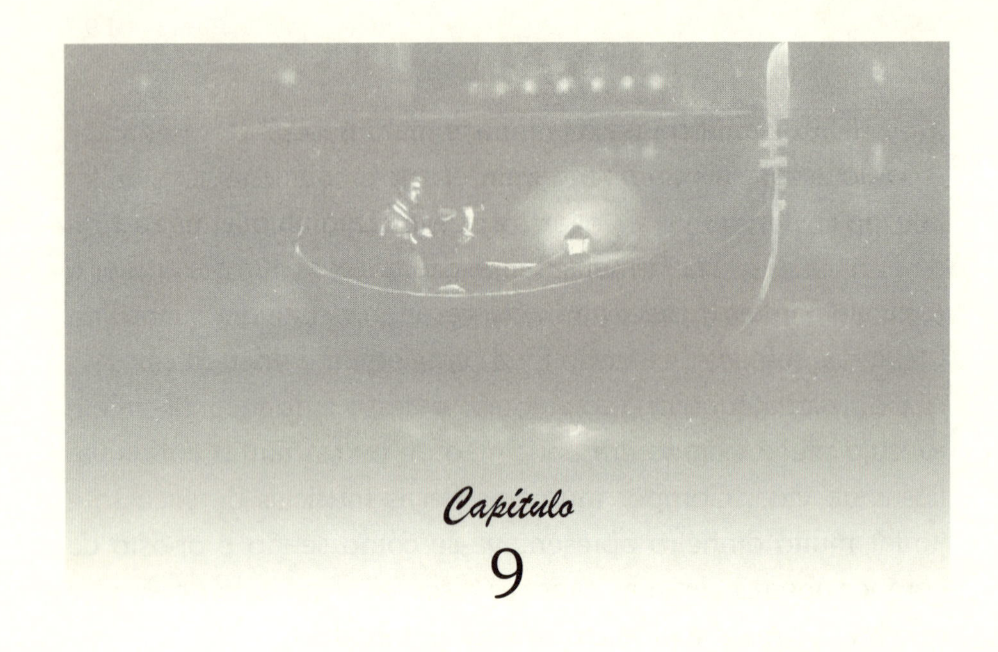

Capítulo 9

"Amai-vos e instruí-vos"

Por sugestão de Maurice, nos reunimos ainda uma última vez, para dar ao grupo de estudos uma satisfação quanto à suspensão dos encontros. Tive a esperança que fosse aquela uma oportunidade para os rapazes repensarem a decisão tomada. Mesmo que não quisessem minha liderança, poderiam continuar se reunindo em outro local, e eu participaria sempre que minhas atividades permitissem.

Todos os 12 estavam presentes. Havia um clima de tristeza e despedida. A Sra. Josefina, antes tão durona e reservada, tinha os olhos úmidos. Todos lamentavam a decisão, embora nada dissessem, pois sempre confiavam no nosso bom senso.

Aquela noite, porém, ficaria marcada para o grupo, devido à importância do que aconteceu.

Após modesta oração de abertura, pedindo a orientação dos bons Espíritos, Francesco leu pequena passagem em um dos cadernos. Normalmente, ao final da leitura, estaríamos disputando a vez para tecer comentários, mas naquela segunda-feira estávamos todos emudecidos, com a garganta presa por um nó.

Naquele momento, ouvimos batidas na porta da frente. Nos olhamos, tentando imaginar quem poderia ser o visitante. Julguei ser melhor atender a porta e verificar, sem mais delongas.

Para nossa grande surpresa, o visitante era o Sr. Rivail. Para mim, pareceu uma grande coincidência ter a visita do nobre professor, no exato momento em que nos preparávamos para interromper as reuniões e desfazer o grupo. Depois, julguei ser sua aparição inesperada um sinal de que estávamos sendo assistidos pelo plano invisível, que talvez o tivesse enviado para nos auxiliar num momento tão sensível.

Convidei-o para entrar. Jeancarlo logo lhe providenciou uma cadeira.

Apresentei-o ao grupo. Todos ficaram muito entusiasmados por estarem na presença do "homem que conversava com os Espíritos", e que era responsável pela formação do grupo.

O professor, sempre tão sério e fleumático, demonstrou emoção ao saber que se tratava de um grupo de estudos regulares. Eu nunca mais o tinha visto desde o dia em que ele me entregou os cadernos. Ele nada soube sobre as consequências de sua generosidade.

Ao tomar ciência de nossa dedicação ao estudo dos cadernos, ele nos surpreendeu novamente, revelando o motivo de sua visita.

– Planejei vir até aqui apenas para trazer um presente a um amigo, mas vejo que minha visita não foi obra do acaso – ele disse.

– Pelo que posso perceber, este grupo está maduro o suficiente para dar um passo à frente em seus estudos. Irão gostar de saber que o que trago a vocês é a publicação do livro em que resultou todos esses meus anos de estudos e entrevistas com os Espíritos. Nele, está codificado, de forma mais resumida e didática, muito do conteúdo destes cadernos, cuidadosamente revisados com a assistência dos Espíritos.

O professor entregou-me o livro, que era de formato grande, in-8°, com 176 páginas de texto, divididas em duas colunas. Eu o reconheci de imediato: era o mesmo livro, cujo manuscrito eu tive a honra de ter em minhas mãos anteriormente. Algo, no entanto, chamou-me a atenção:

– Mas, professor, por que outro autor assinou a obra? Eu pensei que fosse...

– Trata-se de um pseudônimo, Antonio – ele disse, me interrompendo.

– Os Espíritos me aconselharam a usar o nome Allan Kardec, para diferenciar esta publicação dos meus outros livros didáticos. Disseram-me tratar-se de um nome que eu já possuí em uma de minhas vidas passadas.

O livro passou de mão em mão, e eu vi os olhos dos meus companheiros, até então úmidos de tristeza, brilharem com nova esperança.

Aquela não era apenas uma coincidência. O momento assemelhava-se àquele em que os discípulos do Cristo, após a crucificação, reuniram-se para compartilhar suas tristezas e desalentos. O Mestre Maior apareceu para lhes reacender o ânimo e provar que não teria sido em vão acreditar.

No coração de cada um de nós reacendeu o desejo de superar todas as diferenças existentes, para nos lançarmos ao estudo daquele livro, o qual já nos havia despertado enorme curiosidade.

A presença do professor nos fazia rever nossa decisão, sem sequer nos consultarmos abertamente sobre isso. No coração de cada um a reconsideração já estava aceita.

Porém, não era aquele o único presente que o professor nos trazia.

Ele retirou de dentro do bolso do paletó um envelope e o entregou a mim.

– Em minha última reunião com a médium, Srta. Japhet, esta carta foi recebida – ele disse. – Surpreendeu-me pela espontaneidade com que nos foi oferecida. Nunca antes haviam-nos feito de moleques de recado – brincou.

Abri o envelope com muita curiosidade. Desdobrei as folhas e, com grande assombro, vi escrito na primeira daquelas páginas: "*Para Antonio Di Moretti*". Era uma mensagem endereçada não ao grupo, como a princípio eu supunha, mas diretamente a mim.

Minhas mãos estavam trêmulas. A primeira mensagem que eu recebi dos Espíritos, na casa de Benedetto, mudou radicalmente minha vida. Saí da pacata rotina de Veneza, para a agitação de Paris; do obscurantismo, para o reconhecimento da cidade mais importante da Europa. Que consequências eu poderia esperar agora?

As letras eram grandes e mal-escritas, como alguém que escreve com grande pressa, sem se preocupar com a economia das folhas e os limites do papel. Pedi ao professor que lesse para mim, pois eu não conseguia, naquele momento, dominar a emoção. Sob o olhar admirado dos companheiros, ele atendeu.

"Para Antonio Di Moretti:

Temos acompanhado diariamente teus esforços, e estamos satisfeitos com tua persistência. Estamos assistindo a cada um do grupo em suas principais necessidades. A chama de uma grande luz começa a iluminar uma nova era para a humanidade. Rogamos para que não desanimem, que superem todos os obstáculos a fim de expandir a luz que acenderam e que a muitos tem agraciado. Estaremos sempre convosco.

Quanto a ti, em particular, é chegada a hora de fazer o caminho de volta para encontrar o que procuras e resolver o assunto que te rouba a tranquilidade. A ave ferida precisa retomar o voo e encontrar o rumo. E tu fostes também escolhido. Deves espalhar as sementes que te foram entregues. Estaremos contigo e faremos com que sejas bem-sucedido em ambas as questões." E assina: "*Um Espírito amigo*".

Estávamos todos tomados de emoção. Não tínhamos até então a perfeita noção de que, estudando aqueles cadernos, estávamos chamando a atenção do Mundo Espiritual para o nosso grupo. Ou teria o grupo se reunido por obra do plano invisível? Tampouco imaginávamos a grandeza daquilo com que havíamos nos envolvido, a princípio, por simples curiosidade e sede de conhecimento. A assistência espiritual revelada por aquela carta nos surpreendia e, ao mesmo tempo, nos trazia grande alento.

A mensagem endereçada a mim, no entanto, trouxe ao grupo grande apreensão. Ela sugeria, sem sombra de dúvidas, meu retorno à Veneza. Também parecia revelar que era onde Anna se encontrava, e que, retornando, eu teria finalmente desvendado o mistério que enchia minh'alma de ansiedade e meus dias de incertezas. Novamente os Espíritos se referiam a ela como "a ave". No entanto, a expressão "ave ferida" causou-me grande temor.

Imediatamente, comecei a planejar mentalmente minha partida. Sem dúvida, aquela era uma mensagem cifrada e parecia vir da mesma fonte que a primeira, o que me fez pensar que toda a minha trajetória, desde Veneza até aquele momento, obedecia a um plano maior.

Senti a responsabilidade de estar sendo um instrumento de união de todas aquelas pessoas em torno da Nova Revelação. Mas por que haviam escolhido a mim? Desde os primeiros contatos com o novo fenômeno, as coincidências em torno do assunto não me abandonaram mais, e agora tudo parecia ter um sentido maior.

Agora eu compreendia também por que eu nunca havia encontrado Anna. Muito menos ela havia me procurado, mesmo com meu trabalho sendo comentado por quase todos os meios musicais de Paris. Como explicar, no entanto, a visão que por duas vezes eu tive do Sr. Giovanni? Teria Anna voltado sozinha para nossa terra natal, após se decepcionar com a ganância do pai? E o que estaria ele fazendo ainda em terras francesas?

Apesar de minha mente ter se transformado num redemoinho de pensamentos, a mensagem vinha em hora singularmente apropriada para dar sustento ao ânimo do grupo. Era um incentivo que não poderia ser desprezado. Havia nela a confirmação das ajudas recebidas. A Sra. Josefina era uma das que mais havia se beneficiado, tendo as manifestações de seu marido se encerrado, e sua vida se tornado mais pacificada. Também o filho do farmacêutico teve grande melhora em suas crises epilépticas. Todos, de uma maneira mais ou menos ostensiva, já tinham experimentado melhor sorte em algum aspecto de suas vidas pessoais.

O professor nos explicou que, quando melhoramos nosso campo vibracional, o Plano Superior encontra sintonia para nos ajudar, e que os estudos metódicos que vínhamos realizando beneficiava a cada um com a melhoria da sintonia mental, benefício que se estendia, por consequência, àqueles com quem convivíamos.

O professor, percebendo minha introspecção, acrescentou, como que tentando me tranquilizar:

– Não tenho conhecimento de toda a extensão do que querem lhe dizer, Antonio. Mas posso garantir a autenticidade da mensagem. Não poderia ter vindo por médium mais confiável.

Francesco olhava-me de forma grave. Percebi que seu pensamento também deveria estar tentando antecipar o futuro. Ele sabia que em meu coração a indicação da mensagem já estava aceita. Embora tivesse sido ele quem havia sugerido meu afastamento do grupo, a iminência de nossa separação parecia deixá-lo apavorado.

Maurice foi quem expressou o que todos sentíamos:

– Será para nós uma grande honra avançar os estudos, agora com o novo livro, professor. Seria, no entanto, muito incômodo pedir-lhe que o inicie conosco nesta noite?

A proposta agradou a todo o grupo. O professor consultou o relógio de bolso e, após refletir por uns segundos, acedeu de muito boa vontade, propondo a leitura do capítulo introdutório, e interrompendo apenas em determinados momentos, para dissertar sobre o que nele continha.

Aquela foi uma das mais longas reuniões que tivemos. Alguns companheiros contaram ao professor sobre suas experiências pessoais. Depois, foi a vez do professor nos contar fatos interessantes sobre sua convivência com os Espíritos. Ele parecia não se cansar de falar sobre o assunto. Contou-nos também seus planos de expansão da Nova Doutrina, e colocou-se à disposição para nos dar a assistência que precisássemos nos estudos. Ao final, deixou-nos a linda mensagem, que não mais se apagaria de nossas mentes:

– Os discípulos do Mestre eram reconhecidos por muito se amarem. Eu, porém, digo a vocês o que ouvi dos Espíritos:

"Amai-vos e instruí-vos". Não se percam na adoração exterior da obra, mas busquem fecundar seus pensamentos com a semente da renovação. Os que seguirem esta Nova Doutrina serão reconhecidos pela transformação moral e pelo esforço que fizerem para domar suas más inclinações. Que nenhum de vocês se julgue com o direito de dizer a última palavra, pois a vida é dinâmica, e o progresso constante. Rejeitem mil verdades, se preciso for, mas não aceitem uma só mentira. Ponham seus interesses pessoais de lado e trabalhem em função do movimento que se inicia, e cujo fim é a Regeneração da humanidade.

Aquela foi uma noite abençoada. Sentíamos a presença de seres de muita paz entre nós. O ambiente parecia iluminado. A partir dali, o grupo não se dispersaria mais. Mesmo com minha partida, os encontros de segundas-feiras continuariam a beneficiar a muitos, sempre abastecidos, em suas demandas, pelos livros que o professor iria publicar em seguida, dando continuidade às suas experiências e estudos, formando a base daquela Doutrina que criava suas raízes na França, e iria se expalhar pelo mundo, esclarecendo e consolando a toda gente.

Assim, era iniciado o processo vislumbrado pelo professor; não tanto pelo crescimento numérico imediato de seus seguidores, mas muito mais pela força moral das ideias que revelava.

Ao final da noite, quando todos se foram, incluindo o professor, apenas Francesco permaneceu.

– Grande noite, não? – ele iniciou.

– Sim – concordei.

– Você não está pensando...

– Sim, estou.

Mesmo que eu tentasse negar minhas intenções, o brilho da esperança aceso em meus olhos certamente me delataria.

– Mas, Antonio... Temos uma importante apresentação marcada para o próximo sábado!

– Não sobreviveria, se adiasse minha partida, Francesco. A ansiedade me consumiria.

– Será a última apresentação, e você é o maestro. O grupo ainda não está preparado para tocar sem você. Além do mais, você tem de se dar um tempo para pensar a respeito desta mensagem. Não pode largar tudo para trás, toda vez que um Espírito lhe disser que tem de partir.

Francesco mostrava-se, a esta altura, indignado com minha aceitação sem restrições.

– Você viu com seus próprios olhos, Francesco – retruquei. – Você é testemunha do que aconteceu aqui, e você conhece muito bem o meu drama pessoal. Dê-me apenas um motivo que me convença ser um erro confiar – desafiei, demonstrando impaciência.

– Sei dos seus motivos, Antonio. Sei de sua obstinação e da coragem que possui. Também tenho o mesmo sangue italiano correndo nas veias por descendência de meus pais, mas tenho meus pés no chão – ele disse, alterando a voz, tornando o diálogo difícil de prosseguir.

Olhei-o com compaixão. Por trás de sua fúria estava implícito o interesse de sua amizade e o reconhecimento do meu valor dentro da orquestra. Ele tinha sua razão, eu não poderia deixar de considerar. No entanto, havia entre nós um conflito de interesses que nos colocava em lados opostos. O grupo tinha condições de sair-se bem sem a minha participação. O entendimento de Francesco, no entanto, estava coberto pela névoa da insegurança. Sempre contou com a minha liderança e, diante da aproximação de tão importante evento, não conseguia conceber uma improvisação que suprisse minha ausência.

Eu não queria deixar que a discussão indevida, em hora tão sensível, pudesse nos fazer expressar palavras de difícil reparação. Preferi manter o silêncio, e ele entendeu, desta forma, que minha decisão já havia sido tomada.

Quando ele deixou meu apartamento, batendo furioso a porta atrás de si, era difícil admitir que toda a beleza daquela noite iria terminar daquela forma. Na mesma noite em que a vida nos tinha agraciado com tanta luz, marcando um grande momento na vida de todos nós, eu talvez estivesse colocando em risco uma grande amizade.

Capítulo 10

> *Uma amizade construída com sinceridade conquista outros sentidos para interagir*

A vida traz, a vida leva, mostrando a fragilidade de todas as coisas e de todos os seres. Entrar no fluxo da vida é também estar disposto a aceitar. Nenhum dos planos que eu havia feito antes de deixar Veneza se cumpriu. No entanto, a vida me supriu todas as necessidades, trouxe o reconhecimento do meu trabalho e a prosperidade financeira com que eu nunca antes havia sonhado. Além disso, eu tinha novos e valiosos amigos. Conheci o professor Rivail, cuja obra e cujo labor mudaram meu modo de ver a vida, marcando para sempre, não somente aquela, mas todas as minhas futuras existências na Terra.

Na manhã seguinte à reunião, saí logo cedo com a intenção de contratar uma diligência para a viagem de regresso. A única que encontrei disponível para uma viagem particular só poderia partir na próxima semana. Eu precisava somente de uns dois dias para resolver questões práticas – como a devolução do apartamento, o acerto de contas com o dono da livraria que comprava minhas músicas, com o empresário de ópera, para quem eu já havia concluído alguns trabalhos, e despedir-me dos amigos.

Eu já havia aprendido a não lutar contra o destino. As circunstâncias colaboraram, desta forma, para que eu estivesse presente no último concerto da orquestra. Seria uma boa oportunidade para me despedir do grupo pelo qual eu tinha profunda gratidão. Resguardaria, também, a amizade com os rapazes e principalmente com Francesco.

Em minha bagagem, fiz questão de ajeitar o livro com o qual o professor havia me honrado. Seria um presente para Anna. Comprei numa livraria mais dez volumes do *Le Livre des Espritis.* Um eu deixaria para que o grupo pudesse continuar os estudos. Os outros levaria comigo na intenção de presentear amigos, como Benedetto. Também guardei aquela carta com todo o carinho, depois de ler e reler milhares de vezes. Também fiz questão de colocar em lugar bem seguro a partitura da nova versão do tema ditado pela mesa.

Envolvido, assim, com os preparativos e as últimas despedidas, os dias passaram ligeiros e o sábado chegou com muita expectativa.

O teatro estava ocupado em sua totalidade. O professor e Mme. Amélie deram-nos a honra de comparecer, em razão da minha despedida. Reservamo-lhes um lugar na primeira fila.

Quando executamos a primeira música, eu já percebia que aquela seria, conforme se confirmou, a melhor e mais inspirada performance da orquestra. Todos, sem exceção, colocaram o coração nas execuções, e ao final fomos aplaudidos de pé. Com indescritível emoção, nos abraçamos, entendendo que naquele exato momento o ciclo de um trabalho, que para todos nós significava uma grande etapa de vida, estava se encerrando.

A seguir, quando a *Orchestre de la Société des concerts du Conservatoire* iniciou suas primeiras notas, decidi que para mim a noite já havia cumprido seu propósito. Saí do teatro, levando comigo meu violino, meu companheiro inseparável, e, lá fora, sentei-me nos degraus do hall de entrada para pensar sobre tudo o que tinha vivenciado desde que havia pisado em terras francesas, num retrospecto de reconhecimento a todos que cruzaram meu caminho e ajudaram a transformar minha vida solitária numa bela sinfonia, de inspirados movimentos.

Elevei o pensamento numa oração de agradecimento ao Criador e a todos os seres que, do invisível, cuidavam para que meu destino fosse escrito em capítulos tão produtivos e harmoniosos.

Foi neste momento que Francesco me encontrou. Assim como eu, ele também havia dado a noite por concluída, e talvez também teve o ímpeto de ficar a sós com as lembranças.

Ele sentou-se ao meu lado em silêncio por um momento. Uma amizade construída com sinceridade, e fortalecida pelo propósito de serviços produtivos, conquista, com o tempo, outros sentidos para interagir. Por isso, as palavras foram desnecessárias. Nos abraçamos fortemente em despedida, e ele apenas desejou-me sorte.

♪♪♪

Deixei Paris numa quarta-feira, debaixo de uma chuva fina que insistiu em cair sem tréguas por dois dias consecutivos.

Um último adeus aos amigos, e a diligência avançou pelas ruas da cidade, deixando para trás o período mais intensamente vivido de toda a minha história.

O plano de viagem era seguir adiante, o quanto possível, e cumprir a média diária de 15 horas. Calculei que assim poderíamos encurtar em alguns dias o percurso de 845 quilômetros que nos separavam de Veneza. Enquanto o tempo permitisse, e a estrada oferecesse segurança, iríamos em frente.

Pedi ao cocheiro que não parasse enquanto os cavalos apresentassem sinais de que estavam em boa forma. Dormiríamos ao relento, se não houvesse como alcançar a próxima cidade. Tínhamos um planejamento minucioso e estratégico para as paradas nas estações de troca dos cavalos. Tudo deveria correr perfeitamente. Em troca das minhas exigências, lhe ofereci boa remuneração.

No tempo previsto para cruzar a fronteira da Suíça, no entanto, ainda estávamos em terras francesas, muito aquém do previsto. A chuva não dava trégua e, em cada parada, éramos avisados dos perigos de seguir adiante. As estradas estavam em más condições e, quando alcançavam as regiões mais altas, se tornavam traiçoeiras.

Minha ansiedade aumentava a cada dia.

Quando chegamos à milenar cidade de Besançon, berço do poeta Victor Hugo, no nordeste da França, já perto da divisa com a Suíça, o tempo piorou ainda mais, e tivemos de fazer uma parada que contrariava os planos. Dali não pudemos partir por quase uma semana.

A cidade era agradável, com seus quase 40 mil habitantes, revelando sua história em cada construção. Mas o fato de que tínhamos percorrido somente 325 quilômetros, num período em que, de acordo com meus cálculos, já estaríamos em Veneza, deixava-me inconformado.

Um dia, porém, o amanhecer trouxe a surpresa de um lindo sol invadindo o quarto do hotel em que eu dormia. Levantei animado e disposto a não perder nem mais um segundo. Quando procurei o cocheiro, ele já estava preparando os cavalos para partir. Era também da vontade dele que partíssemos logo, muito mais pela companhia difícil em que eu tinha me transformado – em consequência da minha ansiedade – do que por concordar que era seguro seguir adiante. Ele chegou mesmo a me advertir antes de acordarmos a partida:

– Os que estão vindo de Zurique, estão dizendo que as estradas estão muito ruins, e que enfrentá-las como estão representa uma aventura irresponsável. Mas você é quem manda. Se quiser, partiremos.

Naquele momento, perigo nenhum poderia ser motivo suficiente para me deter ali por mais tempo. Minha mente ansiosa só conseguia enxergar os belos raios do sol, que para mim representavam a esperança e um convite adornado com flores coloridas.

Assim, partimos bem cedo.

O dia foi bastante produtivo, embora a viagem estivesse sendo bem mais lenta que o previsto para aquelas estradas.

No meio da tarde, alcançamos a parte mais alta da região. O sol se escondeu, e o vento começou a anunciar que teríamos chuva para mais tarde. O cocheiro sugeriu que acampássemos ali mesmo, para não sermos surpreendidos pela noite em trecho de grande risco. Argumentei que a área não nos oferecia muita proteção, e insisti para que seguíssemos adiante. A intuição nos guiaria e nos mostraria o momento certo de parar.

Enquanto avançávamos a paisagem ia se modificando à nossa frente. Enquanto a luz do dia nos permitiu enxergar, pudemos observar os vales que se formavam abaixo dos limites da estrada.

A cada trecho percorrido, mais eu me conscientizava de que minha decisão não tinha sido acertada. A chuva começou a cair, e não encontrávamos local seguro para providenciar uma parada. A estrada ladeava as montanhas, forçando-nos a seguir muito próximo à beira de precipícios, cujo final não conseguíamos mais divisar, devido a noite já ter começado a estender seu manto negro sobre o vale.

A certa altura, percebemos que seguir adiante tinha se tornado impraticável. A chuva torrencial não nos permitia ver mais que dois metros à frente do caminho. O cocheiro fez os cavalos pararem no meio do nada. Sentimos, finalmente, a extensão do perigo em que nos encontrávamos. Tentei buscar o refúgio numa oração que não consegui articular. Lembrei-me da carta do professor, em que os Espíritos garantiam-me proteção para que eu atingisse meu objetivo, e acreditei que iríamos sair dali em segurança, embora eu não pudesse imaginar por que meios.

De repente, um forte relâmpago, seguido de estrondoso trovão, riscou o céu, assustando os cavalos. O cocheiro tentou controlá-los, empregando todas as suas forças nas rédeas. Os cavalos não concordavam entre si em que direção tomar. Todos os quatro demonstravam grande agitação. Em consequência de seus movimentos desordenados, a diligência começou a mover-se para trás, e nós sentimos que a situação estava saindo do controle.

De dentro da cabine, que até então tinha me mantido seco e confortável, comecei a ouvir os gritos do cocheiro. Eu não conseguia compreender o que ele dizia. Somente quando um novo relâmpago clareou a noite, e eu pude ver o abismo que se aproximava por trás da diligência, pude concluir que ele estava tentando avisar-me para que eu abandonasse o veículo. Não havia, no entanto, tempo suficiente para que eu tomasse mais nenhuma decisão. As rodas traseiras atingiram a beira da ribanceira, as da frente se levantaram, perdendo o contato com o chão, e o peso da diligência começou a puxar os cavalos para a queda inevitável.

Tudo aconteceu muito rápido. O veículo sendo arrastado para o fundo do vale, em intermináveis cambalhotas, me fez pensar que meu fim havia chegado. Em segundos, vários pensamentos passaram pela minha mente. Depois de tudo que vivi, seria assim que meus dias na Terra iriam terminar? Teria sido um erro acreditar naquela carta e partir? Ou seria isso consequência da minha decisão irresponsável de desafiar o tempo e os conselhos recebidos?

Não sei quanto tempo durou a queda, mas sei que antes que eu pudesse chegar a qualquer conclusão, minha vida inteira passou em segundos pela minha mente. Em seguida, perdi a consciência, em decorrência das pancadas que recebia por todos os lados, e não vi quando e nem em que condições chegamos ao fundo daquele abismo.

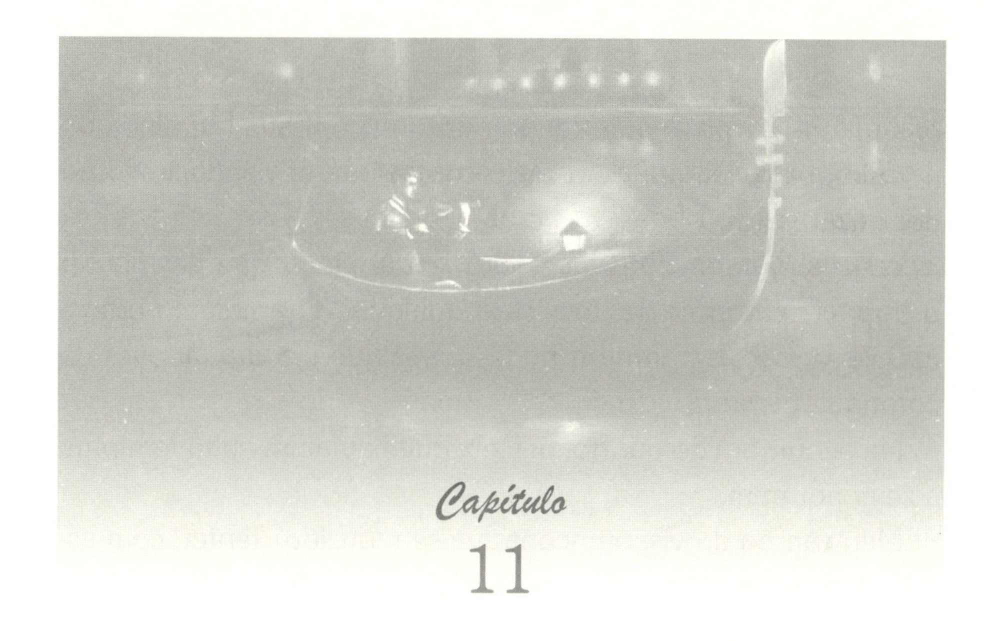

Capítulo 11

> *Questionei se aquela situação fazia parte do plano dos Espíritos*

Recuperar a consciência após um acidente de tamanha dimensão traz naturalmente a questão: estarei ainda na Terra entre os vivos?

Eu não tinha muito tempo para tentar encontrar a resposta, porque os momentos de lucidez eram curtos, e logo eu voltava à perturbação mental e à inconsciência. Depois de um longo tempo, o qual eu não pude dimensionar, quando consegui sustentar-me definitivamente no estado de lucidez, percebi que, ao menor movimento que tentasse executar, a dor se apresentava desestimulante. Pelo menos sabia que ainda possuía um corpo, e que, sendo assim, encontrava-me ainda no mundo dos vivos, ou, de acordo com os novos conhecimentos, dos encarnados.

Eu estava num confortável leito, em um local que parecia ser o quarto de dormir de uma casa qualquer. O ambiente estava mal iluminado, embora eu pudesse ver que era dia, através da cortina semiaberta.

Na penumbra do quarto, percebi que havia um vulto feminino a zelar por mim.

Meu campo de visão encontrava-se reduzido. Tentei, com esforço, tocar em meu olho esquerdo que me incomodava bastante. Percebi que ele estava tampado por uma bandagem, que também envolvia toda a minha cabeça.

A moça, percebendo que eu havia recobrado a consciência, aproximou-se um pouco do meu leito.

– É melhor não fazer nenhum esforço, senhor – ela disse. – Tudo vai ficar bem – completou com sua voz suave.

Aquele tom de voz parecia-me familiar, mas eu não conseguia ver sua feição. Em minha mente, ainda havia muita confusão. Eu não tinha a perfeita noção do que havia acontecido. As lembranças foram voltando aos poucos. Por isso, mantive-me em silêncio durante longo tempo, permitindo o despertar da memória.

Preocupei-me com a situação do cocheiro e perguntei por ele. Queria saber como eu teria ido parar ali, e qual era a minha real situação. Ela, no entanto, me aconselhou a não conversar, e as dores convenceram-me a concordar com ela. Atenciosamente, ela me avisou que iria chamar alguém que pudesse me dar todas as explicações.

Senti-me culpado por aquela situação. Eu tinha colocado nossas vidas em perigo, e agora a incerteza sobre o estado do cocheiro pesava em minha consciência. Tivesse tido a paciência de esperar o momento certo, e ainda estaríamos seguros e protegidos. Lembrei-me de Mme. Rivail a falar sobre a hora certa de todas as coisas. Questionei se aquela situação fazia parte do plano dos Espíritos em me guiar de volta para Anna, ou eu teria posto tudo a perder. Roguei, em pensamento, uma resposta, que não demorou a chegar.

A moça entrou no quarto acompanhada de um homem que, na penumbra, não tive como observar as feições. Ele entrou curioso, e pôs-se a me observar de perto, julgando-me, talvez, ainda inconsciente.

– O que aconteceu? – perguntei.

Ele se assustou, a princípio. Depois, mostrou-se aliviado.

– Antonio, Deus é grande! – ele disse emocionado.

Reconheci pela voz que era o cocheiro e observei que ele se apresentava em perfeitas condições fisiológicas.

– Parece que você não quis dividir comigo as dores – brinquei.

– Eu fiz o que pude, Antonio, mas quando vi que minha luta era em vão, saltei, antes da carruagem descer o despenhadeiro. Pensei que você não sobreviveria. Foi um milagre! Corri para buscar ajuda, e encontrei esta gente generosa, que se prontificou a socorrê-lo.

– E os cavalos?

– Os que sobreviveram à queda tiveram de ser sacrificados. Estavam com as pernas quebradas.

– Não se preocupe, eu o ressarcirei do prejuízo.

– Podemos alugar uns cavalos por aqui, e quando voltar os devolvo. A diligência, sim, esta não tem conserto. Também terei de encontrar quem me alugue uma.

– Pois tome as providências necessárias. Assim que o tempo melhorar, partiremos.

A moça, que até então ouvia o diálogo em silêncio, foi até a janela e abriu a cortina, deixando a claridade invadir o quarto.

– O tempo já melhorou, mas o senhor parece ainda não ter a noção do seu estado – ela disse, voltando-se para mim.

Com a visão ainda ofuscada pela claridade repentina, pude lentamente ver se desvelar o rosto da moça. E, então, naquele momento, fui tomado de enorme surpresa. Ela em tudo se parecia com Anna, e sua voz suave, que havia me despertado o sentimento de familiaridade, parecia confirmar o que eu via. Estava mais magra, os cabelos mais longos e malcuidados, e tinha uma cicatriz na maçã direita do rosto. Mas não havia como eu estar enganado.

– Anna! Precisei quase perder a vida para encontrá-la – eu disse.

Eu estava emocionado, e sorria com os olhos úmidos. Tentei levantar a cabeça, não acreditando em minha visão. Senti uma enorme dor do lado direito do tórax. O cocheiro desaconselhou-me a tentar qualquer movimento.

A reação dela causou-me ainda maior surpresa. Ela pareceu não me reconhecer, e tratou-me como se estivesse diante de um doente em estado de alucinação. Eu não entendi nada, e repetia seu nome, ansioso por não conseguir me movimentar como queria.

Minha vontade era de me levantar do leito e abraçá-la. Contar-lhe sobre cada aventura vivida na tentativa de encontrá-la. Também sobre os dias em Paris, e como eu teria tornado a composição da mesa conhecida e admirada. Eu estava ansioso para lhe dizer que acreditava nas mesas girantes e lhe contar tudo que eu havia aprendido com o professor.

Mas ela se mantinha numa atitude estranha e, de certa forma, hostil, como se estivesse assustada com a minha conversa.

– Sou eu Anna, Antonio – insisti, pensando que ela poderia não ter me reconhecido com todos aqueles curativos. – Fui de Veneza a Paris, para lhe dizer que acredito em você, e venho encontrá-la aqui. Que destino...

Uma senhora de meia-idade, vestido comprido e avental, entrou no quarto me interrompendo. Parecia ansiosa, e demonstrou não gostar da forma com que eu me dirigia à Anna.

– Vejo que já está se recuperando – ela disse, posicionando-se entre mim e Anna. – Meu marido e eu pensamos que não sobreviveria.

– Agradeço, senhora – eu disse. – Acho que ainda não era a minha hora.

Eu queria ter meus olhos somente em Anna, mas ela estranhamente esquivava-se, procurando permanecer oculta pelo corpo de boas proporções daquela senhora.

– A propósito, esta é minha filha Celine – ela disse, referindo-se à Anna e deixando-me bastante confuso.

Estaria eu enganado? Seria apenas alguém que se parecia com ela? Talvez a pancada muito forte na cabeça tivesse causado algum tipo de lesão que me confundia a mente, cogitei.

A senhora falou-lhe algo em segredo, e Anna saiu do quarto em seguida. Acompanhei-a com os olhos. Ela agia como se nunca tivesse me visto antes. Depois, a senhora começou a relacionar para mim os danos causados pelo acidente em meu corpo: uma ferida na cabeça e grande inchaço no olho esquerdo; a perna direita possivelmente quebrada e ranhuras por todo o corpo.

Não sabia ela, no entanto, que provavelmente eu teria também várias costelas quebradas, justificando tamanha dor do meu lado direito. O estranho era que ela descrevia tudo com certa secura na voz, como se me culpasse por tudo, ou considerasse minha presença um grande incômodo.

– Senhora, por que disse que ela é sua filha? – eu disse. – Conheço-a há muito tempo, e ela se chama Anna. Morávamos em Veneza, antes de ela vir para a França.

Ela não deu importância à minha pergunta, que pareceu bastante inoportuna, porque ela ajeitou algumas coisas no leito e deixou o quarto em seguida dizendo:

– Procure descançar e se recuperar. Isto aqui não é um hotel.

Não entendi o motivo de inesperada hostilidade. Olhei para o cocheiro, que tinha sobre mim um olhar de compaixão. Percebi que ele também julgava que eu estivesse fora de minha sanidade.

– O que aconteceu com a generosidade? – perguntei-lhe, irônico.

Ele deu de ombros.

– Esta é a Anna – eu disse. – Não pode haver duas pessoas tão semelhantes no mundo.

Com meu comentário, o olhar do companheiro tornou-se ainda mais compassivo. Julguei ser melhor seguir as recomendações da senhora. A fraqueza física exigia-me descanso. A mente, no entanto, não conseguia relaxar diante de tão estranha situação.

Dormi boa parte daquele dia. Embora a hostilidade recebida, eu estava tendo os cuidados necessários.

Ao anoitecer, a moça veio novamente aos meus aposentos, trazendo uma bandeja com um prato de sopa rala e pão, a típica refeição de alguém em minhas condições.

Ela me ajudou a erguer um pouco o corpo e ajeitou o travesseiro para que eu pudesse sorver melhor o caldo. Eu não sabia mais o que lhe dizer, pois ela continuava se comportando como se nunca tivesse me visto. Naqueles poucos instantes, percebi que, mesmo que eu estivesse com a razão, algo de muito estranho estava acontecendo com ela. Não poderia estar dissimulando.

Quando, porém, ela pegou o prato de sopa da bandeja e me entregou, pude perceber o formato de suas mãos, que tantas vezes eu havia admirado ao piano. Se aquela não era Anna, Deus teria criado duas pessoas incrivelmente semelhantes.

– Há quanto tempo vive aqui? – Não pude me conter mais.

– Desde que nasci – ela disse, sem muita afetação.

– Conhece Veneza?

– Nem sei onde fica.

Eu não conseguia desviar meus olhos, mas ela não pareceu se incomodar.

– Encontramos um violino entre seus pertences – ela disse. – Gosto de música. Quando estiver melhor, pode tocar para nós?

Somente com este comentário eu me dei conta de que o destino tinha sido generoso ao polpar-me as mãos. Havia nelas somente pequenas escoriações, nada de mais sério. Prometi que, assim que possível, tocaria com muito prazer. Com o decorrer do diálogo, eu já não me importava se a situação era estranha. Estar diante dela trazia-me grande conforto à alma. Ouvir sua voz era como saborear doce melodia.

No momento em que eu terminava a refeição, a senhora entrou no quarto acompanhada de outro homem, também de corpo bem proporcionado, pele queimada pelo sol e trajando roupas típicas daquela região rural francesa.

Anna pegou a bandeja com o prato e deixou o quarto.

– Este é meu marido – a senhora disse.

– Vauban – ele disse, estendendo a mão, num gesto bastante cordial.

Apresentei-me e agradeci por toda a ajuda recebida, e também pela hospedagem. Avisei-lhe que estava em condições de pagar pela ajuda, mas ele não pareceu interessado. Apenas disse:

– Vendo-o assim a conversar, posso reafirmar minha crença de que Deus existe. Você tem noção da altura que separa este vale da estrada de onde despencou?

Olhei-o sem palavras. Eu sabia apenas que a carruagem tinha descido o penhasco, mas não tinha ciência das proporções do perigo a que eu havia sido arremessado.

– Ninguém jamais sobreviveu à queda – disse a senhora.

O marido olhou-a de forma estranha. Não entendi o que se passou, mas a mim pareceu que um diálogo sem palavras desenvolveu-se entre eles. Depois, ele disse:

– Não temos um hospital na vila. O padre Lucas tratou da sua perna. Ele tem conhecimentos de medicina e, quando o caso é grave, apelamos para ele.

– Um padre com dons medicinais! – eu comentei, admirado.

– Mais do que medicinais – ele disse. – A reza dele já curou muita gente.

O Sr. Vauban era um homem simples, de falar calmo, com um semblante que refletia amizade e, apesar da idade aparente de uns 50 anos, assim como a esposa, demonstrava certa pureza, como um menino que ainda se encanta com as surpresas da vida.

Simpatizei com ele logo no primeiro contato. Bem diferente da esposa, deixou-me bastante à vontade para permanecer o tempo que minha recuperação exigisse.

Capítulo 12

> "Percebi em seu olhar um pedido que, talvez, nem ela mesma tivesse consciência de estar expressando"

Nessa limitada rotina, meus dias iam se passando, e a natureza realizava seu labor lento e silencioso, curando-me as feridas.

A disposição aumentava a cada dia, porém, o corpo estava ainda enfraquecido, devido ao longo e forçado repouso. Eu era bem tratado e nada me faltava.

A bandagem da cabeça foi retirada cuidadosamente por Anna, ou Celine, como a senhora insistia em chamá-la. Meu olho esquerdo estava intacto, mas havia um grande hematoma à sua volta. A visão, a princípio bastante enevoada, foi aos poucos se recuperando. Havia uma ferida na parte superior esquerda da cabeça, que já estava em processo de cicatrização bem adiantado. Minha perna mostrava sinais de melhora, e eu já conseguia realizar os movimentos para sentar na cama com certa facilidade, pois as costelas já não doíam tanto.

Aproveitei os dias para ler o livro do professor. Se os cadernos me despertaram a curiosidade, aquele livro simplesmente me arrebatava. As perguntas e respostas que o compunham, investigando o mundo invisível, iam sendo desdobradas de forma inteligente, demonstrando a habilidade didática e a perspicácia de seu autor.

Falava sobre Deus, o princípio das coisas, a formação dos mundos e dos seres vivos. Havia um interessante capítulo sobre a pluralidade dos mundos habitados, que tiraria o fôlego de qualquer cientista. Também li sobre a vida do Espírito após a morte e sobre a justiça da reencarnação. Era um livro fantástico! Saber da história que envolvia a sua origem, e ter conhecido seu autor, tornava-o ainda mais especial.

Uma capítulo chamou-me a atenção. Tratava sobre os *anjos guardiães* ou *Espíritos protetores*. Dizia que todos temos um amigo espiritual, que está unido a nós e nos protege por toda a vida. Lembrei-me de Georgette, contando suas histórias sobre seu *amigo do Céu*. Senti saudades, ao recordá-la. Aquela criaturinha era uma lembrança muito especial. Desejei revê-la e perguntar-lhe mais sobre seu amigo. Eu não a julgaria mais como uma criança tentando ocultar em fantasias suas carências da orfandade. Percebi que as crianças têm muito a nos ensinar, pois enxergam verdades simples que os adultos não compreendem. Têm puro o coração. *"Bem-aventurados são os que se lhes assemelham."*

Ao final das perguntas sobre o tema, havia uma linda nota que me surpreendeu, não somente pelo encanto, mas também pelo autor: Santo Agostinho.

"É uma doutrina que deveria converter os mais incrédulos pelo seu encanto e pela sua doçura: a dos anjos guardiães. Pensar que se tem sempre perto de si seres que vos são superiores, que estão sempre por perto para vos aconselhar, vos sustentar, vos ajudar a escalar a áspera montanha do bem, que são os amigos mais seguros e mais devotados do que as mais íntimas ligações que se possa contrair sobre a Terra, não é uma ideia bem consoladora? Esses seres aí estão por ordem de Deus. Ele os colocou junto de vós e aí estão, por seu amor, cumprindo uma bela, mas penosa missão. Sim, onde estejais, ele estará convosco; as prisões, os hospitais, os lugares de devassidão, a solidão, nada vos separa desse amigo que não podeis ver, mas do qual vossa alma sente os mais doces estímulos e ouve os sábios conselhos."

Lembrei-me do professor a dizer sobre a possibilidade de a Igreja utilizar-se das comunicações oferecidas para receber instruções diretamente de seus santos. Este complexo de revelações sobre a vida espiritual tinha vindo mesmo para regenerar a humanidade. A mente mais treinada no vício da negação teria de se dobrar diante da lógica contida naquelas páginas.

Agradeci a Deus mais uma vez por todas as oportunidades que me foram dadas de estar em contato com a Nova Revelação. Sentia a proteção sobre a qual o livro falava. Mãos invisíveis estiveram preparando meu caminho e conduzindo-me em minha jornada. Mesmo quando tomei a decisão inconsequente de enfrentar a viagem, com todos os avisos contrários, eu não fui desamparado. Se me encontrava ainda vivo, agora eu sabia que era devido à proteção espiritual.

Uma nova lição revelou-se para mim: mesmo que fosse o meu destino encontrar-me com Anna – em meu coração eu não tinha dúvidas de que era ela –, forçá-lo, havia me trazido sérias consequências. As sábias palavras de Mme. Rivail não foram dirigidas a mim por acaso. Paciência era a virtude que ainda me faltava conquistar.

Num desses dias, enquanto estava envolvido com a leitura, ouvi doce melodia, que me arremessou às lembranças das manhãs de quarta-feira e dos ensaios na casa do Sr. Giovanni.

Com um pouco de esforço, levantei-me da cama. Queria saber quem tocava o piano e de onde estaria vindo a música. Na verdade, queria saber se teria a alegria de ver confirmadas minhas suspeitas.

Minhas vistas escureceram e senti tontura, mas, em pouco tempo, a sensação passou. Com muito cuidado, consegui firmar a perna machucada no chão, mas ainda não podia sustentar o peso do corpo.

Caminhei lentamente pela casa. O quarto dava em uma sala com uma mesa de refeições, e mais adiante havia outra sala, de onde vinha a música. Aproximei-me silenciosamente. Minha visão lançou-me ao passado, ao ver Anna dedilhando o piano, com seu estilo inconfundível para mim, que conhecia intimamente sua musicalidade. Se em meu coração houvesse ainda alguma dúvida, aquela seria a prova final.

Aproximei-me silenciosamente e sentei-me numa cadeira ao lado do piano. Ela pareceu não se importar com minha presença e continuou a tocar. Suas mãos, deslizando suavemente sobre o teclado, enchiam minh'alma de doces lembranças e traziam-me novas esperanças.

Naquele momento, tudo parecia tão perfeito, que era ainda mais difícil para mim compreender com que tipo de situação estava ela envolvida, tendo aquele comportamento tão estranho e inexplicável. Teria passado por algum trauma e perdido contato com sua própria realidade? Seria esta a mensagem da carta, dizendo que a ave ferida precisava encontrar seu rumo?

Admirando-a em silêncio, eu cismava sobre como o destino teria nos afastado e nos unido. Havia, no entanto, um grande mistério a ser solucionado. Se antes era a distância física que se interpunha entre nós, agora, mesmo próximos, a distância que se apresentava era mais complexa e obscura.

Despertei de minhas conjecturas, quando ela tocou as últimas notas e disse:

– O momento com o piano é o único em que consigo encontrar-me comigo mesma. É como se a música me levasse a um lugar que não sei onde fica, mas que me faz muito bem.

Seu comentário me surpreendeu e, ao mesmo tempo, abriu espaço para que eu pudesse investigar suas memórias.

– Onde aprendeu a tocar tão divinamente? – perguntei.

– Obrigada, Antonio! – disse, tímida. – Não sei, apenas toco porque gosto.

– Seu pai ficaria orgulhoso de vê-la tocando assim! – provoquei, levando em conta o fascínio do Sr. Giovanni pelos talentos da filha.

– Meu pai está sempre trabalhando. Mas ele gosta quando toco. Acho que minha mãe gosta mais que ele. Muitas vezes, a surpreendi com lágrimas nos olhos, ouvindo-me tocar.

A resposta não tinha sido a esperada. Ouvi-la falar sobre esta realidade que não lhe pertencia era frustrante. No entanto, percebi que ela se sentia à vontade com minha presença, como nos tempos de nossos ensaios. Eu precisava encontrar uma forma de reconectá-la com suas memórias reais, e a música que nos uniu talvez fosse a ponte ideal para nos reaproximar.

Se qualquer palavra que eu pudesse dizer não fazia parte de sua realidade atual, a linguagem dos sentimentos talvez tivesse o poder de penetrar a dimensão onde sua verdadeira personalidade dormia, e trazê-la de volta. Acreditando nisso, pedi a ela que fosse até meu quarto e trouxesse minha pasta de músicas, que encontrava-se em um dos baús resgatados do acidente junto comigo, e também o violino.

Escolhi, entre as partituras, uma de minhas composições, que costumávamos tocar, a qual eu sabia que ela gostava muito. Afinei o instrumento e convidei-a para me acompanhar.

A princípio, ela pareceu estar diante de desconhecida composição, mas, à medida que dedilhava as notas introdutórias, sua mente profunda parecia despertar, porque ela logo sentiu-se à vontade com a execução.

Tocamos juntos, num belo momento em que ela parecia irradiar luz. Seu sorriso revelava a alegria de seu Espírito em contato com ignoradas lembranças. Ao final, mantive-me em ansiosa expectativa.

– Quem é o autor de tão linda composição? – ela disse, fazendo-me voltar à realidade.

– Parece-me que você já a conhecia antes – provoquei.

– Soa familiar para mim, embora eu não me lembre de tê-la ouvido.

Percebi que precisaria de um pouco mais de esforço e tempo para conseguir algo de mais positivo que aquela resposta. Mas já era um bom começo. Aproveitei aquele momento em que nossa proximidade fluía harmoniosa e trouxe à cena outras composições que costumávamos tocar juntos. Foram momentos mágicos, que há muito eu não vivia.

Ao final, ela insistiu sobre a autoria das composições.

Julguei ser o momento ideal para forçar um pouco mais sua memória.

– São todas de minha autoria, Anna – eu disse. – Fazem parte do acervo de nossos ensaios em Veneza, não se lembra?

Ela olhou-me nos olhos por um momento.

– Por que me chama de Anna? – ela disse, mudando completamente sua expressão. – Meu nome é Celine e eu já lhe disse que não sei onde fica este lugar.

Senti-me perdido com sua resposta.

– Como pode não se lembrar? Não percebe como você toca com desenvoltura todas elas? – eu disse.

Depois, deixando de lado todo o cuidado com que até então eu a abordava, lancei-me numa tentativa desesperada de fazê-la se lembrar:

– Ensaiávamos às quartas-feiras em sua casa. Seu pai contratou-me para que eu pudesse ajudá-la em seu desenvolvimento musical. Lembra-se de Benedetto, o flautista? Estive com ele em uma reunião com a mesa. A mesma mesa que tanto lhe encantou. Lembra-se de quando seu pai trouxe aqueles franceses com uma proposta de tocar em Paris? Você queria ser intermediária dos Espíritos e compor sob a inspiração deles. Você chegou a me convidar para acompanhá-la na viagem. Eu sei que fui estúpido em recusar, mas depois resolvi procurá-la e você já havia partido. Desde então, dediquei minha vida a reencontrá-la. Fui até Paris, onde lhe procurei por mais de um ano. Agora o destino me trouxe até você... O que lhe aconteceu, Anna? Por que você insiste em agir como se não me conhecesse, se a música que nos une me prova o contrário?

Ao final de minha fala, ela tinha uma lágrima que finalmente rolou por sua face.

– Não me lembro, Antonio – ela disse, olhando ainda em meus olhos.

Percebi em seu olhar um pedido, que talvez nem ela mesma tivesse consciência de estar expressando.

– Não sei quem são estas pessoas das quais você me fala – ela disse, demonstrando tristeza. – Não me recordo de muitas coisas de minha vida. Não me lembro da minha infância, nem como aprendi música. Somente sei que meu nome é Celine, e não Anna. Sinto desapontá-lo.

Ela me olhava ternamente, como outrora fazia.

– Seja como for, esta moça tem muita sorte em ter alguém como você.

Ela disse isso e levantou-se, enxugando a lágrima, na intenção de retirar-se de minha presença.

– Espere – insisti, superando o desalento que suas palavras me trouxeram.

Procurei entre as partituras a composição original ditada pela mesa, a qual ela havia me entregado antes de partir.

– Esta música é a prova. Você a levou para mim naquela manhã antes de partir. Você queria me provar sua crença nos Espíritos, e eu não lhe dei ouvidos.

Ela tomou nas mãos a partitura e a leu cuidadosamente. Depois colocou-a em cima do piano, sem mais comentários. Cada tentativa que eu fazia, parecia trazer-lhe mais angústia.

Naquele momento sensível, para meu desagrado, a senhora, que tinha acabado de chegar da rua, entrou na sala, nos surpreendendo.

Parou na porta, como que analisando a situação. Percebendo Anna a enxugar o rosto com as mãos, pediu a ela que se retirasse. Sozinha comigo, começou novamente seu tratamento hostil.

– Se já se encontra em condições de levantar-se e caminhar, acho que é hora de partir.

Eu não estava, naquele momento, disposto a continuar a aceitar sua hostilidade sem uma razão que a justificasse. Ela parecia considerar a minha presença como algum tipo de ameaça à sua paz. No entanto, eu sabia que não podia enfrentá-la, pois corria o risco de perder a hospedagem e o contato mais próximo com Anna. Mesmo assim a enfrentei:

– O que está acontecendo aqui? Por que diz que Anna é sua filha? O que se passou com ela? Parece ter perdido todas as lembranças do seu passado. Eu só quero ajudá-la, não quero lhe fazer mal.

– Você já está nos fazendo um grande mal. Meu marido providenciará para que tenha logo uma carruagem à sua disposição – ela disse secamente, deixando-me em seguida a sós com minhas interrogações.

Naquela noite, quando o Sr. Vauban chegou do trabalho, eu a ouvi, por uma obra do acaso, consultá-lo sobre as providências para minha partida. Ele, pacientemente, disse a ela que eu precisaria de mais tempo para uma recuperação, dentro do prazo previsto pelo padre que havia me atendido. Percebi que minha estadia estava garantida por mais alguns dias.

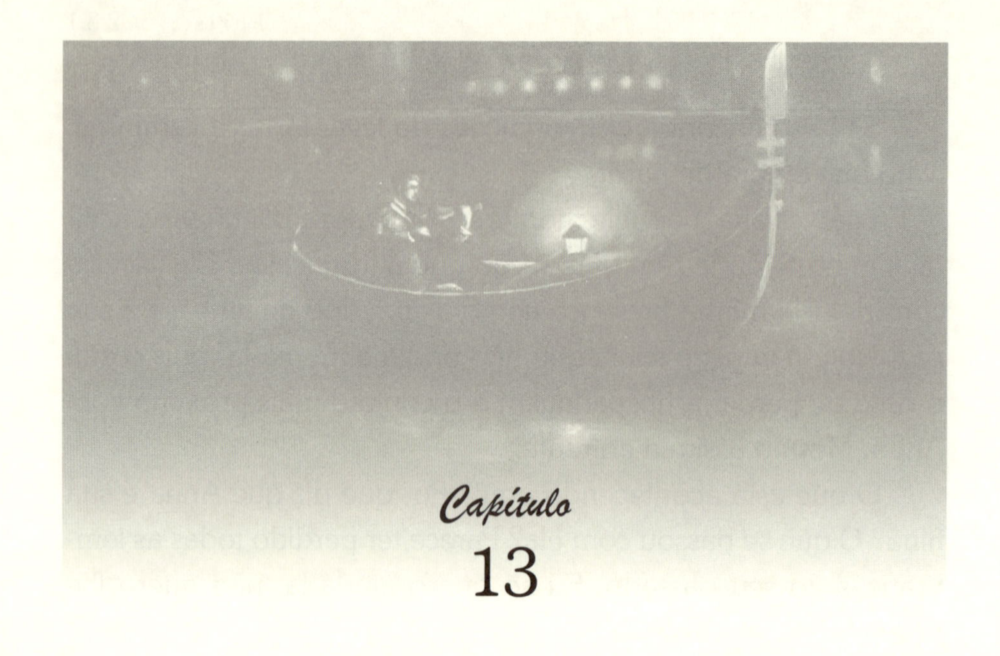

Capítulo 13

> *Por ela, o destino me fez despencar daquela estrada*

No domingo pela manhã, sentindo-me bem mais confiante para caminhar – mesmo que lentamente e amparado por uma bengala –, resolvi aceitar o convite de acompanhar a família até a missa na igreja da vila. Eu precisava sair daquele aposento, onde já estava internado por quase três semanas. A casa já estava ficando pequena para mim e aquela senhora, sempre impondo sua presença entre Anna e eu. Sentia-me angustiado e ansioso, precisava arejar a mente.

O ar sereno daquela manhã fez-me muito bem. O sol banhava o vale e a montanha por trás da casa. Lá estava a estrada, numa altura que me fez pensar sobre o quanto eu havia sido protegido para estar ainda vivo. A casa era a primeira da vila, por isso, o cocheiro teria ido justamente ali em sua busca por socorro.

Àquela hora da manhã, a vila já estava movimentada. Ela era pequena, de poucas ruas. Seus habitantes, por serem católicos praticantes – ou por não terem nenhum outro lugar aonde ir –, estavam todos se dirigindo à igreja, que também era modesta, condizente com as condições do lugarejo.

O padre Lucas causou-me boa impressão. Eu esperava ver um homem velho – com sua batina larga para ocultar as consequências de seus excessos à mesa –, que provavelmente leria todo o sermão, fazendo-nos repetir mecanicamente a liturgia. No entanto, ele era jovem, provavelmente na casa dos 40, físico bem distribuído, sem excessos, e um semblante muito pacífico.

Sua feição trazia-me à memória os padres franciscanos. Não leu uma linha sequer durante o sermão. Sua fala foi toda improvisada, e de muita inspiração. Por coincidência, o tema era sobre paciência e fé nos desígnios da Providência Divina. Bem apropriado para minha nova situação.

Após a missa, a família levou-me até ele para que eu pudesse agradecer ao meu benfeitor. Aliás, um deles, no meio de tantos.

Ele demonstrou alegria ao me ver recuperado. Disse que considerava um milagre o fato de eu ter sobrevivido ao acidente e acrescentou:

– Quando alguém sai vivo de um acidente assim é porque Deus pôs a mão embaixo. Deve haver um bom motivo para que Deus o tenha poupado.

Após ter tomado ciência da altura daquele precipício, eu não poderia discordar do comentário. Apenas olhei para a senhora, que desviou o olhar.

Nossa conversa foi rápida, porque outros paroquianos queriam a bênção do Padre Lucas.

Naquela mesma tarde, no entanto, voltei à igreja. Após conhecer o padre, algo me dizia que fazer-lhe uma visita poderia trazer alguma luz à minha emoção tão perdida.

Também estava curioso sobre como seria a opinião dele a respeito do fenômeno das mesas, embora não tivesse ainda ciência se sua manifestação teria chegado àquela vila. Mesmo assim, arrisquei, e levei comigo um dos exemplares do livro do professor.

Fui recebido com a mesma simpatia da manhã. Ele me convidou para uma conversa em seu gabinete.

Entreguei-lhe o livro. Disse tratar-se de um presente pela generosidade com que havia me atendido. Ele o folheou, demonstrando bastante interesse e perguntando-me, ao final, pelo autor.

– É de autoria de um amigo – expliquei. – Um professor de Paris que conversa com os Espíritos. Por certo já ouviu falar no fenômeno das mesas que giram e falam...

– Interessante! – ele disse, sem retirar os olhos do livro. Não parecia, no entanto, ter ouvido minha pergunta. Tinha a atenção absorvida pelas páginas, expressando certa inquietação.

– Ele estudou o fenômeno por muitos anos – expliquei, mesmo assim. – Aí estão as respostas dadas pelos Espíritos, aqueles que vivem do "outro lado", padre, sobre os mais variados aspectos da vida. Sei que a Igreja não aprova a ideia de que os mortos podem voltar e se comunicar, nem que podemos voltar à Terra para outra encarnação, mas...

– Encarnação... – ele disse, finalmente, deixando o livro para me olhar fixamente. – Que sabe sobre isto?

Eu não pude, no primeiro instante, identificar o objetivo da sua pergunta. Mesmo assim, respondi:

– Pelo que sei, depois da morte, passamos um tempo no Mundo Espiritual para reavaliação da nossa jornada terrena e depois voltamos para uma nova vida. O corpo morre, mas o Espírito se mantém vivíssimo, indo e vindo por muitas reencarnações. Quando desencarnado, ou seja, vivendo como Espírito, pode até mesmo comunicar-se com os vivos, conforme eu mesmo tive a oportunidade de presenciar.

– Então este professor acredita que não são somente os santos que podem falar conosco... – ele disse, concluindo minha explicação.

– Bem, acho que do jeito que a coisa está acontecendo, o privilégio não é só para os que têm auréola.

Fiquei surpreso com o interesse demonstrado pelo padre Lucas. Eu esperava da parte dele uma contestação, uma réplica, talvez mesmo uma negação, com um possível sermão para finalizar. Ele, no entanto, ficou em silêncio olhando para o livro, demonstrando uma angústia que parecia roubar-lhe as palavras. Depois de um tempo, relatou-me algo que me deixaria ainda mais surpreso, e me faria perceber que eu tinha acertado em atender à intuição de visitá-lo.

– Antonio, desde criança, convivo com um problema que já me causou muitas desavenças com meus superiores. Eles não acreditam que os santos falam comigo. Dizem que, se os santos quisessem falar com os mortais, procurariam o Papa ou alguma autoridade eclesiástica, e não a mim.

Eu busquei neles alguma orientação para entender este fenômeno, que me acontece de forma tão natural, mas não deram crédito às experiências que lhes contava. Por causa disso, tive minhas atividades como padre suspensas, e somente com a intervenção protetora de um amigo, um bispo de Paris, pude continuar meu trabalho. Mas logo transferiram-me para esta vila, procurando ocultar do mundo a minha existência e a minha capacidade de falar com os santos.

Ele levantou-se de sua mesa de trabalho e dirigiu-se à estante de livros, trazendo de lá uma caixa. Abriu-a, e o que revelou a mim deixou-me estarrecido. Havia nela várias folhas de papel escritas de uma forma que me lembrava a carta que o professor havia me entregado.

– Há alguns anos, eu comecei a sentir enorme vontade de escrever – ele disse. – Pensei em escrever um livro de memórias, contando sobre minhas experiências e compartilhando as mensagens que recebia dos santos. No entanto, quando eu pegava o lápis, perdia o controle de minhas mãos, que escreviam sem parar, numa velocidade acima da minha capacidade. A princípio, não entendi o conteúdo das mensagens. Umas estão até em Línguas que eu desconheço.

Pedi-lhe permissão para analisá-las. Constatei que eram mensagens com destino pessoal e que estavam assinadas ao final por diferentes autores. Falavam de saudade, consolavam os entes queridos e davam notícias de parentes falecidos.

– Mas isto são cartas, padre! Conhece os destinatários?

Minha pergunta pareceu aumentar sua angústia. Percebi que aquilo lhe causava grande desconforto, e que, certamente, ele não teria com quem compartilhar. Isso justificaria sua confiança prematura em revelar a mim algo tão pessoal.

– Este, Antonio, é o grande problema que me tira a tranquilidade, e que me faz pensar que não sou digno da confiança de meus paroquianos.

– Então o senhor tem ciência para quem estas mensagens são dirigidas?

– Sim, Antonio. Recebo em presença deles. Mas eles não sabem disso.

– Como é possível?

O padre ajeitou-se na cadeira, como quem busca coragem para revelar um grande segredo, ou contar sobre grande falta. Depois, disse:

– Logo quando cheguei aqui e comecei a receber os paroquianos para suas confissões, eu levava para o confessionário o lápis e as folhas de papel, no ensejo de escrever o que lhes prescrevia. Nunca gostei de penitências, embora eles mesmos me pedissem. Escrevia conselhos apenas, normalmente relativos à mudança de hábitos, maior assiduidade nas orações, coisas assim.

– Como uma receita médica – observei.

– Sim. Uma velha mania – concordou. – Um dia minha, mão começou a escrever sem controle, e ao final percebi que se tratava de uma carta. Não a entreguei à pessoa que se confessava comigo, a quem a carta parecia ser destinada, para ter a oportunidade de analisá-la com cuidado.

A partir daquele dia, a cada confissão, eu recebia uma nova carta, que constatei serem de parentes que já haviam morrido. Como o confessionário me proporciona total privacidade, eles não podiam ver se eu escrevia ou não, o que tornava fácil ocultar deles o fato de eu estar escrevendo durante suas confissões. Nunca revelei isto a ninguém. Sofreria grande perseguição por parte dos meus superiores, e certamente perderia a batina.

– Mas padre, talvez seja esta a sua missão.

– Minha missão é a de guiar meus fiéis e ampará-los em suas necessidades espirituais. Se eu for banido da igreja, não poderei mais exercer esta função.

Eu estava admirado com a situação. Compreendia seus temores e percebia que o Mundo Espiritual não estava mesmo restringindo sua manifestação. Estava oferecendo-a livremente a quem quisesse dar-lhe atenção.

– O senhor tem outros dons que outros padres não possuem? – eu disse, buscando investigar suas aptidões. – Disseram-me que sua reza é capaz de curar.

– Tenho muita fé em Deus, Antonio. E em nosso Senhor Jesus – ele disse.

Após uma pausa, no entanto, em tom bem-humorado, relatou:

– Mas uso também as técnicas da Magnetização Mesmeriana. Afinal, Jesus Cristo cura, mas precisa de nossas mãos aqui na Terra para fazer seu santo trabalho.

Eu estava admirado. Aquele padre não era como os outros. Parecia entender os limites da religião e de seus seguidores. Para o mundo, era um padre como todos os outros. Revelava-se a mim, no entanto, com seus dons surpreendentes e sua mente aberta a verdades e práticas que não faziam parte do contexto eclesiástico. As técnicas do grande magnetizador Mesmer eram baseadas no uso da energia vital dos organismos, de modo que o aplicador transmitia sua própria energia para o doente.

– O livro que melhor nos ensina, Antonio, é o livro da vida – continuou. – Quando as regras surgem para limitar nossa instrução espiritual a textos preestabelecidos, nossa alma fica aprisionada. Talvez um dia possamos nos livrar dessas lideranças, que criam prisões mentais através da doutrina do medo, e possamos viver em maior contato com a verdade que liberta.

Eu acompanhava suas ideias em total consonância, embora nunca tivesse imaginado poder compartilhar tais pensamentos com um padre. Discordava apenas de sua omissão, mas compreendia os motivos de sua angústia.

– Admiro sua lucidez, padre. Vejo que as pessoas desta vila não poderiam estar em melhores mãos. Mas creio que, quando algo tão especial, como isto que compartilha comigo, acontece em nossa vida, tem um propósito maior. Se o Mundo Espiritual lhe solicita a colaboração, também lhe proverá os recursos e a necessária proteção, não acha?

– Isto não está claro para mim, Antonio – ele redarguiu. – Não sei o que querem de mim. Tenho um compromisso com a Igreja. Por que não procuram alguém livre para a tarefa?

– Há muitas pessoas colaborando, padre. Mas pelo que vejo, os Espíritos não querem que a revelação dessa realidade fique restrita a um grupo ou a uma organização. Segundo o professor, ela fará com que a própria mensagem do Cristo seja revista. E existe lugar melhor do que a Igreja para que isso ocorra?

– Mas que posso fazer, Antonio, afastado do mundo, confinado nesta vila, onde somente vemos novas caras quando alguém despenca daquela estrada que o trouxe?

Pensei por um momento no que dizer. Eu não tinha experiência suficiente para penetrar em questões como aquela, mas nos últimos anos tinha aprendido muito sobre paciência e confiança.

Impor obstáculos à nossa própria evolução, criar dificuldades no caminho e não seguir os convites que a vida oferece, nos faz dar grandes voltas para recuperar o ponto em que a vida volta a fluir livremente. Não me sentia, no entanto, no direito de interferir. Era uma situação delicada, numa época em que a Igreja exercia grande poder sobre as sociedades e exigia de seus representantes fidelidade irrestrita.

Minha mente vagou por muitas questões, antes que, finalmente, eu desistisse de continuar. O padre teria a possibilidade de ler o livro do professor, e era necessário esperar a ação do tempo para que suas próprias concepções se modificassem, e ele pudesse ver com mais clareza a beleza da tarefa para a qual a vida o convidava, e o valor das ferramentas que lhe eram oferecidas.

Pensei que as mais importantes e delicadas missões na Terra são sempre confiadas a pessoas que têm visão mais abrangente e amor capaz de grandes sacrifícios. O padre Lucas era uma delas. Certamente a vida trataria de lhe revelar o destino no tempo certo. Outros viajantes despencariam da estrada da vida para trazer-lhe outras informações, como sucede com todos os que se mantêm com a intenção pura e as mãos disponíveis para ajudar.

Achei melhor mudar de assunto e lhe apresentar as questões que, na verdade, haviam me levado até ele.

– Se me permite, padre, tem algo que gostaria de lhe perguntar.

Ele assentiu com um gesto.

– O senhor conhece bem a família que me socorreu?

Ele endereçou-me breve olhar antes de perguntar:

– Numa vila pequena como esta?...

– Sim, claro – eu mesmo reconheci.

– O Sr. Vauban é um homem muito generoso e trabalhor – o padre disse. – Bom caráter, como não se vê hoje em dia. Sua esposa tem zelo, às vezes excessivo, pelos compromissos religiosos. Confessa-se sempre e presta a mim grande devoção.

– Que sabe sobre a moça que ela diz ser filha dela?

– Bem, Antonio, cheguei aqui somente há um ano, e o que ouço em confissão, como deve saber, não posso revelar. Mesmo se pudesse não teria muito a dizer. Mas é fato notável que o sotaque dela demonstra que não é filha legítima.

Senti que o padre Lucas ficou desconfortável com a pergunta. Certamente ele tinha conhecimento sobre algo que não lhe seria lícito revelar, e que provavelmente não seria novidade para mim. Sua observação, porém, despertou-me algo que ainda não me havia ocorrido: a Língua. Eu conversava em francês pelo fato de estar diante de uma família francesa. Mas será que Anna se lembraria de sua língua pátria, se eu me comunicasse com ela em italiano?

– Padre, eu a conheço e o nome dela é Anna – relatei. – Ela deixou Veneza há quase dois anos com destino a Paris. Desde então, tento encontrá-la. Por ela, o destino me fez despencar daquela estrada. Por ela, Deus me manteve vivo. Não sei o que aconteceu com ela para vir parar aqui em tal situação, mas preciso ajudá-la a recuperar a própria identidade.

– Pode provar o que está dizendo? – questionou.

– Se eu pudesse levá-la de volta à Veneza, sim. Mas aqui tenho somente minha palavra, que não é suficiente para enfrentar aquela senhora, que sempre me impede de ter um contato mais prolongado com Anna. Tenho esperança de fazê-la lembrar, lhe contando sobre a sua vida em Veneza – fiz pequena pausa, recapitulando. – Mas até agora não tenho tido sucesso. Parece que ela perdeu completamente a conexão com o passado, e acredita mesmo chamar-se Celine e ser filha daquele casal.

– Não sei como poderia ajudá-lo, Antonio. Posso apenas lhe dizer que ela é tratada como uma filha, e nada lhe falta. Desta forma, não vejo por que alguém concordaria em entregá-la a um estranho que aparece, de repente, dizendo conhecê-la. Existem muitas pessoas parecidas no mundo. Como pode ter certeza do que diz?

– Eu a tenho procurado por quase dois anos, padre. Eu a reconheceria mesmo se arrancassem meus olhos.

O padre pareceu-me um pouco tenso após meu comentário. Alegou ter um compromisso para o qual já estava atrasado, dando-me a entender que eu deveria deixá-lo. Foi, no entanto, gentil ao dizer-me:

– Se houver algo que eu possa fazer, estarei à sua disposição. Por enquanto, trate de repousar e não movimentar muito esta perna.

Saí da igreja sentindo-me frustrado. O padre não tinha dado a devida atenção ao meu assunto. Preferi pensar que ele já tinha problemas demais, e eu não deveria incomodá-lo. Pensei mesmo que não gostaria de estar no lugar dele, tendo de ouvir, em confissão, os problemas de toda uma cidade.

Quantas histórias ele já não teria ouvido? E quanta angústia carregava na alma por saber sobre as misérias morais humanas, sobre mesquinhez, traição e toda a sorte de vícios confessados.

Pobre ser, este, que aceita a condição de emprestar o ouvido à confissão dos desvarios morais das criaturas. Carrega sobre os ombros pesado fardo. Teria ele que ouvir todos os que lhe procurassem, não tendo, no entanto, a quem confessar suas próprias misérias ou os tormentos de sua vida solitária, como aquele de ter o dom de se comunicar com os Espíritos.

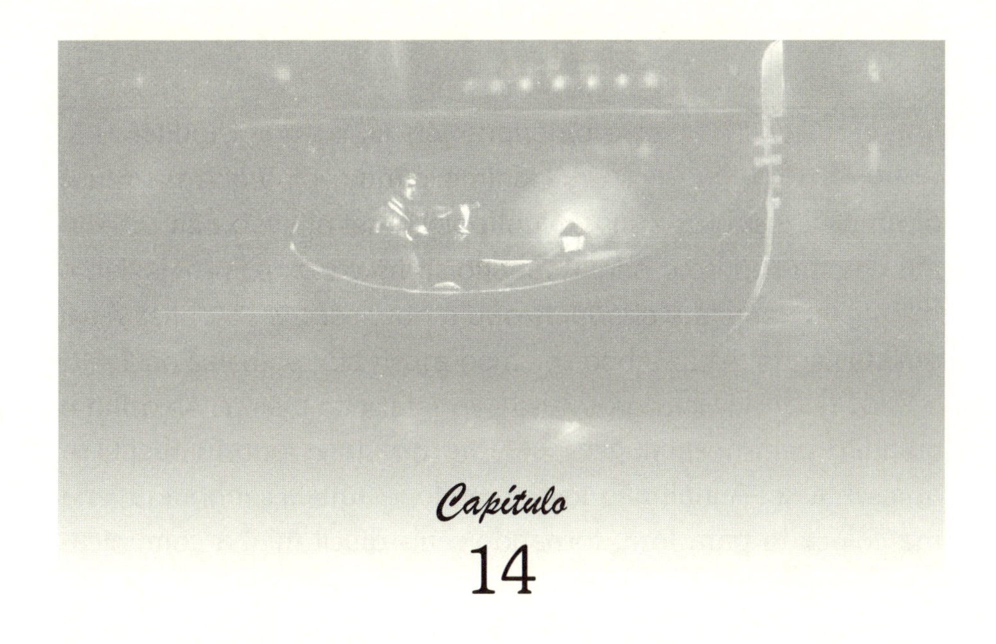

Capítulo 14

> *Muitas pessoas não conseguem compreender as provas da vida*

Quando voltei, não encontrei ninguém em casa. Pareciam ter se ausentado, embora a porta estivesse destrancada.

Dei uma espiada do lado de fora, na intenção de verificar se não estariam no quintal, e descobri o Sr. Vauban trabalhando em cima da casa. As chuvas teriam revelado uma ruptura no telhado, e ele aproveitava a folga de domingo para consertá-lo.

Senti-me bastante inútil pelo fato de não poder subir até lá e oferecer-lhe ajuda. Mesmo assim, coloquei-me à sua disposição.

– Há algo que pode fazer por mim, Antonio – ele disse, em resposta à minha oferta. – Se quer ajudar, vá por favor até a despensa, e procure entre as ferramentas o meu martelo. Não me recordo onde o guardei. Se encontrá-lo, traga-o para mim. Estou cansado de tanto subir e descer, e sempre esqueço alguma coisa.

Fiquei satisfeito em poder ajudá-lo. Queria mostrar-lhe minha gratidão pela hospedagem, sempre que uma oportunidade se apresentasse. Afinal, não fosse por ele, e aquela senhora já teria me colocado para fora, tornando mais difícil minha comunicação com Anna.

A despensa era uma pequena construção ao lado da casa, o local onde ele guardava ferramentas e o material utilizado no quintal.

Levei algum tempo procurando sem obter sucesso. Quando já considerava a mim mesmo um inútil, por não conseguir desempenhar tarefa tão simples, uma caixa de madeira, num ponto alto de uma prateleira, chamou-me a atenção. Com esforço, consegui trazê-la para baixo, julgando ser aquela a caixa de ferramentas onde possivelmente estaria o martelo.

Eu iria, no entanto, considerar aquela uma nova Caixa de Pandora, pelo que me revelou. Nela havia algumas fotografias de uma moça jovem e bonita. Também havia uma boneca de pano e uma peça de roupa de criança. Olhei minuciosamente e com curiosidade aqueles pertences. Meu pensamento estava confuso. Poderia ter alguma ligação com aquela situação obscura em que Anna estava envolvida, mas eu não conseguia compreender. Somente fez sentido quando li no verso de uma das fotografias a dedicatória: *"Pour la maman, avec l'amour de sa fille Celine."* (Para a mãezinha, com o amor de sua filha Celine).

Meu coração acelerou, deixando-me ainda mais confuso o pensamento. Não tive, no entanto, tempo para organizar as ideias, porque o Sr. Vauban adentrou a despensa, certamente no intuito de verificar o motivo da minha demora.

Parado à minha frente, percebeu que eu já havia tomado conhecimento do conteúdo daquela caixa.

Seu olhar era de grande angústia, mas nem por um momento teve a intenção de dissimular a realidade ou se ausentar. Ficou diante de mim como a me dizer que estava disponível para responder a qualquer pergunta, que não cheguei a articular, porque ele mesmo tomou a iniciativa de se explicar.

– Perdemos Celine muito cedo – ele disse, tirando seu chapéu. – Foi muito grande nosso sofrimento, e minha mulher não conseguia superar a perda.

Ele falava espontaneamente, como a aliviar-se de um fardo que lhe era muito pesado. Eu apenas ouvia em silêncio sua confissão.

– Há quase dois anos, começamos a pensar em nos mudarmos daqui, quando, um dia, um homem invadiu nossa casa buscando socorro para uma carruagem que teria despencado do mesmo trecho daquela estrada que lhe foi traiçoeira. Conseguimos salvar esta moça, que estava em condições muito ruins. Havia também um homem, mas ele não resistiu aos ferimentos. O cocheiro da carruagem que veio nos procurar disse tratar-se de pai e filha, e que ela era filha única e órfã de mãe. Tivemos compaixão da moça e decidimos oferecer a ela nossa casa, já que sentíamos muita falta de nossa filha. Poderíamos dedicar a ela todo o amor que possuímos.

Percebi que o olhar úmido do Sr. Vauban revelava grande dor naquelas recordações.

– Quando a moça voltou à consciência, dias depois – continuou –, descobrimos que ela não se lembrava de nada que lhe havia acontecido. Minha mulher e eu achamos melhor poupar-lhe a dor da morte do pai, e deixar que o tempo se incumbisse de ajudá-la. Vi, no entanto, minha mulher apegar-se a ela de forma estranha. Contra a minha vontade, ela mentiu para a moça, dizendo ser sua mãe natural, e deu-lhe o nome de nossa filha morta. Preocupado, pedi a ela que contasse a verdade. Um dia a moça recuperaria a memória e certamente iria querer voltar aos seus. Não consegui convencê-la, e desde então vivemos esta mentira em nossas vidas. Minha mulher está obstinada em sua fantasia e tem me causado muita preocupação.

Aquela confissão tinha me deixado estarrecido. Então Anna nunca havia chegado à Paris, e o Sr. Giovanni não estava mais entre os vivos, o que justificava suas estranhas aparições para mim. Pobre Anna, que destino lhe havia sido reservado! E quantas manobras a vida fez para levar-me até ali. A ave ferida precisava reencontrar o seu rumo, conforme revelava aquela carta abençoada. Cabia a mim ajudá-la, embora eu ainda não conseguisse imaginar os meios.

Senti compaixão daquele homem à minha frente, confessando-me seu drama, com sua espontânea honestidade.

Embora eu considerasse o fato de que Anna tinha sido bem amparada pelo casal, e recebia naquela casa todo o conforto que precisava, era óbvio para mim que ela tinha o direito de saber sobre sua própria identidade e viver sua própria história.

Ela era jovem, cheia de sonhos e belos dons. Não era justo deixá-la viver a vida de outra pessoa, acreditando ser o que não era. No mais, era um comportamento claramente doentio, o daquela senhora. Ninguém poderia mensurar a que consequências aquela situação poderia levar todos os envolvidos.

Sem conseguir ainda expressar meus pensamentos em palavras, ficamos ambos em silêncio. O Sr. Vauban não tinha a ideia exata do que Anna representava para mim, embora já soubesse, por intermédio da esposa, que eu teria revelado conhecê-la.

Ouvi vozes vindas do lado de fora, e percebi que Anna e a senhora haviam chegado. Olhei o Sr. Vauban buscando o seu consentimento. Diante de seu olhar de aprovação, dirigi-me à casa, levando comigo as fotos de sua filha legítima. Ele seguiu meus passos.

Encontrei Anna e a senhora na sala de estar.

Pela minha expressão, elas logo perceberam que havia algo acontecendo. O Sr. Vauban entrou logo depois de mim, com a mesma expressão, e quando a senhora viu as fotografias na minha mão, endereçou um olhar fulminante para o marido.

Sentindo a tensão daquele momento, ela pediu a Anna que se dirigisse ao quarto dela e lá permanecesse.

Assim que Anna ausentou-se do recinto, entreguei as fotos à senhora.

– Peço sua permissão para contar a ela toda a verdade – eu disse, contendo minha indignação, em respeito à hospitalidade recebida.

Ela pegou nervosamente as fotos e se afastou, visivelmente abalada.

– Agradeço por todo o cuidado que dedicaram a ela e a mim – continuei. – Devemos a vocês nossas vidas. Mas não é justo mantê-la cativa nesta prisão sem grades. Ela tem direito de viver sua própria vida. Não podem negar isto a ela. Conversarei com Anna e a convencerei a voltar para Veneza, onde ela terá contato com suas origens, e poderá reencontrar a si mesma.

– Chega! – disse a senhora asperamente. – Ela é nossa filha! A filha que Deus nos mandou para compensar a que nos foi tirada. Não vamos entregá-la a nenhum estranho.

Ela estava transtornada. O Sr. Vauban tentou intervir, mas ela o interrompeu:

– Ela gosta daqui, e pelo que sei não tem ninguém a esperar por ela.

Aquele argumento soou-me como um desafio. Oficialmente eu não era "alguém" como ela insinuava. Mas se havia um ser neste mundo a zelar pelos direitos da liberdade de Anna, que daria a própria vida, não para usá-la como meio de curar as próprias feridas emocionais, mas para trazê-la de volta à plenitude de sua vida, este alguém era eu. E, naquele momento em que eu me via finalmente em condições de lutar por ela, eu não estava disposto a desistir.

– A senhora também está na condição de uma desconhecida – retruquei. – Não conhece Anna, e quando olha para ela somente enxerga sua própria filha. Se tivesse amor por ela, desejaria vê-la recuperada.

– Ela está muito bem – respondeu, ainda mais desafiadora.

– Como sabe se ela não está se protegendo da triste realidade em que se transformou sua vida. O senhor sabe o que é perder alguém, Sr. Antonio?

Seu argumento fez-me rememorar todas as dores que experienciei desde minha decisão equivocada diante do convite de Anna. Pensei sobre meus esforços de superação e lembrei-me da proteção recebida. As orientações das cartas indicando-me o caminho; a vida me conduzindo até o professor, dando a oportunidade de aprender valiosas verdades que dariam sustentação a qualquer ser, nos mais difíceis momentos da experiência humana na Terra.

Muitas pessoas não conseguem compreender as provas que a vida apresenta e se perdem em um redemoinho emocional, que leva a atitudes doentias, como aquela da senhora. Compreendi suas dores, mas também seu desvario. Não seria justo atacá-la com novos argumentos que a fariam ainda mais resistente. Embora me sentindo indignado, decidi que, por respeito às dores daquele casal, eu procuraria um jeito mais pacífico de lutar pelo que eu acreditava ser a justiça.

Eu buscava mentalmente esta solução, quando ela me surpreendeu sentenciando:

– Arrume suas coisas, senhor Antonio. Quando o dia amanhecer não quero mais que esteja sob este teto.

Ela, desta maneira, colocou-me em situação difícil. Eu não queria transformar a situação em uma guerra, da qual todos sairíamos feridos, mas ela se posicionava contra qualquer possibilidade de diálogo.

Olhei para o Sr. Vauban, buscando nele algum apoio. Ele abaixou os olhos, como a dizer-me que, embora não concordasse com a esposa, não iria contrariá-la, talvez por receio de que ela não suportasse uma nova perda.

Sem outra alternativa, e seguindo minha própria intuição, resolvi enfrentá-la, utilizando-me das mesmas armas com que ela me ameaçava:

– Eu lhe darei prazo até o anoitecer, senhora, para que conte toda a verdade à Anna. Se não o fizer, eu mesmo contarei a ela. Anna não dormirá mais uma noite sob esta farsa.

Dos olhos dela pareciam sair faíscas de fogo. Ela parecia não estar acostumada a ser contrariada. Como uma matrona, fazia sua vontade imperar sobre os demais, usando de suas fraquezas emocionais para se proteger, atraindo para si mesma a compaixão alheia, e também a conivência com seu comportamento desajustado.

Saí da casa sem a exata noção do que eu faria ou aonde iria. Sentia-me bastante indignado, e somente conseguia visualizar um desfecho traumático para aquela situação. Meu desejo era tirar Anna daquela casa a qualquer custo. Precisava libertá-la do jugo daquela senhora. No entanto, tinha de considerar a fragilidade emocional em que Anna se encontrava. Eu precisava me acalmar, ou não conseguiria agir com justiça e, muito menos, com caridade.

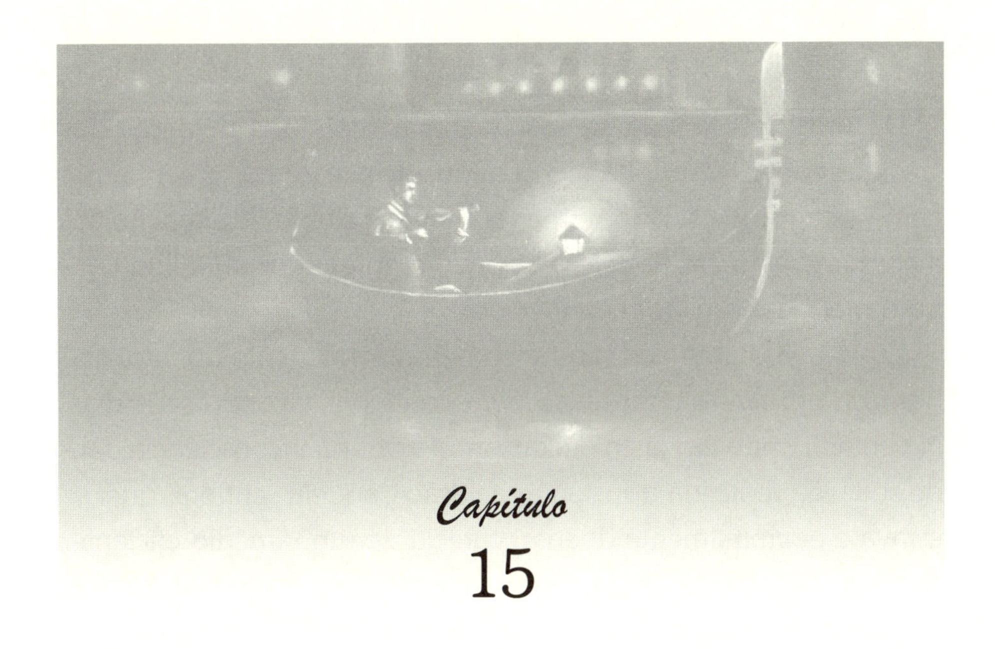

Capítulo 15

> *No ponto em que o homem atinge seu limite, Deus sempre vem em socorro para completar a obra*

Desde quando parti de Veneza rumo a Paris, eu percebia que minha vida era conduzida por mãos muito amorosas. Naquele momento, no entanto, eu sentia como se todo o Universo tivesse parado à minha volta, esperando pela minha decisão. Era como se tudo tivesse sido oferecido a mim para experiência e aprendizado, e agora me fosse apresentado o teste final.

De uma forma que se assemelhava mais aos milagres dos grandes contos, eu tinha sido conduzido até Anna, e sentia-me como seu grande salvador. Mas como agir diante de situação tão incomum? Não era aquele o caso de empreender uma luta contra o mal ou um vilão reconhecido.

Eu estava diante de uma pessoa emocionalmente doente, que buscava em Anna uma razão para continuar vivendo seus dias. No entanto, não era justo deixar Anna viver na inconsciência, tendo sua vida reduzida a sustentar a ilusão daquela senhora, que, se estava emocionalmente doente, carecia de um remédio eficiente, e não da compaixão que em nada contribuía para sua cura.

Caminhando pela rua principal da vila, eu não conseguia acalmar meu pensamento. Pensei no professor e desejei que ele estivesse por perto. Buscava mentalmente um diálogo com ele. O que diria Mme. Rivail sobre aquela situação? Aconselharia paciência?

Não, eu não conseguiria mais esperar que as coisas se ajeitassem por si mesmas. Há momentos em que cabe uma ação mais efetiva. Momentos em que a vida espera pela nossa atitude. Momentos em que depende de nós a solução de um problema.

Naquele instante, elevei meus olhos para as nuvens do céu e, em pensamento, roguei:

"O Senhor me trouxe até aqui. O que faço agora?"

Não demorou mais que poucos segundos para que uma ideia começasse, em turbilhão, a se formar em minha mente. Cresceu dentro de mim uma força incomum e, decidido a agir imediatamente, parti rumo à igreja, andando o mais rápido quanto minha perna convalescente me permitia.

Quando cheguei lá, encontrei o padre Lucas sozinho em seu gabinete, envolvido com a leitura do livro do professor. Nem me lembrei de lhe pedir permissão para entrar, causando-lhe bastante estranheza.

– Que faz aqui, Antonio? Aconteceu alguma coisa? – perguntou, percebendo-me ofegante pela caminhada forçada.

– Padre, posso ver novamente aquelas cartas?

Ele estranhou meu pedido, mas assentiu. Foi até a estante e pegou a caixa, colocando-a em cima de sua mesa de trabalho.

Sentei-me e, de forma ansiosa, comecei a ler uma por uma, até que finalmente encontrei o que procurava. O padre havia me dito que recebia, no momento das confissões, cartas de parentes daqueles que se confessavam, e que aquela senhora costumava se confessar com frequência. Pois ali estava o que eu imaginei ser óbvio encontrar: uma carta de Celine para sua mãe.

O padre olhava-me assustado. Não havia imaginado, quando revelou seu segredo a mim, quais consequências sua confissão poderia lhe trazer. Tinha me julgado somente um viajante que havia despencado por acaso de uma estrada. Não podia imaginar o grau de envolvimento que eu teria com suas questões, que ele tão bem ocultava do mundo.

Aquela carta de Celine era o medicamento que a senhora precisava. Ela oferecia à sua mãe uma explicação sobre a fatalidade que havia lhe tirado a vida, exaltando a beleza da justiça de Deus. Dizia da saudade do pai e pedia a ela que aceitasse a situação.

Chamava-a carinhosamente *maman*, como costumeiramente fazia quando viva, e contava que sua não aceitação chegava até ela, Celine, no plano em que se encontrava, em vibrações de angústia, impedindo-a de desligar-se do antigo lar. Pedia, finalmente, que a libertasse, agindo com justiça a respeito de Anna, contando-lhe a verdade e permitindo que ela decidisse a própria vida. Prometia, também, continuar sempre por perto, mas ligada somente pelos laços de amor que as unia.

Ao final da leitura, olhei para o padre, tomado de grande indignação.

– Como pode guardar estas cartas para si mesmo? – perguntei, demonstrando-lhe o que ia em minha alma.

– Já lhe disse, Antonio. Não posso correr o risco...

– Pois corra, padre – interrompi, furioso.

Ele se manteve em silêncio, assustado.

– Se quer ajudar esta gente, corra o risco – sentenciei.

– Não percebe o mal com que está sendo conivente, escondendo estas cartas? Elas não lhe pertencem. Elas têm de ser entregues a quem de direito. Esta carta é a solução desta situação inadmissível em que aquele casal está mantendo aquela moça. O senhor tem de revelar isto àquela família, padre.

– Isto cabe somente a mim decidir – ele disse, tomando a carta de minhas mãos e guardando-a com as outras, abraçando aquela caixa, por fim, como se estivesse disposto a lutar para que seu segredo não fosse revelado.

– Não, padre – repliquei, ainda mais alterado. – O senhor é somente o carteiro. Sua tarefa é somente entregar as cartas que recebe. Não tem o direito de decidir sobre o destino alheio.

– Sou um padre, Antonio. Tenho o dever de zelar pelo bem dos meus paroquianos. Se Deus quisesse que eu fosse um mensageiro dos Espíritos dos mortos, não teria me conduzido para a Igreja.

– O senhor ouve os santos, não é? – provoquei. – E acho que gosta deste privilégio. Por que não quer ouvir os Espíritos dos homens comuns? Por que não quer auxiliar os que pedem sua ajuda? O senhor se julga em conta tão alta, padre... Um mensageiro de Deus na Terra, mas no fundo é um covarde, que não confia em suas próprias crenças. Se o senhor quer ajudar as pessoas, aí estão, nesta caixa, cartas de Deus para salvar almas que estão a caminho do inferno de suas próprias misérias.

O padre não mais respondeu. Tinha o olhar estatelado. Talvez nunca antes tivesse ouvido palavras tão duras de uma pessoa comum. Eu não podia conter minha língua, que agia sem controle. Eu estava, naquele momento, tomado de uma autoridade que jamais tinha experimentado na vida. A injustiça que eu testemunhava fazia meu sangue ferver nas veias.

No entanto, apesar de toda a certeza de estar fazendo o certo, de acreditar que cabia a mim, naquele momento, colocar um basta na forma equivocada como aquelas pessoas conduziam suas vidas – e percebendo a grande bênção oferecida pelo Mundo Espiritual àquela comunidade afastada do mundo –, eu me via impedido de agir por mim mesmo.

Em qualquer situação, dependeria da aquiescência de outrem. E não havia indícios de que poderia contar com alguma colaboração. Eu era ali também um mensageiro, sem direito a decidir sobre as ações alheias.

Olhando para o padre, naquela postura, disposto a defender seus medos e interesses pessoais a todo custo, senti-me tomado de grande desalento. Minha esperança se arrefeceu, e achei melhor sair e procurar um ar mais puro que me refrescasse as emoções.

Deixei o gabinete e ainda parei no salão principal da igreja para buscar o controle dos pensamentos. Olhei para as imagens dos santos e para os vitrais. Uma casa de Deus fechada para a verdade, concluí.

O padre temia ser perseguido e expulso de seu sacerdócio, se revelasse o que sabia sobre o Mundo Espiritual, que se desdobra além da ignorância humana. Uma realidade que, uma vez ensinada, tornaria livres muitas almas do peso de milênios de opressão religiosa, e lhes daria as asas da verdade que liberta, para que pudessem voar livres para a felicidade de simplesmente serem filhos de Deus.

Pensei novamente no professor. Sua Doutrina, que naquele momento da história representava a síntese das revelações que chegavam à Terra por uma porta escancarada no Plano Espiritual, também seria no futuro obstruída por seus seguidores se negando a ter novas percepções da vida?

Com o passar dos séculos, conseguiriam eles manter acesa a chama da liberdade espiritual, ou também incorreriam nos mesmos erros, detendo seus adeptos por meio da pregação do medo, apenas revestida de nova roupagem?

Oh, religiosos do mundo, desviem por um momento seus olhos das sombras de seu próprio orgulho, e admirem a beleza do Universo, que nos convida incessantemente a uma vida de plenitude e beleza, sem as preocupações com os pesados julgamentos que as religiões predizem para "além-túmulo". Se têm amor no coração e a intenção pura de servir, as leis da vida jamais pesarão suas mãos sobre vocês. Que a sua crença seja o amor. Que o seu objetivo seja a paz. E não precisarão esperar pelas promessas quiméricas de felicidade futura, porque já estarão vivendo o Reino de Deus na Terra, dentro de seus corações.

Saí da igreja e, novamente caminhando pela rua, não conseguia entender por que Deus teria me trazido para aquela situação. Sentia-me finalmente derrotado e transtornado por uma crescente indignação. Nunca havia presenciado tanta covardia e tanta omissão perante a justiça.

A mim agora só restava, diante daquela situação, uma conversa final com Anna. Queria ainda ter mais uma chance. Acreditava que conseguiria algo diferente na nossa última conversa.

Algo inesperado, no entanto, aconteceu. Fui despertado de meu desalento pela voz do padre.

– Antonio! – gritava ele, a distância. – Você está certo. Sou apenas um carteiro de Deus.

Ele tinha um sorriso nos lábios, como que liberto de pesadas amarras. Acenava, mostrando a carta em sua mão. Meus olhos brilharam de esperança. Era Deus agindo!

Naquele momento, uma nova lição percebi: no ponto em que o homem atinge seu limite, Deus sempre vem em socorro para completar a obra.

Quando chegou mais perto, ainda disse:

– Prefiro perder a batina que perder minha alma.

Depois concluiu:

– Podem limitar minha ação, mas meu espírito será sempre livre, como livre ele foi criado para buscar a perfeição.

Fiquei surpreso com aquele discurso filosófico, mas ele logo esclareceu:

– Eu li o livro, Antonio, não posso mais ignorar a razão.

Eu não poderia imaginar que aquele livro, que foi oferecido ao padre mais por questões de curiosidade e gratidão, seria o veículo da salvação de Anna.

Abracei-o aliviado e comovido.

Depois, roguei-lhe que fosse à casa do Sr. Vauban conversar com o casal, e que não relutasse em lhes mostrar a carta de Celine e falar sobre a possibilidade da comunicação com a filha. Mas que fosse sozinho. Minha presença causaria desconfiança e desagrado.

Eu tinha certeza de que ele seria inspirado a dizer as palavras certas, e que a carta de Celine conseguiria trazer novamente a paz para o coração de sua mãe, libertando Anna de seu jugo doentio.

Eu ficaria perto da casa aguardando. Combinamos que ele me daria um sinal quando tivesse o caminho livre. Ele precisava de tempo para explicar seus dons, e convencer o casal sobre a possibilidade de uma comunicação como aquela ser real.

O padre se foi e, desde então, coloquei-me em angustiosa oração.

Para mim, foi uma espera que parecia não ter fim. Se ele fosse prolixo, aquilo então levaria uma eternidade. Não era um assunto dos mais comuns.

Passado algo em torno de uma hora, ele apareceu na porta e acenou. Era o sinal da paz. O caminho estava livre para que a verdade pudesse nos liberar e reconstruir a vida de todos. Sim, estávamos todos envolvidos numa situação que colocava nossas vidas em suspenso.

O sorriso do padre era a confirmação que eu esperava. A certeza de que Deus zelava por todos nós, e sabiamente nos conduzia para a solução daquele problema.

Quando entrei, encontrei na sala de estar a senhora com a carta na mão e o rosto molhado de lágrimas. O Sr. Vauban, a seu lado, a consolava, com os olhos também marejados. Anna não estava presente. Olhei para aquele casal com compaixão. Compreendia suas dores. Em nenhum momento havia lhes desejado o mal. Sabia que o sofrimento, sem a luz da razão, pode transformar pessoas generosas em doentes da alma.

A senhora olhou-me pela primeira vez com um olhar pacificado.

– Anna está no quarto – ela disse.

Era o seu consentimento final. No entanto não achei conveniente voltar a uma conversa com Anna sem a senhora tê-la contado toda a verdade de antemão. Ela provavelmente seguiria recusando minha ajuda, por não se lembrar de nada que justificasse entregar sua confiança a um desconhecido. Também, eu julgava ser mais correto dar à senhora a oportunidade de reparar o erro. Afinal, a generosidade daquele casal tinha salvado nossas vidas. A isso eu tinha a obrigação moral de ser grato.

Naquele momento, Anna adentrou a sala, vindo de seu quarto. Ao ver o clima estabelecido e a presença do padre, percebeu que algo de incomum estava acontecendo e, pela forma com que todos a olhamos, soube que era algo que lhe dizia respeito.

Olhei para a senhora, que olhou-me também. Talvez esperasse de mim a iniciativa. No entanto, convidei o padre Lucas para nos retirarmos, para que eles pudessem ficar a sós e conversar.

Capítulo 16

> *"Não havia mais impedimentos, distâncias ou adversidades. Agora só dependia de mim"*

Resolvemos caminhar pela cidade, para arejar a mente. Eu sentia grande paz. Sabia que podia confiar. Tudo havia sido encaminhado para que a situação se resolvesse. Ainda faltava, no entanto, ajudar Anna a recuperar a memória perdida.

Perguntei ao padre Lucas se ele não poderia auxiliá-la com sua reza, ou melhor, suas técnicas de magnetismo.

– Certamente! – respondeu. – Não há enfermidade que não se beneficie dos efeitos do magnetismo. No entanto, seu limite é a vontade de Deus.

Havia quase dois anos que Anna fazia parte daquela família. Por todo este tempo, foi tratada como filha legítima por aquele casal, cuja dor era amenizada pela presença daquele anjo em seu lar.

Senti que não havia necessidade de me apressar em voltar para casa. Se Anna, ao saber da verdade, concordasse em me acompanhar de volta à nossa terra natal, como eu esperava, eles mereciam uma última noite juntos. Por isso, pedi pousada ao padre naquela noite. Aquela oportunidade, que provavelmente seria única, iria me ajudar a passar o tempo e a esperar pela manhã. Poderia também ouvir mais sobre suas experiências. Eu estava curioso para saber mais sobre as mensagens que o padre recebia dos santos.

♪♪♪

Na manhã seguinte, pedi ao padre Lucas que me acompanhasse de volta à casa. No caminho, procurei o cocheiro para deixá-lo ciente da minha decisão. Eu estava certo de que, após minha conversa com Anna, embarcaríamos sem demora para Veneza.

– Consegui somente esta modesta princesa, senhor – ele disse, mostrando-me uma pequena carruagem, bonita, feita de madeira bem talhada, puxada por dois cavalos apenas.

Tinha lugar para dois passageiros, mas as bagagens teriam de ser reduzidas e amarradas sobre a cabine, pelo lado de fora. Não era um veículo confortável para uma viagem tão longa.

– É o que temos disponível – ele concluiu – consegui mais dois cavalos que irão junto. Poderemos fazer o rodízio para não deixá-los exaustos. Pelo menos até a próxima cidade, acredito que funcionará bem. Posso conseguir algo melhor no caminho.

Agradeci ao cocheiro e elogiei sua eficiência. Pedi que estivesse pronto para partir naquela mesma tarde.

Quando cheguei à casa, encontrei a senhora do lado de fora. Ela estava de saída. Quando me aproximei, ela me olhou com uma expressão de pesar. Depois disse:

– Eu fiz a minha parte. Ela está à sua espera.

De um impulso, carinhosamente beijei-lhe o rosto. Meu coração acelerou em meu peito.

Apressei-me em entrar. O padre Lucas ficou do lado de fora com a senhora. Não havia mais impedimentos, distâncias ou adversidades. Agora só dependia de mim. O encontro final com a menina dos olhos de anjo, que embalava meus sonhos e me dava forças para enfrentar o mundo.

Precisava apenas de seu sim e nunca mais sairia de perto dela. Mesmo que ela nunca mais se lembrasse, eu lhe ofereceria meu amor em sua proteção. Não seria nenhum sacrifício, porque a afinidade que sempre tivemos não era baseada em outro interesse a não ser o de desfrutar a alegria do nosso encontro, sempre embalado pela harmonia de nossa música.

Capítulo 17

> "*Ah, o tempo! Meu grande amigo e maior inimigo*"

Encontrei Anna na sala, junto ao piano.

Quando percebeu minha presença, dirigiu-me um olhar terno. Seu semblante era sereno, realçando sua beleza naquela manhã. Seu Espírito nobre certamente teria perdoado a senhora por ter-lhe ocultado sua verdadeira história. Se toda a verdade lhe havia sido dita, ela também sabia agora da pureza das intenções deste estranho que para ela eu representava.

Não soube o que dizer de imediato. Preferi mostrar minhas condolências pela morte de seu pai.

– Tenho motivos para pensar que o Espírito do seu pai colaborou para que eu chegasse até aqui – eu disse, recordando as aparições dele em Paris. – Onde quer que ele esteja agora, deve estar satisfeito por ter conseguido nos aproximar novamente.

Ela nada disse. Olhava-me apenas. Talvez quisesse ouvir de mim algo que lhe trouxesse confiança, que identificasse em mim alguém em quem pudesse, mesmo que intuitivamente, despertar-lhe alguma lembrança do seu passado. Eu sabia que, se minha presença em nada pudesse lhe tocar, então provavelmente eu a perderia para sempre.

– Esta noite, Antonio, tive muitos sonhos – disse Anna, por fim. Uma cidade à beira-mar, pessoas que não conheço... Em um deles, você me apareceu. Estava muito ansioso e parecia ter algo para me contar. Você disse que tinha vindo de longe só para me trazer um presente. Então você me entregou uma rosa. Mesmo depois de despertar, ainda senti a fragrância. Era um perfume familiar, que me trazia memórias da minha infância, algo que até então não conseguia ter.

– Isso não é um sonho, Anna – respondi. – Vim mesmo de longe lhe trazer-lhe um presente. A familiaridade do perfume que sentiu são as lembranças que minha presença lhe desperta. Sou o único elo que pode trazer novamente à sua mente as recordações de sua verdadeira realidade. Por isso, a vida colaborou tanto para que eu aqui chegasse, de forma aparentemente tão acidental como aconteceu. Eu estava ansioso para chegar à Veneza, onde julgava poder reencontrá-la. Por isso, enfrentei a noite e a tempestade.

– De uma forma bem irresponsável – ela me interrompeu.

Eu nada disse. Apenas a admirava. Embora a memória ausente, seu jeito de se expressar em nada tinha se modificado.

– O que há entre nós, Antonio? – ela perguntou.

Eu havia me preparado para lhe dizer mil coisas, mas aquela perguntou deixou-me sem palavras.

– Éramos amigos – foi o que consegui dizer. – E grandes parceiros na música.

– Então eu deveria ser muita tola em não ver o sentimento que tem por mim.

Seu comentário deixou-me ainda mais surpreso. Não esperava que nossa conversa seguisse este rumo. Embora eu estivesse satisfeito que ela pudesse perceber o que seria difícil para mim expressar tão naturalmente como ela fazia acontecer.

– Também o seu sentimento você não conseguia perceber. Embora nossos encontros sempre se prolongassem, como se não quiséssemos nos afastar – eu disse. – Somente no último dia em que nos encontramos, quando você apareceu de surpresa em minha casa, pela primeira vez, pude vê-la expressando o que eu sempre pressenti haver em seu coração.

– E então o destino nos separou...

– E então ele nos uniu novamente.

Anna tinha o olhar cheio de ternura. Era um belo momento de reaproximação. Somente por aquele momento, já teria valido a pena tudo que vivi até chegar ali.

– Daqui para a frente não haverá mais desencontros, Anna – concluí.

Anna desviou seu olhar. Embora tudo me fizesse pensar que não havia mais barreiras entre nós, ela sentenciou o que me revelaria que a luta ainda não havia terminado.

– Mas agora tudo é diferente, Antonio. Sei que você é um homem bom, capaz de gestos nobres, com um coração que faria qualquer mulher feliz. Mas não tenho nenhuma lembrança sobre o que me diz. Não posso fingir que sou esta mulher com quem dividiu horas felizes de sua vida. Trago um grande vazio na alma.

A falta de lembranças me traz grande sofrimento. Tudo o que sei é sobre a vida que vivo nesta vila, cercada de todo o carinho por este casal, que até ontem eu pensava tratar-se de meus pais verdadeiros. Sendo ou não legítimos, é tudo o que tenho.

Suas palavras eram sinceras, mas causavam-me grande desalento. Por um momento, eu havia pensado que nada mais tínhamos a questionar. Que seguiríamos juntos, e eu poderia ajudá-la a se recuperar em nossa terra, pacientemente, sem nenhum outro impedimento.

– Compreendo, Anna. Mas precisa confiar, para que o tempo lhe restabeleça a memória. Do mesmo jeito que ela se ausentou, também há de voltar, porque lhe pertence.

– Já se passaram quase dois anos, Antonio. Nada mudou.

– Conversei com o padre Lucas. Ele pode nos ajudar.

– Ele já fez o que pôde, Antonio. No início, ele vinha todos os dias e fazia sua reza, cheia de movimentos que eu nunca entendi. Com o tempo foi diminuindo suas visitas, até desistir de vez. Acho que, se Deus não atende às preces de um padre, é porque não tem mesmo de ser.

Havia grande pesar nas palavras dela. Seu olhar expressava uma angústia que parecia querer transbordar em lágrimas a qualquer momento. Queria eu ter o poder de arrancar-lhe do peito todo o sofrimento que a ausência de lembranças lhe infligia.

Somente o tempo. Ah, o tempo! Meu grande amigo e maior inimigo. Que havia me conduzido maravilhosamente por vias incomuns e, ao mesmo tempo, tinha me aprisionado na distância. A ele eu devia me render mais uma vez. A jornada não havia terminado.

– Tenho uma carruagem pronta, Anna – eu disse por fim. – Podemos voltar à Veneza, rever os locais de sua infância, a casa onde morou... Talvez as lembranças voltem no contato com seu passado. Poderá rever seus amigos...

– Mas e se eu não me lembrar, Antonio? – Anna interrompeu--me, demonstrando grande angústia em sua voz. – Se tudo for como agora, quando olho para você e não vejo mais que um estranho? Teremos perdido o meu tempo e o seu, e ainda estarei longe do pouco que me restou, que é esta vila e meus pais adotivos.

Ver Anna expressando assim em seu olhar e em sua voz todo seu temor, doía-me na alma. Ela se colocava na condição do cego que teme a luz. A perda de suas memórias pareciam trazer mais fortemente os materiais de seu inconsciente, deixando-a ainda mais insegura.

Tinha perdido a mãe quando era ainda muito jovem, e agora havia recebido a notícia da perda do pai também. Embora fosse esta uma realidade que não alcançava seu estado de lucidez, possivelmente em seu íntimo criava grande perturbação.

– No começo – ela continuou –, os dias para mim eram mais calmos, quando tinha com o que me ocupar. À noite, no entanto, sempre me visitava o vazio da falta de lembranças. Às vezes, sonhava com coisas que não fazem parte da minha vida. Talvez fossem recordações, mas eram apenas sonhos, que se dissipavam como névoa ao amanhecer. Com o tempo, os sonhos pararam, e o vazio se tornou menos frequente. Depois que você chegou, no entanto, a ansiedade voltou a invadir-me novamente. Prefiro não pensar, Antonio. Prefiro aceitar minha nova vida, onde encontro motivo para viver. Não quero deixar este lugar, que é onde minha paz está.

– Entendo Anna. Mas quero que saiba porquê acredito que tudo pode ser diferente. A sequência de fatos que me trouxe até você é uma prova de que estamos sendo protegidos. Deus não me trouxe até você por acaso. Recebi dos Espíritos a indicação de voltar e a promessa de que estariam assegurando para que eu tivesse sucesso em minha busca. Não foi o destino que me tirou daquela estrada e me trouxe até aqui, Anna, e sim os que nos amam e nos observam do "outro lado" da vida. Os mesmos que faziam as mesas girarem e lhe ditavam músicas ao ouvido.

– Não sei sobre o que está falando, Antonio. Não entendo o que quer dizer – ela disse, confusa.

– Foi você, Anna, quem pela primeira vez me falou sobre a possibilidade maravilhosa de eles se comunicarem conosco. Foi por causa da sua fé neste novo fenômeno que nos separamos um dia. Naquele tempo, eu não cria. Mas hoje sei o suficiente para perceber a interferência dos Espíritos em nossas vidas.

Anna me ouvia contrita. Seu olhar tornava-se ainda mais triste ao ouvir minhas revelações. Parecia que, quanto mais ouvia sobre o que não se lembrava, mais angústia sentia.

– Conheci um professor em Paris – continuei. – Ele falava com os Espíritos e estudou o fenômeno, Anna, revelando em um livro o que tanto queríamos saber. Não era, aquele, um modismo como eu pensava. Era o início da revelação de um mundo maravilhoso, que fica além dos nossos sentidos, para onde todos vamos e de onde todos viemos. Tenho muito para lhe contar sobre o que aprendi com o professor, Anna. Você estava certa: os Espíritos podem nos inspirar a música. Podem mesmo nos influenciar o pensamento. Podem nos assistir em nossas dificuldades, como sei que fizeram para que eu aqui chegasse.

As lágrimas finalmente rolaram pela face de Anna. Silenciei, para ouvir a mensagem que revelavam, e elas diziam que minhas palavras causavam dor em sua alma. Que eram como pedras atiradas em um lago cujas águas, antes tão calmas, agora agitavam-se sem, no entanto, poderem ultrapassar os limites das margens que as mantinham cativas e as obrigavam a suportar seus impactos.

Não havia como avaliar se eu estava conseguindo alcançar a área adormecida de sua mente, mas acreditava que deveria continuar tentando.

– Há quase dois anos estávamos na mesma situação, porém em posição contrária – eu disse. – Seu maior desejo era que eu concedesse e acreditasse no que você me revelava. Agora sou eu quem está lhe pedindo para que conceda e creia. Tenho motivos suficientes para lhe garantir que não se arrependerá.

O destino havia dado uma grande volta e nos colocado de novo naquela situação. Os ciclos naturais da vida sempre nos encaminham de volta ao mesmo ponto. Sempre há uma nova oportunidade para tomarmos a decisão de embarcar em seu fluxo dinâmico. A mim, no entanto, o preço cobrado já não era mais o mesmo. Não bastava mais somente o meu desejo ou a minha decisão. Eu teria agora de lutar por isso.

Anna estava perdida em seus pensamentos. Ocultou o rosto entre as mãos por um momento. Parecia forçar as lembranças, ou talvez apenas escondia sua dor. Disse, por fim, entre lágrimas e soluços:

– Eu queria muito acreditar, Antonio, mas não consigo. Fora do que tenho aqui há uma escuridão total em minha mente, e eu tenho medo. O pensamento de sair desta vila me apavora.

Senti grande compaixão por Anna e aproximei-me dela, na intenção de afagar-lhe os cabelos e oferecer-lhe alento. Ela, no entanto, suavemente, esquivou-se. Olhou-me nos olhos e disse, ainda expressando grande angústia:

– Agradeço-lhe, Antonio. Mas não espere que eu o siga. Continue seu caminho e seja feliz. Não posso sair deste lugar, que é tudo o que me resta. Não sei se quero me lembrar, porque acho que a realidade seria ainda pior.

Suas palavras demonstraram-me finalmente que eu havia chegado num limite difícil de transpor. Somente uma força maior seria capaz de mudar aquela situação. No entanto, era difícil para mim naquele momento apenas confiar.

Quanto tempo levaria? Em minha cegueira, eu também havia me negado a seguir com ela, a escutar suas palavras, a confiar em seus argumentos. Quanto tempo foi necessário para que eu tivesse a oportunidade de reparar o meu equívoco!

Por que a vida infligia agora à Anna a pena de não acreditar? Eu era quem merecia tamanho castigo, por um dia ter duvidado, estando em plena consciência – Consciência! Quem possuirá a plena consciência neste mundo, onde a ilusão nos domina os sentidos e tenta a todo custo nos manter prisioneiros daquilo que julgamos ser a verdade? Como crianças, nossos Espíritos apenas começam a visualizar a magnitude da vida que se desdobra no Universo, e já nos julgamos grandes sábios. Por isso, é preciso, às vezes, renascer sob o jugo da dificuldade em crer, quando a vida nos fecha as portas para que possamos, pelo esforço, descobrir suas verdades. Então ela novamente escancara suas janelas, deixando a luz invadir a morada de nossas almas, num renovado convite, num reconhecimento ao nosso cometimento. *"Buscai e achareis, batei e abrir-se-vos-á."*

Senti-me impotente diante daquela situação. Não sabia mais o que dizer. Eu tinha vivido todo esse tempo tentando encontrar Anna e havia imaginado todos os desfechos. Até mesmo encontrá-la em compromisso matrimonial era uma possibilidade considerada. Aquela, no entanto, era uma situação que eu sequer poderia imaginar. Tinha Anna tão perto e ao mesmo tempo tão distante. Tão disponível e tão inacessível. Tão bela e tão infeliz.

Aproximei-me e beijei-lhe ternamente a fronte. Ela não se esquivou, mas as lágrimas rolaram em abundância por sua face.

Desejei abraçá-la, protegê-la. Minha alma transbordava de compaixão. Desejei possuir o poder de mudar as coisas, de criar realidades, de curar. No entanto, sentia-me a mais impotente das criaturas.

Ela novamente ocultou o rosto entre as mãos, tentando conter os soluços de seu pranto, e percebi que qualquer gesto, palavra, ou mesmo minha presença, só faziam aumentar sua dor.

Não conseguia imaginar o que a vida esperava de mim, colocando-me naquela difícil situação. Talvez, assim como eu, o Mundo Espiritual estivesse apenas lançando mão de uma tentativa, que parecia definitivamente não estar funcionando.

De minha face somente uma lágrima rolou. Mas minha alma estava também em prantos. Aquele parecia ser nosso encontro e nossa despedida.

Tamanha era a contrição que minha presença causava em Anna, que eu mesmo agora desejava não estar mais ali. Racionalmente, eu não via outra alternativa senão entregá-la à vida, aos cuidados de Deus.

Em minhas emoções, no entanto, nada era claro naquele momento. Desde quando a encontrei novamente, eu sequer considerei a possibilidade de partir sem ela. Isso tornava meus dias futuros obscuros e sem cor. Representava o fim de minhas buscas de uma forma imprevisível e triste. Não seria somente ela a ter uma asa quebrada. Seguiríamos rumos diferentes outra vez.

Considerei não ser útil prolongar mais a minha presença e causar-lhe mais sofrimentos. Na ausência de suas lembranças, pelo menos, ela encontrava a paz que eu não podia lhe oferecer.

Enfrentei o tempo, a distância, as mesas e os Espíritos; o caminho e a tempestade. Sobrevivi ao que poucos sobreviveriam. Diante dela, no entanto, não tinha forças para arrancar sua dor e devolver-lhe a paz.

Em profundo desalento, deixei a casa. Lá fora esperavam, ansiosos, o padre Lucas e a senhora. Ao me verem, aproximaram-se, adivinhando em meu semblante o insucesso de meus esforços.

– Se ainda existe algum caminho, só Deus o sabe – eu disse.

– Talvez seja cedo ainda, Antonio – disse o padre. – O tempo poderá trazer surpresas.

– Cedo, padre? Tempo... Quanto tempo?

– O tempo de Deus – ele disse.

Olhei-o nos olhos. Não me recordo de ter sentido, antes daquele dia, tamanha falta de fé. Meu desalento pressionava-me para um abismo sem luz, sem-fim. Considerava-me traído pela vida, desamparado.

Onde estavam aqueles que me mandaram a mensagem garantindo-me sucesso? Onde estava a justiça Divina? Apesar dos novos conhecimentos sobre outras tantas vidas pregressas, não conseguia aceitar o fato de Anna ser merecedora de tamanho sofrimento. De nós dois sermos impedidos, de forma tão cruel, de desfrutarmos juntos uma vida feliz. Não havia ninguém interferindo agora. Era a vida que ditava, impiedosa, suas regras.

As ideias que me passavam pela mente eram de partir imediatamente e não olhar para trás, quando suave melodia alcançou meus ouvidos. Levei alguns segundos para perceber que era o som do piano vindo de dentro da casa. Um pouco mais, e identifiquei naquela harmonia a música que eu tinha entregado para Anna, a que tinha sido composta pela mesa, e que ela agora, inesperadamente, executava.

Virei-me de frente para a casa e somente consegui dar dois passos, tomado pela surpresa. Não conseguia compreender o que aquilo significava. Eu a havia deixado em prantos, e agora ela executava a partitura que até então não havia se interessado em investigar.

Estranha emoção brotou em mim. Esperança! Desejei ardentemente que aquele fosse um sinal de Deus trabalhando. A presença dos amigos espirituais, uma resposta às minhas indagações. Senti vergonha de minha descrença, mesmo depois de tantas provas.

Quando a música chegou ao final, eu estava imóvel, como que em êxtase.

A senhora foi quem tomou a iniciativa de ir até lá.

Tão logo entrou na casa, sua voz se fez ouvir em desespero. Algo de sério havia acontecido. Padre Lucas e eu corremos em socorro.

Quando adentramos à sala, a senhora, agachada no assoalho, fazia repousar em seu colo a cabeça de Anna, caída ao chão, sem sentidos.

Capítulo 18

> *Longo como minha espera,*
> *intenso como nossos sentimentos*

Meu coração pulsou acelerado ao ver Anna naquela situação. Senti-me culpado por ter forçado tanto sua memória, suas emoções. Novamente a ansiedade de meu Espírito impaciente tinha gerado graves consequências. Paciência era algo que definitivamente eu deveria me aplicar mais em aprender.

Angustiado e sem ação, vi o padre e a senhora desdobrarem-se em cuidados, na intenção de reanimar Anna.

O padre sugeriu que a levássemos para a cama. A senhora olhou-me e entendi sua mensagem. Tomei Anna nos braços e a levei para o quarto.

A senhora abriu a janela, enquanto o padre Lucas usava de seus conhecimentos para examinar Anna.

– Eu não deveria ter exigido tanto dela – eu disse. – Quando a deixei, estava muito emocionada. Minha presença não estava lhe fazendo bem, mas tudo o que eu queria era ajudá-la.

– Não se culpe. Ela ficará bem – o padre disse, após verificar o pulso de Anna e constatar que estava normal.

O padre Lucas pediu-nos permissão para fazer suas orações e começou uma série de movimentos com as mãos. Estava lançando mão de suas técnicas de magnetismo.

Correu as mãos ao longo do corpo de Anna várias vezes, sem tocá-lo, mantendo uma distância de uns 10 centímetros. Depois, interrompeu os movimentos concentrando-se na cabeça. Nós acompanhávamos sem nada entender, mas confiávamos que ele sabia o que estava fazendo.

Após alguns minutos naquela prática, aquietou-se em silêncio. Percebemos sua intenção, e também nos colocamos em oração.

Ao final, ele sugeriu que eu ficasse ao lado dela e vigiasse.

– Os santos me disseram que ela ficará bem, que o desmaio foi apenas resultado das fortes emoções, e que não devemos nos preocupar – relatou o padre.

– Deus seja louvado! – suspirou aliviada a senhora.

Após um tempo, saíram ambos do quarto, deixando-me a sós com Anna.

Olhando para ela, meu sentimento de culpa aumentava. Somente agora eu tinha noção da fragilidade daquela ave ferida. Eu fui egoísta, querendo forçá-la a partir, acreditando que poderia lhe restituir a memória pela ação da minha vontade.

Anna requeria cuidados. Com aquele casal, ela estava tendo a paz necessária para que o tempo agisse a seu favor. Num momento, cheguei a questionar se eu tinha agido certo ao lutar pela revelação da verdade. Somente o tempo, no entanto, poderia responder à minha indagação.

Contrito, perdido em meio a culpas e incertezas, num impulso, ajoelhei-me ao lado da cama e cerrei meus olhos, buscando a sintonia da oração que comecei a murmurar:

– Deus, um dia Lhe procurei para pedir por mim. O Senhor, no entanto, me surpreendeu, respondendo às minhas indagações antes mesmo que eu pudesse formulá-las. Por isso, creio que o Senhor sabe, de antemão, o quanto desejo ver Anna recuperada. Não sei, no entanto, o que fazer. Sinto-me culpado e impotente. Estou aqui para servi-Lo, Senhor, mas preciso que me mostre o caminho. Ficarei ao lado dela para sempre, se o Senhor consentir. Cuidarei para que nada lhe falte, mesmo que seja na condição de um amigo comum, mesmo que ela nunca se lembre verdadeiramente quem eu sou, se assim for a Sua vontade.

Calei minha voz, para tentar ouvir a resposta do Criador.

Grande silêncio. Ausência total de respostas. As lágrimas finalmente brotaram do meu peito, fazendo extravasar toda a angústia acumulada pelos últimos acontecimentos, talvez pelos últimos anos.

De repente, senti que suave mão tocava o meu rosto. Abri os olhos, e pude ver Anna me olhando com um sorriso terno e os olhos úmidos.

– Que bonita oração! – ela disse. – Não sabia que também tinha este dom, Antonio.

Ela havia despertado a tempo de ouvir minhas palavras. Eu quis dizer algo, mas ela colocou carinhosamente seus dedos em meus lábios, fazendo-me silenciar.

– Eu me lembro, Antonio – ela disse. – Lembro-me de você e dos nossos ensaios.

– Lembra? – perguntei, atordoado, ainda sem conseguir acreditar no que ouvia.

– E da sua casa..., da nossa conversa... Como você foi incrédulo. Deveria ter puxado suas orelhas.

Eu sorri, tentando controlar a alegria e a surpresa.

– Quando deixou-me na sala, senti forte emoção me dominar, e vários pensamentos começaram a emergir subitamente. Um impulso me fez pegar a partitura que você havia me entregado e executá-la. À medida que tocava, as memórias começaram a se revelar uma após a outra. Por fim, não suportei a emoção e desfaleci.

Eu não tinha palavras, naquele momento. Era um milagre! Mais uma vez, reconheci a pequenez da minha fé. Mais uma vez, pude presenciar Deus trabalhando.

– Antonio, leve-me para casa – ela disse, por fim, enchendo-me de felicidade, que somente consegui traduzir em um beijo, longo como a minha espera. Intenso como nossos sentimentos.

♪♪♪

Decidimos nossa partida para Veneza, mas resolvemos prolongar por uns dias nossa estadia na vila. Anna queria visitar o túmulo do Sr. Giovanni e prestar carinhosa homenagem ao pai. Queria também ficar um pouco mais com o casal, que aprendeu a amar como pais.

Eles demonstravam grande mudança de atitude, compartilhando conosco a felicidade do nosso reencontro, agradecidos pela decisão do padre Lucas em lhes revelar o futuro da filha no Mundo Espiritual.

Deixamos a vila nas primeiras horas de uma bela manhã ensolarada. Anna e eu tivemos de nos desfazer de metade da nossa bagagem, para poder transportá-la sobre o teto da pequena carruagem.

Deixei um exemplar do livro do professor com o casal e fizemos, antes de partir, a primeira reunião de estudo com eles. O padre Lucas, muito relutante a princípio, prometeu comparecer aos estudos sempre que possível, mas somente como visitante. No silêncio de suas noites, porém, estudava solitário, saboreando cada questão como quem havia encontrado um grande tesouro.

♪♪♪

De volta à Veneza, nos instalamos na casa de Anna. Fechada há quase dois anos, nos obrigou a árduo trabalho de limpeza e redecoração. Como única herdeira do Sr. Giovanni, Anna fez questão que residíssemos na casa que guardava as melhores lembranças de sua infância.

A casa havia sido entregue pela criada a uma companhia que cuidava de imóveis, e esta não havia tomado nenhuma providência quanto ao abandono da propriedade. Após vários meses sem receber notícias dos patrões, ela deixou a casa e a cidade, na intenção de cuidar de sua vida. Mudou-se de cidade para ficar mais próxima de sua família.

Naquela mesma semana, fomos ao Orfanato *Della Pietà*. Apresentei Anna à pequena Georgette. A conexão entre as duas estabeleceu-se de imediato. Pedimos permissão ao diretor para conversar com ela a sós e lhe falar de nossos planos.

– Senhorita Georgette – eu disse, ainda relembrando a forma carinhosa com que sempre me dirigia a ela, – Anna e eu desejamos formar uma família, e nosso sonho é que nossos filhos sejam amantes da música. Assim sendo, ficaríamos muito felizes se a senhorita consentisse em vir morar conosco, na condição de nossa primeira filha.

Georgette não disse nada em resposta. Olhava-nos somente, e seus olhos brilhavam como o Sol. De repente, saiu da nossa presença em disparada.

Acompanhamos, o quanto pudemos, seus passos ligeiros. Acabamos perdendo-a de vista nos corredores. Alguns minutos depois, a encontramos no *hall* de entrada. Estávamos curiosos com sua reação, e receosos de que ela não aceitaria o convite. No entanto, ela aproximou-se de nós trazendo consigo uma pequena mala e uma boneca de pano que, pela aparência surrada, deveria ser sua companheira de muitos anos. Depois disse:

– Desde que o senhor se foi, Sr. Antonio, meu amigo do Céu sempre me dizia que o senhor iria voltar para me adotar como sua filha. Por que demorou tanto?

Olhei para aquela criaturinha, sempre surpreendente, com muita ternura. Ela havia conquistado de vez o coração de Anna e, desde aquele dia, deixava sua orfandade, para encher nossas vidas de alegria e amor.

Voltei a lecionar no orfanato, mais porque amava ensinar às crianças do que por necessidade financeira. Minhas músicas em Paris renderam-me, por muitos anos, considerável remuneração em direitos autorais.

Anna continuou a compor, inspirada pelos Espíritos, e, sempre que surgia oportunidade, apresentava-se em público, na maioria das vezes, em eventos destinados ao povo, às classes menos favorecidas. Era aplaudida e admirada, e eu creio que isso lhe trazia realização, pois não quis mais deixar Veneza, nem mesmo em minha companhia, quando eu despendia algum tempo em viagens de negócios a Paris.

Apenas uma vez voltou a visitar seus pais adotivos na Vila Francesa, pois a viagem era longa e extremamente cansativa para as crianças. Nesta época, a menina dos olhos de anjo já era mãe de nossos quatro filhos, incluindo a senhorita Georgette.

Criamos, junto com Benedetto, um grupo de estudos, que logo tornou-se numeroso, desmembrando-se depois para a formação de outros grupos menores, conforme orientação do professor.

As pessoas estavam ávidas por informações a respeito daquele estranho fenômeno e da filosofia que o livro do professor revelava. Não contentavam-se, no entanto, apenas em estudar. Queriam experienciar o contato com os Espíritos, investigar o invisível.

Levei o problema ao professor em uma de minhas viagens a Paris, em meados do ano de 1861, e de lá trouxe um novo livro que ele havia publicado, e que era uma espécie de orientação para os grupos que queriam realizar as comunicações: *Le Livre des Médiums*.

Recebi também do professor uma nova edição do *Le Livre des Esprits*, estendido para 1.019 questões, o qual foi publicado em 1860. Soube então que a "época heróica das mesas girantes", assim chamado o tempo do estranho fenômeno, extinguiu-se com a publicação de *O Livro dos Espíritos*. O livro do professor representava um marco histórico e a codificação das revelações trazidas pelos Espíritos.

A partir de então, o professor enviava-me mensalmente exemplares do periódico que ele publicou regularmente até o dia de seu prematuro desencarne, ocorrido no ano de 1869 – um aneurisma rompeu-se em seu cérebro, em virtude do excesso de trabalho. Com o periódico, tínhamos notícias do movimento que crescia e chamava a atenção de simpatizantes e opositores.

Soube, nesta mesma visita a Paris, que o Bispo da Espanha teria mandado queimar 300 volumes dos livros do professor, junto com outras publicações de autoria dos Espíritos, incluindo o fragmento de uma sonata, ditada pelo espírito de Mozart. Um crime que só serviu, no entanto, para atiçar a curiosidade das pessoas sobre o conteúdo dos livros, e deixar ainda mais explícita a arrogância da Igreja, que julgava-se no direito de decidir sobre a que tipo de literatura os leitores catalães poderiam ou não ter acesso.

Com o passar dos anos, de tal forma encontrei-me mais e mais envolvido com as consequências filosóficas e religiosas daquele estranho fenômeno, que acabei por dedicar o resto dos meus dias a fazê-lo conhecido. Afinal, eu tinha sido escolhido, e deveria espalhar as sementes que havia recebido.

A noite dos tempos rasgava seu véu. O sol de um novo tempo revelava seus primeiros raios a iluminar a humanidade. Um progresso impossível de ser detido. *"Podem-se queimar os livros, mas não se queimam as ideias"*, publicou o professor, em sua revista, sobre o auto de fé de Barcelona.

Meu eterno sonho de me mudar para Viena? Jamais aconteceu. Não nesta encarnação. Quando minha mente finalmente silenciou, e a ansiedade dos meus desejos se aquietou, consegui ouvir a harmonia do Universo, a música da Criação, revelando-me que em nossa caminhada sobre a Terra nunca estamos sós, e que na paciência e no amor encontramos nossos melhores guias. Sob suas orientações, nosso caminho será sempre o que nos conduz à felicidade. A vida havia me conduzido por este caminho, e assim aprendi pacientemente a ouvir com os ouvidos da alma.

O que estas experiências que relatei a respeito da vida, da morte e seus mistérios me ensinaram, deixo registrado aqui para a humanidade em forma de história.

Ah, a humanidade! Como seria ela depois de passar algumas centenas de anos? Ainda guardaria as memórias dos alucinantes dias das mesas girantes e suas revelações? Estariam as sociedades mais ajustadas à grande harmonia universal, à realidade do Espírito imortal revelada?

Seja como for, de uma coisa posso estar seguro: com a chegada da maturidade para a raça humana, não precisaremos mais contar histórias, a não ser para o entretenimento. Para as questões sérias da vida, as verdades poderão ser ditas sem rodeios, conforme a sabedoria materna muito cedo me ensinou, e o professor, em suas conversas com os Espíritos, confirmou.

Fim

Bibliografia

WANTUIL, Zeus. *As Mesas Girantes e o Espiritismo*. Federação Espírita Brasileira (FEB), 3ª edição, 1958.

WANTUIL, Zeus, THIESEN, Francisco. *Allan Kardec, o Educador e o Codificador.* Volumes I e II. FEB, 1ª edição especial, 2004.

PALHANO JR, *L. Rosma, o Fantasma de Hydesville.* Fundação Espírito-Santense de Pesquisa Espírita (Fespe), 1ª edição, 1992.

TORCH, Christiano. *Espiritismo Passo a Passo com Kardec,* Federação Espírita Brasileira (FEB), 2ª edição, 2007.

KARDEC, Allan. *Le Livre des Esprits,* E. Dentu, Libraire, 1ª *Edição, 1857.*

KARDEC, Allan. *The Spirit's Book* (Anna Blackwell's Preface to Her Version). Edicei of America, 2010.

KARDEC, Allan. *O Livro dos Espíritos, 1857.* Instituto de Difusão Espírita (IDE), 170ª edição, 2007.

KARDEC, Allan. *O Livro dos Médiuns, 1861*. Federação Espírita Brasileira (FEB), 79ª edição, 2007.

KARDEC, Allan. *O Evangelho Segundo o Espiritismo, 1864*. Federação Espírita Brasileira (FEB), edição comemorativa - 3 milhões de exemplares.

KARDEC, Allan. *Obras Póstumas, 1890*. Federação Espírita Brasileira (FEB), 30ª edição, 2001.

KARDEC, Allan. *Revista Espírita.1858 a 1969*. Instituto de Difusão Espírita (IDE), 1ª edição 1993, 2ª edição 2001.

Bíblia, *Mensagem de Deus*. Editora Santuário, Edições Loyola, 1994-2003.

DADOS HISTÓRICOS coletados nos websites Wikipédia - a enciclopédia livre, e outros.

Divaldo Franco Responde

Organizado por Claudia Saegusa

Divaldo responde de forma clara, lógica e didática sobre os seguintes assuntos: Sonhos, Depressão, Ansiedade, Síndrome do pânico, Transtorno obsessivo-compulsivo, Anjos da guarda, Mortes coletivas, Mediunidade, Mediunidade infantil, Desencarnação de crianças e jovens.

Saúde + Saudável

Dr. Rubens Cascapera Jr.

Com base em experiência médica de 30 anos e com relatos de casos reais de sucesso no tratamento de diversas doenças, o autor aborda, aspectos relevantes do funcionamento do organismo.

José Carlos De Lucca
CURA
e
LIBERTAÇÃO
InteLitera.
José Carlos De Lucca
Cura e Libertação

INFORMAÇÕES SOBRE OS PRÓXIMOS LANÇAMENTOS

Para receber informações sobre os lançamentos da INTELÍTERA EDITORA, basta cadastrar-se diretamente no site

www.intelitera.com.br

Para saber mais sobre nossos títulos e autores, bem como enviar seus comentários sobre este livro, visite o nosso site

www.intelitera.com.br

ou mande um e-mail para

atendimento@intelitera.com.br

Este livro foi impresso na
LIS GRÁFICA E EDITORA LTDA.
Rua Felício Antônio Alves, 370 – Bonsucesso
CEP 07175-450 – Guarulhos – SP
Fone: (11) 3382-0777 – Fax: (11) 3382-0778
lisgrafica@lisgrafica.com.br – www.lisgrafica.com.br